孤狼《ころう》の血

柚月裕子

角川書店

孤狼の血

目次

登場人物相関図

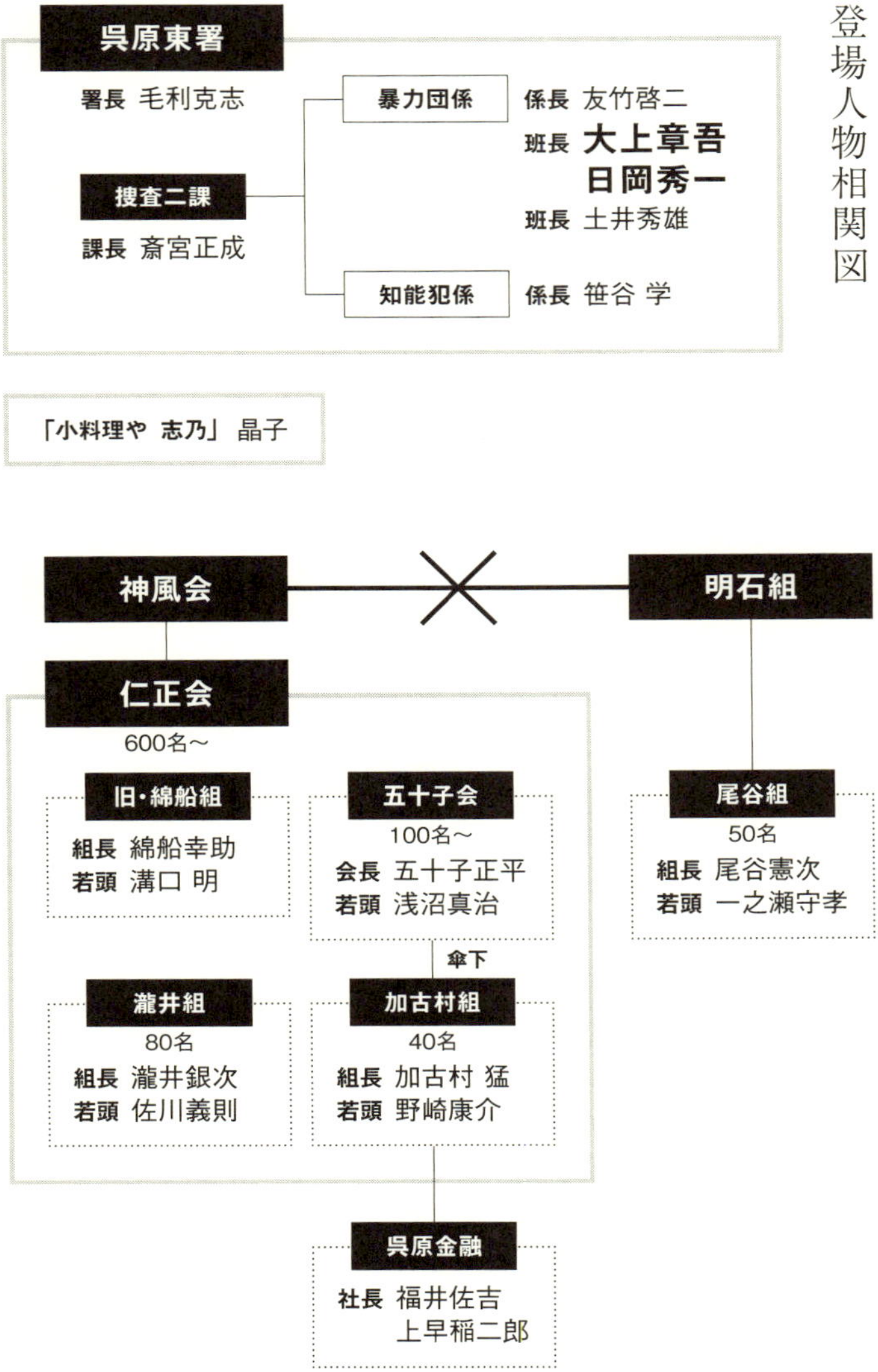
呉原東署
署長 毛利克志
捜査二課
課長 斎宮正成
暴力団係
係長 友竹啓二
班長 大上章吾
日岡秀一
班長 土井秀雄
知能犯係
係長 笹谷 学
「小料理や 志乃」 晶子
神風会
明石組
仁正会
600名～
旧・綿船組
組長 綿船幸助
若頭 溝口 明
五十子会
100名～
会長 五十子正平
若頭 浅沼真治
傘下
瀧井組
80名
組長 瀧井銀次
若頭 佐川義則
加古村組
40名
組長 加古村 猛
若頭 野崎康介
尾谷組
50名
組長 尾谷憲次
若頭 一之瀬守孝
呉原金融
社長 福井佐吉
上早稲二郎

装画　曄田依子
装丁　坂詰佳苗

プロローグ

呉原《くれはら》東署の会議室は、殺気立っていた。

ドアの外には呉原市暴力団抗争事件対策本部、と書かれた紙が貼られている。

部屋には七十名近い捜査員が集結していた。所轄の東署副署長をはじめとする幹部、暴力団係の係員と各部署から掻《か》き集められた署員、県警捜査四課暴力団担当の捜査員ならびに管区機動隊員だ。みな、闘技開始を前にした闘犬のような面構えで、部屋の前方を見つめている。

副署長の訓示が終わり、捜査の指揮をとる捜査二課長が立ち上がった。

課長は睨《にら》むように目を細め、椅子に座る捜査員たちを見やった。

「いま、副署長からの訓示にもあったように、東署管内では組織暴力犯罪が多発している。拳《けん》銃《じゅう》不法所持、大麻、覚せい剤の使用および売買、違法賭博《とばく》などが日常的に行われ、暴力団同士の抗争事件が頻発している状態だ。やつらのせいで治安は乱れ、善良な市民の安全が脅かされている。実際、二週間ほど前に、一般市民が発砲事件に巻き込まれ、尊い命を落とした。悲劇を未然に防げなかった我々の責任は重い。しかし――」

語気を強め、言葉を区切る。

「やつらの暴挙も、今日で、終《しま》いじゃ」

捜査員たちの表情が、さらに引き締まる。なかには、緊張のためか唾《つば》を飲み込んでいる者もいる。

呉原東署に置かれた呉原市暴力団抗争事件対策本部は、暴力団関連事務所の一斉捜索を計画していた。いま行われている会議は、最終の打ち合わせだ。

課長は家宅捜索《ガサイレ》の手筈《てはず》を念入りに説明すると、目の前にある長机に両手をつき、身を乗り出した。

「これだけ大掛かりな捕り物じゃ。相手が大人しゅうしとるはずがない。万が一のこともある。念のため各自、防弾チョッキを装着するように」

防弾チョッキ、という言葉に部屋の空気が一気にきな臭くなる。課長は捜査員たちをねめつけた。

「ええか。組員をひとりでも多く引致しろ。公務執行妨害、銃刀法違反、麻薬所持、賭博場開張図利、なんでもええ。今回のガサ入れでできるだけ多くの引きネタを摑《つか》むんじゃ。やつらを片っ端から刑務所へぶち込んだれ！」

課長は腕時計で時間を確認した。朝の六時五十分。七時に署を出発する計画になっている。

課長は長机に両の手を強く叩《たた》きつけると、捜査員たちを激励した。

「この一斉捜査には、警察の面子《メンツ》がかかっとる。腹ァ括《くく》ってやっちゃれい！」

課長の怒声にも似た号令を合図に、捜査員たちは一斉に立ち上がった。部屋の隅に置かれている段ボールから、防弾チョッキを摑み会議室を出ていく。

捜査員たちが慌ただしく動くなか、ひとりだけ身じろぎしない男がいた。部屋の後方で、椅子の背にもたれている。

若い刑事が、悠長に構えている男に駆け寄った。

「班長、どうぞ」

差し出した刑事の右手には、防弾チョッキがあった。左手には自分用のチョッキを持っている。

班長と呼ばれた男は、ジッポーのライターを手で転がしながら、余裕の笑みを浮かべている。

「そう急《せ》くな。慌てる乞食《こじき》は貰《もら》いが少ない言うじゃろうが」

「いや、しかし……うちの班の者はみな、もう駐車場で待機しています」

出遅れて、他の班に手柄をとられることを危惧《きぐ》しているのだろう。かといって、上司に苦言を呈することもできず、若い刑事は口ごもった。

男は、部下の心内を察しているらしく、諭すように言った。

「組長の本宅や組の事務所は、他のもんに任せちょったらええ。どっちも所詮《しょせん》、城でいうたら二の丸、三の丸じゃ。わしらが狙うんは本丸よ」

「本丸、ですか」

部下は怪訝《けげん》な表情を浮かべた。本丸がなにを意味するのかわからない、といった顔だ。

男はジッポーのライターの蓋《ふた》を、開けては閉め、閉めては開けた。辺りに、カチカチという小気味良い音が響く。ジッポーには、狼の絵柄が彫り込まれていた。

男は蓋を閉じると、彫り込まれた狼の絵柄を、愛《いと》おしげに手で擦《こす》り、つぶやくように言う。

「いまどき本宅や事務所に、道具なんか置いとりゃあせん。殴り込みに備えて身につけちょるかもしれんが、さて、それもどうかのう」

「どういうことでしょう」

男は声を潜めた。

「今日の手入れがむこうに……」

男は言いかけてやめ、「まあ、そりゃあ、ええ」と苦虫を嚙《か》み潰《つぶ》したかのように、唇を歪《ゆが》めた。

部下は目を見開くと、眉根《まゆね》を寄せて囁《ささや》いた。

「漏れちょる……いう、ことですか」

うーん——男は呻《うめ》きながら曖昧《あいまい》に首を振り、語気を強めた。

「どのみち、道具は組の武器庫に置いちょる。秘密の隠し場所っちゅうやつよ」

部下は興奮した様子で、身を乗り出した。

「その場所を、班長は御存じなんですか」

男はライターから部下に目を移すと、片手でジッポーの蓋を開いた。

「まあ、の」

部下の顔が見る間に紅潮する。

男はライターの蓋を勢いよく閉じると、ズボンのポケットに入れて立ち上がった。

「行くぞ」

部下が手にしている防弾チョッキには目もくれず、男はまっすぐ出口へ向かった。

一章

――日誌

昭和六十三年六月十三日。呉原東署捜査二課配属初日。
午後一時半より、大上《おおがみ》巡査部長と管区パトロール。
午後一時四十分。赤石《あかいし》通りパチンコ店『日の丸』。
午後六時半。尾《お》谷《だに》組事務所を訪ねる。尾谷組若頭、一之《いちの》瀬《せ》守孝《もりたか》から、
加古《かこ》村《むら》組系金融会社社員失踪《しっそう》事件について情報収集。
[redacted]（一行削除）
午後八時。栄《さかえ》通り「小料理や　志乃《しの》」。
[redacted]（二行削除）

（一）

昼下がりのアーケード街は、蒸すような熱気に包まれていた。

道の脇に違法駐輪されている自転車を避《よ》けながら、日岡秀一《ひおかしゆういち》は尻《しり》ポケットからハンカチを取り出し額の汗を拭《ぬぐ》った。

広島県内は、五日前に梅雨入りしたばかりだ。しかし、一向に雨が落ちてくる気配はない。むしろ、照りつける日差しは、すでに梅雨明けのような強さを放っている。

港に面している波恵《なみえ》地区は、沖から吹いてくる海風のおかげで少しは暑さが和らぐが、アーケード街は駅を挟んで北側の鉾田《ほこた》地区にある。このあたりは海から離れていることに加え、建ち並ぶ商業ビルのせいで風通しが悪く、暑さが外へ逃げていかない。さらに、アーケード街は天井をビニールで覆われているため、さながらビニールハウスのようだ。

日岡はハンカチをポケットに戻すと、胸ポケットから一枚のメモを出した。手帳を破った小さな紙には、呉原東署から待ち合わせに指定された店までの地図が描かれていた。二課の課長、斎宮《いつき》正成《まさなり》が書いてくれたものだ。が、線を適当に引いただけで、とても地図とは呼べない代物だった。ところどころに書かれている商店名だけを頼りに、目的地へ向かっていた。

日岡は今日、呉原東署へ赴任してきたばかりだ。所属は捜査二課。東署の二課は暴力団係と知能犯係に分かれている。日岡は暴力団係に配属された。刑事になって初めての配属先が二課の暴力団係、それも抗争事件が頻発する呉原市管内というのは、かなり異例の人事だ。刑事がひとり急に依願退職し、人員に穴が開いたからだと、上司から聞かされた。

——遣り甲斐《やがい》はある。手柄を立てれば、出世の道も開けるぞ。

本部の幹部は、そう言って日岡の肩を叩《たた》いた。

出世はともかく、遣り甲斐があるのは嬉《うれ》しかった。これまで務めた機動隊員の日々の仕事は訓練が主で、たまの応援出動くらいしか、現場に出る機会はなかった。その分、刑事になるための勉強はできたが、遣り甲斐こそが、日頃から日岡の求めて止《や》まないものだ。

呉原市を訪れるのは二度目だった。小学生のころ、臨海学校で呉原湾の小島で遊んだことがあるだけだ。

日岡は広島市の出身だ。大学も広島だし、警察官拝命後の交番勤務も広島市内だった。他の街に住んだことはない。食い物が美味《うま》く、娯楽や買い物にも不便を感じたことがない街に、日岡は満足していた。呉原市は広島市から在来線で三十分の距離だが、自分が住んでいる街より小さな街へ、わざわざ足を運ぶことはなかった。この辺りに土地鑑はない。

メモに書かれた距離と実際の道のりがまったくかみ合わない地図を頼りに、店を探す。通行人に声をかけようかと思ったが、警官が道を訊《たず》ねるのも憚《はばか》られた。

自力で待ち合わせ場所の喫茶店コスモスを探し当てたのは、約束の一時を十五分も過ぎたころだった。

地図には四角いマークの横にコスモスとだけ書いてあるので、頭から一戸建ての店だと思いこんでいたが、実際には雑居ビルの一階のテナントだった。それならそうと、ビル名を書いてくれればよかったのに、と心で毒づく。

コスモスは古い店だった。入り口の横にあるウィンドウには、メニューの写真が飾られているが、開店当初のままかひどく色褪《あ》せている。空いているスペースに置かれている舶来品の雑貨も、アンティークと呼ぶには中途半端で、単にそこに放置されている古びた生活用品、という感じだ。

色褪せた木製のドアを開けて、なかに入る。ドアの上に取り付けられているベルの音とともに、冷房の効いた空気が全身を包んだ。

カウンターのなかにいた初老の男がゆっくりと顔をあげ、丸眼鏡の奥から日岡を見た。

「いらっしゃい」

言葉では歓迎しているが、声にはまったく愛想がない。

店内は薄暗くて狭かった。カウンター席が五つと、四人掛けのテーブルがふたつしかない。店主の趣味なのか、店の至る所に観葉植物が置かれていた。ただでさえ狭い店内がさらに窮屈に感じられる。

日岡は観葉植物のあいだから店内を見渡した。

客はひとりしかいない。中年の男性客だ。男はステンドグラスが嵌《は》められた小窓の傍《そば》のテーブルについている。広げた新聞に隠れて顔はよく見えないが、年恰好《かっこう》といい、この人物が待ち合わせの相手に間違いない。

日岡は男が座っているテーブルに近づくと、新聞越しに声をかけた。

「失礼ですが、大上さんでしょうか」

声をかけられた男は、ゆっくりと新聞を下ろした。目が日岡を捉《とら》える。粘るような視線は、値踏みをする質屋の店主のようだ。が、目つきは違った。相手を真正面からひたと見据える鋭い眼光は、明らかに刑事のそれだった。

男が自分の新しい上司であることを直感する。日岡は姿勢を正した。

「時間に遅れて申し訳ありません。自分は今日から呉原東署に赴任してきた――」

名乗ろうとしたとき、男はいきなり椅子から立ち上がり、無言で日岡のワイシャツの胸ぐらを摑《つか》んだ。そのまま引き摺《ず》り下ろし、自分の向かいの席へ乱暴に座らせる。椅子に倒れ込んだ日岡は、驚いて男を見上げた。男はテーブルに身を乗り出し、上から日岡を睨《にら》んだ。

「極道みてえに、べらべら口上たれてんじゃねえ」

凄《すご》みの利いたかすれ声に、思わず怯《ひる》む。男は日岡を極道呼ばわりしたが、身なりを見る限り、男の方がよほど極道に近かった。襟の開いた黒シャツを着て、少しダブついた白いズボンをはいている。頭には、ベージュのパナマ帽を被《かぶ》っていた。腕に嵌めているごつい腕時計と、ベルトのバックルが薄暗い店内で銀色に光っている。

男は椅子にゆっくりと尻を戻すと、苦々しげな顔で舌打ちをした。

「わしが誰かもわからんうちに、身元を明かす馬鹿がおるかい。人違いじゃないけ良かったもんの、わしがもし手配中の被疑者じゃったら、どうするんなら。相手がシャブ中の極道じゃったら、刺されとるかもしれんのど、おう」

どうやら人違いではなさそうだ。

「申し訳ありません」

日岡は椅子に座り直すと、今日から自分の直属の上司となる男に、挨拶《あいさつ》と詫《わ》びを兼ねて頭を下げた。

男の名前は大上章吾《しょうご》。呉原東署捜査二課主任、暴力団係の班長だ。今年で四十四歳になると聞いている。今朝、呉原東署へ出勤し課員に挨拶をしたが、直属の上司となる大上の姿はなかった。課長の斎宮に欠勤かと訊ねると、大上が出勤するのはいつも昼近くで朝から机にいることは滅多《めった》にない、との答えが返ってきた。

日常ならいざしらず、赴任初日の部下と顔合わせしないのはあまりに常識がない、と思ったのだろう。斎宮は卓上の警電から大上のもとへ電話をかけ、何時に出勤するかを訊ねた。大上の返事は、午後一時に赤石通りにある「コスモス」へ来るように新米刑事に伝えてくれ、というものだった。

大上は県警内部で、凄腕のマル暴刑事として有名な人物だった。暴力団絡みの事件を多数解決し、警察庁長官賞をはじめとする警察表彰を何度も受けている。百回にも及ぶ受賞歴は、広島県警では現役トップだと聞いている。

が、輝かしい経歴の反面、誉められない処分歴も数多く持っていた。受賞歴もトップだが、訓戒処分も現役ワーストとの噂だ。

大上は任官してからの大半を、暴力団を手掛ける二課で過ごしてきたが、一度、別な部署へ飛ばされている。刑事の任用試験に合格し、広島北署捜査二課へ配属となった十年後、いまから十三年前に県警警備部の機動隊に平隊員として左遷されたのだ。きっかけは、第三次広島抗争事件だった。当時、北署で暴力団抗争事件捜査の先鋒《せんぽう》となっていた大上に、警察内部の情報を暴力団関係者へ流したのではないか、という疑惑が浮かんだのだ。

公安やマル暴が、エスと呼ばれる内通者を飼っている事実は、捜査関係者なら誰もが知っている。使えるエスをどのくらい持っているかで、刑事としての腕が決まると言っても過言ではない。公安やマル暴の刑事は、エスを上手《うま》く使い、犯罪組織と上手に渡り合って事案の解決に結びつける。

しかし、犯罪組織と警察組織という関係のバランスを崩してしまうと、事件を解決する上で必要な捜査とはいえ、世間やマスコミからは、暴力団との癒着、という言葉で非難を浴びる。北署は大上に降りかかった疑惑がマスコミへ漏れることを回避するため、先手を打って大上を機動隊へ飛ばした。

機動隊に所属してから三年後、大上は再び広島北署へ戻った。が、四年後に現在所属している呉原東署の二課へ異動させられる。同じ二課への異動だが、県庁所在地の所轄から地方の所轄へ移ることは事実上の左遷と言えた。

飛ばされた理由は、人権派で知られる弁護士とのトラブルだった。弁護士は、同居する内縁の妻に刺し傷を負わせた暴力団組員を、人権を盾に擁護した。暴力団員も人の子であり、当然、守られるべき人権がある、というのが弁護士のスタンスだった。それに対して大上が、ヤクザに人権はない、と嚙《か》みついたのだ。女を刺すような外道を擁護するやつも外道と同類だ、とまで言い切った。頭に血が上った弁護士は、行き過ぎた暴力的取り調べがあったとして、大上を特別公務員暴行陵虐罪で訴える、と息巻いた。大上と弁護士の衝突はマスコミの知るところとなり、北署は弁護士の顔を立て、事を収めるために大上を地方に左遷した。

大上の噂は、日岡が県警に採用されたころから耳にしていた。聞こえてくる話はすべて物騒なもので、暴力団員から二度襲撃を受け、相手を半殺しにしたとか、自らも重傷を負って入院した、との噂もあった。新米警官にとってはとにかく遠い存在で、刑事任用試験に受かったときにはまさか、県警にその名が轟《とどろ》く噂のマル暴刑事の下で働くなどとは、思ってもみなかった。

大上はシャツの胸ポケットからショートピースを取り出した。慣れた手つきで口にくわえる。

日岡は煙草を吸わない。両手を膝《ひざ》の上に揃えて、大上が口火を切るのを待った。

と、いきなり頭を叩かれた。

「なに、ぼさっとしとるんじゃ！　上が煙草を出したら、すぐ火つけるんが礼儀っちゅうもんじゃろうが！」

日岡は仰天した。キャバレーのホステスや極道じゃあるまいし、なぜ自分が上司の煙草に火をつけなければいけないのか。納得できないながらも、テーブルにあった店のマッチで煙草に火をつける。

大上は煙を深く吸いこみ、食べ終わったナポリタンの皿をどけて椅子にふんぞり返った。

「先輩が煙草をくわえたら、すぐに火をつける。灰皿を用意する。二課の刑事のイロハのイじゃ」

刑事のイロハが先輩の煙草に火をつけることだなど、聞いたことがない。

釈然としないまま小さく頭を下げると、大上は涼しい顔で持論をぶった。

「ええか、二課のけじめはヤクザと同じじゃ。平たく言やあ、体育会の上下関係と一緒じゃ。理屈に合わん先輩のしごきや説教にも、黙って耐えんといけん。これにはのう、まっとうな理由があるんで。ヤクザっちゅうもんはよ、日頃から理不尽な世界で生きとる。上がシロじゃ言やあ、クロい烏《からす》もシロよ。そいつら相手に闘うんじゃ。わしらも理不尽な世界に身を置かにゃあ……のう、極道の考えもわからんじゃろが」

配属が決まってから、日岡は呉原市内の暴力団の組織図や幹部の顔写真付き前歴カードを頭に叩き込んだ。ヤクザの情報は徹底的に身につけるつもりでいたが、二課の刑事は果たして、その流儀にまで従わなければいけないのか。甚だ疑問に思う。が、上司の考えに反論することもできず、日岡は自分の考えを呑《の》み込んだ。

大上は大きく紫煙を吐きだすと、日岡に訊ねた。

「お前、名前は」

自分の部下になる人間の名前を記憶していないことに驚く。日岡は冷静を装い答えた。

「日岡です。日岡秀一です」

「しゅういち？」

大上がわずかに眉根《まゆね》を寄せた。

「どがな字を書くんなら」

「秀でるに数字の一、です」

大上は顎《あご》を撫でると、口角をあげた。

「ほうか。ええ名前じゃのう」

日岡は自分の名前が好きではなかった。どこにでもある平凡な名前だ。他人から褒められた記憶はない。にもかかわらず、大上はいい名前だと言う。意外だった。

曖昧《あいまい》な追従笑いを浮かべる日岡を無視して、大上は質問を続けた。

「歳は」

「二十五です」

「呉原東署へ来る前はどこにおったんない」

「交番勤務を一年、機動隊を二年務めました」

ということは、とつぶやき大上は天井を見上げた。

「大卒採用か。刑事に成り立て、二課もはじめて、ちゅうことじゃの」

日岡が、はい、と答えると、大上ははじめて笑顔を見せた。笑ったといっても楽しくて漏らした笑みではない。なにかを企《たくら》んでいるかのような笑いだ。

「ほうか、ションベン臭い生娘か。なら、なーんも知らんでも、しゃあないのう」

口にする言葉ひとつひとつに、品がない。

大上は煙草を灰皿で揉《も》み消すと、氷がすっかり溶けたアイスコーヒーを飲み干し腰を上げた。日岡も慌てて立ち上がる。

「マスター、わしのコーヒーチケットまだあったよのう。今日の分、それで切っといてくれや」

カウンターの隅に座っていたマスターは、はいよ、と愛想のない声で答えると、壁に立てかけているコルクボードから、コーヒーチケットを二枚はぎ取った。一枚いくらなんだろう。四百円として二枚で八百円。ナポリタンセットとしては妥当な額か。

大上はパナマ帽を阿弥陀《あみだ》に被りなおすと、日岡の肩に手を回して引き寄せた。

「まあ、わしの下についたんもなにかの縁じゃ。わしが二課の掟《おきて》を、みっちり教えちゃるやることなすこと、刑事とは思えない。これから自分はこの男のもとで、どのような捜査をしていくことになるのか。不安を抱きながら、日岡は大上に続いてコスモスを出た。

店を出ると大上は、眩《まぶ》しげにあたりを見渡し日岡に訊ねた。

「車はどこに停めたんじゃ」

日岡は虚を突かれた。コスモスの裏手には駐車スペースがあった。署から運転してきた覆面パトカーは、桜《さくら》みなと公園の駐車場へ置いてきた。桜みなと公園はアーケード街の入り口にあり、コスモスから歩いて十分はかかる。斎宮から手渡された地図を信じるならば、コスモスはアーケード街の入り口からすぐの場所にあるはずだった。が、実際には店までかなりの距離があった。

日岡は反射的に身構えた。おそらく大上は、煙草の件と同様に、気の利かない後輩の頭を叩きつけるはずだ。こんな炎天下に先輩を歩かせるとは、どういう了見だ。大上ならそう言うだろう。一喝を喰《く》らうに違いない。

日岡はどつかれる前に頭を下げた。

「すみません。俺、車とってきますんで、ここで待っといてください」

走りだそうとした日岡の背中を、大上が引き止めた。

「まあ、ええわい。腹ごなしにぼちぼち歩いてこうや」

予想していなかった答えに、一瞬たじろいだ。が、すぐに、安堵《あんど》の気持ちが湧いてくる。これでまた汗だくにならずにすんだ。さすがの大上にも、わずかばかりの仏心はあるということか。

「承知しました。お供します」

日岡はそう言うと、大上の背後に回った。大上の後ろをついていくためだ。日岡が大上の背を見ながら立っていると、大上は勢いよく振り返り、日岡の頭を叩いた。

「なにしとるんじゃ、わりゃァ。われが先じゃろうが！」

一般的なマナーとして、上役に随行するとき部下は後ろにつく。なぜ、下の自分が先を歩かなければいけないのか。

戸惑っている日岡の肩を摑むと、大上は自分の前に立たせて背を押した。

「極道の世界じゃのう、下のもんが先を歩くんじゃ。面倒《めんどう》な奴とぶつかりでもして、親分や兄貴分になんかあったら、指が飛ぶけんのう」

先輩の露払いをするのも、大上が言う二課の掟のひとつなのだろう。二課の礼儀はなにからなにまでヤクザ流で、世間の礼儀とは違うらしい。覚えるまで苦労しそうだ。

「なにぼさっと突っ立っとるんじゃ。さっさと行かんかい！」

後ろから再び頭をどつかれる。日岡は叩かれた勢いで前のめりになりながら、アーケード街を歩き出した。

善良な市民は別なようだが、多少なりとも裏の世界を齧《かじ》っていると思われる者のあいだでは、大上の顔は広く知れ渡っているようだった。

アーケード街を歩いている一般の主婦や、物珍しげにあたりを眺めながら歩いている観光客は大上を見ても反応しないが、髪を巻いた水商売風の女性やチンピラ然とした柄の悪い若者は、大上に気づくと恭しく目礼するか、媚《こ》びるようにぺこぺこ頭を下げて通り過ぎていく。大上はというと、誰に対しても気さくに声をかけたり、手をあげたりして返事をしていた。

大上の指示に従い大通りから一本奥にある路地裏に入る。しばらく歩くと、背後から大上に呼び止められた。

「おい、ちょっと寄ってくぞ」

振り返ると、大上がパチンコ店のビルの裏口から、店内に入るところだった。

店内パトロールか。日岡は「パチンコ　日の丸」の看板を目に焼き付け、大上に続いて店に入った。

平日の日中だというのに、店内は混んでいた。生活費を入れあげて打っているような真剣な顔もあれば、明らかに暇つぶしとわかる気の抜けた表情も散見された。

誰かを捜しているのだろうか。大上は通路を歩きながら、打っている人間の顔をたしかめている。

壁際の通路にさしかかったとき、大上が急に足を止め、台の陰に身を隠した。

「どうしたんですか」

後ろから小声で訊ねる。

大上は通路の奥に顔を向けたまま、日岡に囁《ささや》いた。

「あそこに男がおるじゃろう。ほれ、赤い開襟シャツの短髪じゃ」

日岡は大上の肩越しに、通路の奥を覗《のぞ》いた。端から三つ目の台に、大上が口にした風貌《ふうぼう》の男がいた。歳は三十前後、この時季でも長袖《そで》の人間はいるが、男には明らかに、特別の事情がありそうだ。腕に彫り物をしているか、やばい注射痕《こん》でもあるのだろう。横柄な態度と身体から滲《にじ》み出ている剣呑《けんのん》な雰囲気から、堅気でないことはわかる。険しい顔をしているところを見ると、かなり負けが込んでいる様子だ。

「あの赤シャツですね」

目視で確認したことを告げる。

そうじゃ、そいつじゃ、と大上は肯《うなず》くと、信じられない言葉を口にした。

「あいつに因縁つけい」

日岡は目を見開いて大上を見た。警官が酔っ払いやチンピラから絡まれることはよくあるが、逆は聞いたことがない。赤シャツが誰であろうと、今は大人しくパチンコを打っているただの市民だ。こちらから喧嘩《けんか》を吹っ掛けるような真似は論外だろう。明らかな服務規律違反だ。

躊躇《ためら》っていると、大上は日岡の尻を膝で蹴《け》り上げた。

「なにもたもたしとるんじゃ。さっさと行かんかい」

声は抑えているが、語気は強かった。大上は本気だ。日岡が言うことを聞くまで、尻を蹴り続けるだろう。わかっていたが、それでも身体は動かなかった。

大上は動こうとしない日岡の耳元に口を近づけると、先ほどとは打って変わった優しい口調で囁いた。

「大丈夫じゃ、一戦交えそうになったら、わしが出ていっちゃる。安心せえ」

本当ですか、と日岡は目で問うた。大上は大仰な作り笑顔で、大きく肯いた。

日岡は因縁をつける理由もわからないまま、赤シャツに近づいた。空いている隣の席に座り、尻ポケットに入れていた財布から千円札を取り出す。

玉を弾《はじ》きながら機会を窺《うかが》っていると、幸か不幸か赤シャツの方からきっかけを作ってきた。

派手な演出のリーチが外れた赤シャツは、忌々しげに舌打ちをくれた。小刻みに揺らしていた脚を組みかえる。その拍子に、赤シャツの脚が日岡の脛《すね》にあたった。赤シャツは詫びる代わりに、日岡に毒づいた。

「兄ちゃん。幅、取り過ぎじゃ。もちっと行儀良うせんかい」

同業者かよほどの無鉄砲でなければ、ひと目で堅気じゃないとわかる赤シャツの言いなりになるところだろう。が、日岡には大上からの命令がある。斜《はす》に構えて赤シャツを睨んだ。

「そっちこそ、短い脚どけとけや」

赤シャツの形相が変わる。片眉をあげ、日岡を睨んだ。

「おっ、誰に向かって口を利いとるんじゃ、われ！」

日岡は鼻で笑った。

「そりゃ、ここにおる三白眼の短足によ」

「なんじゃと、こら！」

怒鳴ると同時に赤シャツは椅子から立ち上がり、日岡の胸ぐらを摑みあげた。額に血管が浮いている。

ふたりの様子を見ていたのだろう。若い店員がすぐさま駆け付け、赤シャツと日岡のあいだに割って入った。

「おふたりとも、楽しく遊んでいる方のご迷惑ですから、どうか穏便に……」

ふたり、と言いながら、店員の顔は赤シャツに向いていた。

警察にでも通報されたら面倒だと思ったのか、赤シャツは店員を押しのけると、こっちこいや、と再び日岡の胸ぐらを摑んだ。力ずくで出口へ連れていかれる。外へ出たら、すぐさま一戦がはじまりそうな勢いだ。

日岡は目で大上を探した。一戦交えそうになったら出ていくと言った本人は、涼しい顔で通路の反対側にある台を打っていた。

赤シャツは日岡を引き摺るようにして外へ出ると、店と隣接する駐車場に連れ込んだ。フェンスと車の陰になって、表通りから見えない場所までくると、赤シャツは日岡の身体を突き放し、間をとった。身体をほぐすように肩や首を回しながら、日岡をねめつける。

「この辺じゃあ見ん顔じゃが、どこのもんなら、おおっ」

威嚇するように、声を潜めて言う。

「どこのもんでもよかろうが。喧嘩に能書きはいらんわい」

大上の真意がわかるまでは、言われたとおり突っ張るしかない。

「上等じゃ、こら！　礼儀ちゅうもんを教えちゃるけん、こいや！」

赤シャツは唇を舐《な》めると、嬉しそうに口角をあげた。

ここまでくれば、一戦交えるしかない。相手は筋者だ。下手に手加減すれば、こちらが大怪我を負う羽目になる。

日岡は右手を脇腹に添えると、左手を握りしめ前に出し、正拳《せいけん》突きの構えをとった。

「ほう、空手か」

小馬鹿にするように、赤シャツが笑う。

空手をはじめたのは中学のときだ。高校、大学と松濤館《しょうとうかん》流に学び、三段の免状を取得している。もっとも、伝統派の松濤館では、極真空手のようなフルコンタクトは禁止されている。そもそも空手を学ぶ者にとって、喧嘩は御法度だ。相手に大怪我を負わせる可能性があるのだから当然だろう。裁判でも格闘家の拳《こぶし》や蹴りは、ときに凶器と看做《みな》される。日岡に実戦の経験はない。

「構えだけはいっちょ前じゃの。じゃが空手なんぞ、しょせんお遊戯よ。ヤクザの喧嘩がどがあなもんか、いっぺん教えちゃる！」

言い終わるや、赤シャツは地面にしゃがみ込んだ。地面に敷き詰められている砂利を摑み、日岡に向かって投げつける。

日岡は咄嗟《とっさ》に目を瞑《つむ》り、両手の拳で顔を防御した。素早く後ろへ退く。が、間を置かず、赤シャツの強烈な蹴りが腹部を襲う。脇腹に激痛が走った。

あまりの苦痛に膝が折れる。

前のめりになったところを、鼻に膝がしらが炸裂《さくれつ》する。

衝撃で脳がぐらつき、鼻血が噴き出した。

痛みに耐えかね、地面に膝をつく。立ち膝をついた日岡の髪を摑《つか》むと、赤シャツは腹部に蹴りを連発した。黒光りするエナメルの靴先が、容赦なく腹に減《め》り込む。

息ができなくなり、酸素を求めて喘《あえ》いだ。

気道を確保するため、顔をあげる。刹那《せつな》、鉄のように重いパンチが、顔面を捉えた。頭が真横に持って行かれ、そのまま崩れ落ちる。光景が反転して、視界に空が映った。

光が点滅する眼前に、空を背にした赤シャツの顔が現れた。仰向《あおむ》けに倒れた日岡を上から覗き込み、口を歪《ゆが》めて笑う。

「口ほどにもないのう。もちいと骨がある、思うたが。まあ、ええ。今日はこの辺で勘弁したる。じゃが、その前に――」
赤シャツは傍にしゃがむと、寝返りをさせるように、日岡の身体を横たえた。
「汚れた靴のクリーニング代、貰《もろ》うとかにゃあのう」
赤シャツの手が尻に延びる。尻ポケットを探り、財布を抜き取ろうとしている。
考えるより先に、身体が反応した。
足首を摑み、力任せに引く。赤シャツが体勢を崩す。もんどり打った。
そのまま身体を捻《ひね》り、右腕を思い切り後ろに振った。
裏拳が顔面を捉えた。瞬時に手首を返す。裏拳打ちの基本だ。
すぐさま立ち上がり、鳩尾《みぞおち》を狙った。
下段回し蹴りで、腹部を蹴り上げる。
低く呻《うめ》きながら、赤シャツがのたうち回る。
松濤館の稽古《けいこ》どおり、腰を入れ、足首を返す。息の続く限り蹴った。
赤シャツの口から、血の混じった嘔吐《おうと》物が激しく噴き出す。
息が切れた。
限界だった。
膝に手を置き、肩で何度も息を吸う。ヒューヒューと、気道を空気が通り抜けた。
「こん外道……」
気がつくと、赤シャツが立ち上がっていた。
膝が震える足で、前屈《かが》みになりながら、じりじりと間を詰めてくる。

右手には、匕首《あいくち》が握られていた。

目が血走っている。

「ぶち殺しちゃる！」

左手に持った鞘《さや》を放り投げ、赤シャツは両手で匕首を握った。臍《へそ》のあたりで構える。

自分が殺されるかもしれない恐怖を感じるのは、初めてだった。足が動かない。赤シャツの全身から立ちのぼる殺気に気圧《けお》されている。

警棒も拳銃も身につけていなかったことを後悔する。警察手帳を取り出し、身分を明かしたところで、赤シャツの殺気が削《そ》がれるとは思えない。だが、このままでは大事になる。

日岡は手帳に手を伸ばした。

「よーし、そこまで！」

突然、駐車場に声が響いた。

大上だ。

駐車場の入り口からこちらに向かって、ゆっくりと歩いてくる。

安堵で、腰が抜けそうになった。

大上の名前を呼ぼうとしたとき、先に赤シャツが口を開いた。

「ガミさん……」

口を開け、呆然《ぼうぜん》と大上を見ている。

大上は火のついた煙草をくわえながら、両者の健闘を讃《たた》えるように、パチパチと手を叩いた。

「はいはい、そこまで。試合終了」

赤シャツは大きく息を吸うと、不貞腐《ふてくさ》れたように唾《つば》を吐き出した。

「やれんのう……、間が悪いわい」

大上は赤シャツの言葉を無視し、足で煙草を踏み消すと日岡に声をかけた。

「日岡、大丈夫か」

刃物を持ったヤクザに喧嘩を売らせておいて、大丈夫もクソもないだろう。だいたい、喧嘩になりそうになったら、止めに入るという約束ではなかったのか。

日岡は呆《あき》れながら、嫌みを吐き出した。

「ええ。誰かさんのおかげで、なんとか」

「まあ、そう怒るなや」

大上はにやりと笑うと、日岡に視線を向けたまま いきなり赤シャツの横っ面を張った。

「なにするんっすか！」

赤シャツに顔を向け、ねめつけながら大上は怒鳴った。

「銃刀法違反！　日岡、何年ない！」

意味がわからず、目で問いかける。

「馬鹿たれ、罰条上限じゃい！」

法定刑のことを言っているのか。日岡は咄嗟に、大学時代に勉強した刑法総論の当該ページを思い浮かべた。

「武器としての刀剣類の携帯は、たしか懲役二年だったかと」

大上が再度、赤シャツの頬を張りながら怒鳴る。

「暴行罪！」

血が出ているので、傷害罪だろう。そう思ったが、日岡は上司への指摘を避けた。

「上限は懲役二年です」

赤シャツは唖然《あぜん》とした顔で口を開いている。わけがわからない、といった表情だ。その赤シャツの頬がまた、小気味いい音を立てた。

「公務執行妨害！」

さすがに言い掛かりだ。が、淡々と法定刑を述べる。

「懲役三年」

「よし！　締めて何年ない！」

えー、と言いながら頭の中で計算する。

「締めて、懲役七年ですね」

大上が犬歯を見せて笑った。

「ほう、ちょっとした殺人刑と同じじゃのう」

赤シャツが頬を引き攣《つ》らせて笑う。

「ガミさん。なんの冗談っすか」

「苗代《なわしろ》。冗談じゃ、ありゃせんど」

真顔に戻った大上の眼が光る。

「お前んところの若頭がやっとる闇金。従業員がひとり消えたらしいのう」

苗代というのが赤シャツの名前らしい。頬が小刻みに痙攣《けいれん》している。笑みを浮かべる余裕はないようだ。

「なんの話ですか。俺は知らんですよ」

苗代は目を伏せ、顔を逸《そ》らした。大上は上体をかがめ、下から覗き込むように苗代の顔を見た。そのまま顔を近づける。息がかかる距離だ。堪《たま》らず、苗代が後ずさる。

大上は上体を反らすと、傾《かし》いだパナマ帽を右手で直した。

「まあ、ええじゃろう。今日のところは堪《こら》えたる」

硬かった苗代の表情が緩んだ。痙攣が止み、頰に赤みが差してくる。

じゃがのう——言いながら大上はポケットからハンカチを取り出した。

「こりゃあ、預かっとくで」

大上はハンカチで匕首の持ち手を包み、苗代の肩に手を置いた。苗代が諦《あきら》めたように手を離す。

「日岡。鞘ァ捜して持ってこい」

ズボンのポケットから白手袋を取り出し、地面に目を凝らす。十メートルほど離れた場所に鞘が見つかった。

駆け寄り、手袋を嵌めた手で摑み上げた。

見つけた鞘を差し出すと、大上は匕首を鞘に収め、ビニール袋にしまった。

「のう、お前の指紋がついちょる」

大上は苗代に向けてビニール袋を掲げると、嬉しそうに口角をあげた。

苗代は溜《た》め息をつき、盛大な舌打ちをくれた。

いつでも引っ張れる、という無言の圧力だった。

自分は、苗代に圧力を加えるための、餌にされたのだ。これが大上流の、捜査の手法なのだ。

（二）

ハンドルを握る日岡は、法定速度以上にスピードを出しそうになる自分を、懸命に抑えていた。大上から餌にされたこと、赤シャツに殴られた痛み——釈然としない思いが、腹の中に蟠《わだかま》っている。

大上は日岡の思いなどお構いなしに、助手席で煙草をふかし鼻唄《はなうた》を歌っている。三本目の煙草を車の灰皿で揉み消すと、日岡に言葉をかけた。

「そろそろ機嫌、直せや。そがな顔しとると、ええ男が台無しじゃ」

安っぽいご機嫌取りに、抑えていた苛立《いらだ》ちが込み上げてくる。日岡は赤信号で乱暴にブレーキを踏むと、車に乗ってからはじめて口を開いた。

「いくらなんでもひどいじゃないですか。一戦交える前に止めに入ると言っておきながら、最初からそんなつもりなかったんでしょう」

大上はパナマ帽の鍔《つば》を指で弾き、当たり前のように言った。

「止めに入ったら、仕事にならんじゃろうが」

日岡はハンドルに両手を置き、怒りを込めた視線で前方の信号を睨んだ。

「俺を、引きネタの餌にするつもりだったんですね」

「まあの」

あっさり認める。

信号が変わった。溜め息をゆっくり吐き出しながら、アクセルを踏んだ。

シートに深くもたれ、大上が続ける。

「さっきの苗代じゃがのう、加古村の子分でのう、若頭の野崎《のざき》の下についとる。加古村組じゃあ、喧嘩が一番強い、言われとる男じゃ。まあ、この辺りでも、素手喧嘩《ステゴロ》やらせたら三本の指に入る」

加古村組とは、八年前に呉原市で立ち上がった新興組織だ。組員はおよそ四十名。組長の加古村猛《たけし》が愚連隊あがりのせいか、荒くれ者が多いという話だった。主な資金源は覚せい剤と闇金融で、老舗《しにせ》の暖簾《のれん》からは、クスリ屋だの金貸しだのと、陰口を叩かれているらしい。

大上が身を起こし、真剣な声音で言う。

「加古村の系列に呉原金融いうんがあってのう。そこの経理を担当しとる上早稲《うえさわ》二郎《じろう》いう男がよ、ここ三カ月、行方知れずになっとるんじゃ」

呉原金融は加古村組が経営に関与しているフロント企業だ。保証人を必要とせず、多重債務者でも誰でも金を借りられるが、十日で一割のトイチ、三割のトサンといった法外な利息がつく。支払いが遅延すると徹底した追い込みをかけ、ありとあらゆる手段を使って金をむしり取る。返済ができないときは、女なら風俗に沈め、男なら肝臓を売らせる。老人なら金歯まで抜く。性質《たち》の悪い闇金として、裏社会では有名だった。

「このあいだ上早稲の妹が、東署に捜索願を出しちょる」

それで加古村組組員の引きネタを探していたのか。

「そうでしたか」

少しだけ腹の虫が治まった。

ほいじゃが——と、感心するように大上が言った。

「苗代と五分で渡り合えるとは、大したもんじゃ。お前、強いのう。空手、やっとったんか」

最初から見ていたのだ。そうでなければ、日岡に空手の心得があることなどわかるはずがない。

「大学までやっとりました」

「大学はどこじゃ」

「地元の広島大学です」

大上が、呆れたように声を絞り出す。

「お前。広大《ひろだい》、出とるんか」

たしかに国立大学を出て、キャリアの国家公務員試験Ⅰ種、準キャリのⅡ種を回避し、一般の警察官採用試験を受けるやつは稀《まれ》かもしれない。

「なにが悲しゅうて平の巡査になったんじゃ」

キャリアは警部補、準キャリは巡査部長からスタートする。キャリアは一年、準キャリは四、五年もすれば昇進し、二十代半ばで警部、警部補の管理職だ。一方、ノンキャリは、定年までに警部補にでもなれれば御の字だった。

日岡は首の後ろを掻《か》いた。

「大学に通ういうても、授業なんか真面目に受けとらんです。お情けで卒業させてもろうたようなもんで。毎日、居酒屋のバイトか、大学の道場で空手の稽古ばかりしとりました。そもそも、キャリアになれる頭なんぞないです」

「そうは言うてもよう」

大上が溜め息交じりに声を強めた。

「広大は広大じゃ。天下の国立大学じゃ。大手の企業でもなんでも、勤め口にゃあ困らんじゃろうが。なんで警察官なんかに――」

そこで大上は言葉を切った。言っても仕方がないと、気づいたのだろう。

標識を確認しながら、日岡は慎重に車を転がした。独り言のように言葉を発する。

「朝、決まった時間に起きて出社し、言われた仕事をして定時に帰る。そのうち、なんとなく結婚して、なんとなく子供ができて、人並みの苦労と喜びを味わい、歳をとる」

相生橋《あいおい》で左折し、市内を流れる坂目川《さかめ》に沿って車を走らせる。日岡は言葉を選びながら続けた。

「世の中には、そんな平穏な人生を求める人間は多いでしょう。そのために必死に勉強して、いい大学に入って、優秀な成績で卒業して、一流企業に入社する。でも、俺はそれが嫌でした。自分の人生のレールが、終わりまで敷かれてしまっているなんてつまらない、そう思って、警察官になりました」

パナマ帽でパタパタ胸元を扇《あお》ぎながら、大上は日岡の話をじっと聞いていた。

話を終え、助手席に目をやる。

大上はパナマ帽を頭に載せ、唇を歪めて言った。

「けったいなやっちゃのう」

声は、上機嫌だった。


大上の指示に従い、車を路肩に停めた日岡は、窓から身を乗り出して目の前の邸宅を眺めた。呉原港が見渡せる高台には、古い住宅街があった。目にする家の大半は建ててから年数が経っているが、陰気で寂れた感じがしないのは、瀬戸内《せとうち》特有の空の明るさと、家や庭の手入れが行き届いているためだろう。

なかでも目を引いたのが、目の前の日本家屋だった。ちょっとした旅館が二棟は収まるほど広い敷地を、瓦《かわら》が載った白い土塀が取り囲み、敷地の入り口には、重厚な引き戸の門がある。門の格子戸からは、枝ぶりのいい松や竹などの樹木が見えた。

「ほれ、さっさと降りんかい」

先に降りた大上が、日岡を急《せ》かす。

大上は大股《おおまた》で門まで歩くと、太い門柱に取り付けられているインターホンを鳴らした。

門の上には、二台の防犯カメラが取り付けられていた。塀の上にも、木々の陰に隠れているが、四、五メートル置きにカメラが確認できる。

屋内から訪問者を窺っていることは明らかだった。その証拠に、大上の身元を訊ねることもなく、インターホンのスピーカーから「ただいま参ります」という男の声がした。

ほどなく、坊主頭の若い男が敷地の奥から姿を現した。白い開襟シャツの裾《すそ》をなびかせ、小走りにやってくる。門の施錠を解こうとした坊主頭は、格子の隙間から大上の後ろにいる日岡に気づき、手を止めた。眉間《みけん》に皺《しわ》を寄せる。初見の新参者を、警戒しているようだ。

大上は肩越しに親指で日岡を指すと、連れじゃ、と安心させた。

坊主頭はわずかに躊躇《ちゅうちょ》の素振りを見せたが、素早く鍵《かぎ》を外すと引き戸を開けた。

腰を落としながら頭を下げる坊主頭の横を通り、敷地へ入る。

あたりを見渡した日岡は、昔なにかで見た旧華族の邸宅を思い浮かべた。砂利が敷き詰められたアプローチには御影《みかげ》石の飛び石があり、樹木が植えられている庭には、形のいい庭石や灯籠《とうろう》が置かれている。敷地の奥に見える蓮池《はすいけ》には、鯉がいそうだ。

敷地の中には、建物がふた棟あった。ひとつは屋根の高い平屋造りで、門からの飛び石が続いている。飾り気のない大きな窓の配置から、住まいというより地域の公民館といった趣だ。その奥に、二階建ての家屋があった。こちらはひと目で住居だとわかる。屋根がいくつも重なっている入母屋《いりもや》の瓦屋根と、二階の窓に見える細やかな細工が施された柳障子から、施主の趣味が窺えた。

大上は勝手知ったる、という風情で飛び石を渡り、手前の平屋の引き戸を開けた。

なかは事務所のような造りになっていた。学校の教室ほどの広さのスペースは、広めの土間と板張りの部分に分かれている。板張りの部分をコの字形に囲んでいる土間の隅には小さな事務机があり、いまどき珍しい黒電話が置かれていた。板張りのスペースには、来客用の応接セットが置かれ、長押《なげし》の上には、神棚が設《しつら》えてある。

神棚の横にずらりと並んだ提灯《ちょうちん》には、尾谷組の名前と代紋が入っていた。尾谷組は呉原で戦後まもなく立ち上がった老舗の博徒だ。

「ええ若い者《もん》が、しけた面しとるのう」

大上は挨拶もなしに、なかにいる若い衆に声をかけた。

事務所には男が三人いた。みな、二十代前半くらいか。一番年嵩《としかさ》でも、二十五の日岡より下に見える。

土間の事務机に座るジャージ姿の男が、慌てて大上の傍へやってきた。

「お勤め、ご苦労さんです。いま、冷たい茶でも淹《い》れますけん。あがってつかあさい」

大上は上がり框《がまち》で靴を脱ぎながら、ジャージに訊《き》いた。

「一之瀬はおるんか」

「若頭《カシラ》は奥におりますけん。すぐ、呼んで来ます」

おお、とジャージが坊主頭に顎をしゃくる。

坊主頭は弾かれたように立ち上がり、あたふたとスリッパに履き替え、座敷の奥に消えた。

大上に促され、日岡も靴を脱いで応接スペースにあがった。

大上とふたりソファに腰を下ろすと、リーゼント頭の若者が、盆に麦茶を載せて持ってきた。

ぎこちない手つきで、日岡と大上の前にグラスを置く。

大上がリーゼントを見やりながら言った。

「お前、タカシいうんじゃろ」

「は、はい」

リーゼントが頭を下げながら、怪訝《けげん》な表情を浮かべる。なぜ自分の名前を知っているのか、不思議がっている顔だ。

「赤石通りのリコのママに聞いたよ。尾谷組の若い衆で、タカシいう色白のええ男がおるげな。リーゼント頭じゃそうな。お前、夜はえーえ仕事、するそうじゃのう」

大上が下卑た笑いを浮かべる。リーゼントは顔を赤らめ、軽く肩を窄《すぼ》めた。

追い打ちをかけるように、大上が真顔に戻って言った。

「お前。知らんかもしれんが、リコのママにはのう、前の亭主もその前の男も、夜の勤めが過ぎてやり殺されちょるんで。尻子玉、抜かれんように、せいぜい気をつけいよ」

リーゼントが息を呑む。喉仏《のどぼとけ》を上下させて言った。

「それ、マジですか」

「おお、みんな死んじょるんはほんまじゃ」

「そんな――」

助けを求めるように、リーゼントが仲間の顔を見やる。

背後から、男の声が割って入った。

「まだ、入ったばかりの小僧ですけん。あんまり脅さんでください」

声がした方を見ると、板間の奥にある引き戸の先に、背広姿の男がいた。短髪を角刈りにし、ゆったりした麻の背広を身につけている。白シャツにグレーの上下だ。襟元には、代紋入りの金バッジが留められている。

若頭の一之瀬守孝だ。前歴カードで顔を覚えていた。

「おお、守孝。遅かったのう。暇つぶしに若いもん、からこうて遊んどったところじゃ」

「ガミさんの悪い癖ですのう」

一之瀬は笑みを零《こぼ》し、向かいのソファに腰かけた。

身体から滲み出る落ち着きだけを見れば、四十代の壮年にも見えるが、張りのある筋肉は、服の上からでも見て取れた。眉は太く、目には精気が漲《みなぎ》っている。たしか年齢は、三十代半ばだったはずだ。いずれ跡目を継ぐナンバーツーの若頭としては、かなり若い。

一之瀬に勧められて茶を一口飲んだ大上が、懐からショートピースを取り出す。日岡は素早く、ズボンのポケットからマッチを取り出した。コスモスから持ってきたものだ。

日岡が煙草に火をつけると、大上は満足そうに煙を吐きだし、ソファにもたれた。

「こちらは」

一之瀬が日岡に視線を投げる。値踏みするような目つきだ。

「ああ。こりゃのう、今度うちに入った日岡じゃ。刑事に成り立ての新米じゃが、驚くなよ、守孝。こちらはの、広島大学を出た学士様じゃ」

ほう——という形に、一之瀬の口が開いた。

「なんでまた、デコスケなんかに」

デコスケ、というのは警察官を指すヤクザの隠語だ。多分に、侮蔑《ぶべつ》のニュアンスが含まれる。

「おいおい、わしの前でデコスケはないじゃろう」

大上が苦笑いしながら、口を尖《とが》らせる。

「これは失礼しました」

照れ隠しに、一之瀬が頭を掻いた。

まるで、仲の良い師弟のようだ。敵対するべき刑事とヤクザの関係には、とても見えない。互いに心を開いて、信頼し合っている——日岡にはそう見えた。大上が暴力団との癒着を噂される所以《ゆえん》だろう。

大上は日岡が警察に入った経緯を、創作を交えて大仰に伝える。

「大手の企業からも引く手あまたでのう。キャリアのお偉いさんになる道もあったらしいんじゃが、あえて現場を選んだげな」

「そりゃあ、見上げたもんですのう。一本、筋が通っとる」

一之瀬が心底、感心したように言う。

「そんなんじゃ、ないですよ」

堪らず、割って入った。

「大学はまぐれで受かっただけですけん。キャリアの国家試験なんか、受けても通らんです」

日岡が顔の前で手を振ると、大上は頑強に言い張った。

「まぐれじゃろうと、広大は広大じゃ。大したもんよ」

それに、と言葉を続ける。

「こいつはのう、加古村組の苗代と、五分でやりおうたんじゃ。喧嘩も半端のう強い」

「あの苗代と」

少し驚いた口調で、一之瀬が言った。

「ほうよ。わしの若いころと、どっこいどっこいじゃろうて。守孝、お前でも敵《かな》わんかもしれんど」

「ガミさんとどっこいどっこいなら、わしが敵うわけないじゃないですか」

「それもそうじゃのう」

大上と一之瀬の哄笑《こうしょう》が弾ける。日岡は、身の置きどころがない思いで首を竦《すく》めた。

「ところで――」

笑いが収まると、真顔に戻って大上が言った。

「尾谷の御大も、そろそろじゃのう」

「はい、おかげさんで。この秋には娑婆《しゃば》に戻れるかと思います」

畏《かしこ》まって、一之瀬が頭を下げた。

尾谷組組長の尾谷憲次《けんじ》は、現在六十八歳。鳥取刑務所に服役中だった。米子《よなご》で起きた横田《よこた》組組長殺害事件に絡み殺人を教唆したとして、殺人罪の共謀共同正犯に問われたものだ。尾谷は冤罪《えんざい》を主張し、上訴を繰り返したが、最高裁で懲役八年の刑が確定した。

前もって目を通しておいた県警四課の捜査資料から、日岡は事件の概要を摑んでいた。

発端は、神戸明石《あかし》組系列下の米子梅原《うめはら》組、梅原三郎《さぶろう》組長射殺事件だった。銃撃したのは梅原組と米子で覇を争う横田組の幹部で、すぐさま報復に動いた明石組は、梅原組幹部を指揮官に据え、横田組長を的にかけた暗殺部隊を結集する。

そのヒットマンの中に、元尾谷組の山内卓也《やまうちたくや》がいた。山内は事件の起こる三年前、仁俠道《にんきょうどう》に背く行為があり尾谷組を破門されていた。が、警察は山内が依然、尾谷の影響下にある、と見ていた。実行犯のひとりであった山内は、警察の厳しい取り調べで、誘導尋問にかかり尾谷の名前を出す。

鳥取県警は実行犯の調書を武器に、尾谷憲次の身柄を引っ張り、徹底して絞りあげた。が、尾谷は頑として容疑を認めず、潔白を主張した。冤罪を訴え、総勢十名からなる弁護団が結成されたが、最高裁でも判決は覆らなかった。

尾谷組は組員五十名ほどの小さい組織だが、尾谷憲次の名前は、全国の組織に轟いている。造船業が盛んで、港湾労働者が多かった呉原市は、昔から博打《ばくち》が盛んだった。数多くいた博打打ちのなかでも、尾谷の度量はずば抜けていた。戦前、戦中、戦後と、世の中が激変するなか、尾谷は博打一本でシノギを行った。

勝つときは賭場《とば》の金を総浚《ざら》いし、手本引きで一晩に三億勝つ。億の金を前にしても決して怯まない度胸の良さは、いまでは語り草になっている。しかし多くの親分衆が一目置いた最大の理由は、尾谷の凜《りん》とした、立ち居振る舞いにあった。どんなに勝とうが負けようが、眉ひとつ動かさない。正座を崩さず、常に背筋をぴんと伸ばしていた。なによりも筋を通すことを重んじ、理不尽な要求には、相手が巨大組織であろうと、命を張って立ち塞《ふさ》がった。

――ありゃあ、古武士じゃのう。

県警捜査四課の古参刑事は、尾谷のことを訊ねる日岡に、そう言って嘆息した。

「最近、五十子《いらこ》会の方はどうな」

大上が煙草をくわえ、日岡に顔を近づける。素早くマッチを擦って火をつけた。

「加古村のもんをつこうて、またうちのシマを荒らし回っとります」

忌々しげに、一之瀬が舌打ちする。

「御大が出てくるけいうて、五十子も焦っとるんじゃろ」

陶器製の灰皿に煙草の灰を落としながら、大上は得心したように言った。

五十子会は、尾谷組と同じく古くから呉原に暖簾を掲げるヤクザ組織だ。構成員は百人を下らない、呉原最大の暴力団だった。尾谷組とは港湾荷役の利権や縄張りをめぐり、過去に何度も抗争を繰り返している。長きにわたった諍《いさか》いは、いまから十三年前の第三次広島抗争終結に伴い手打ちとなったが、積年の遺恨は、いまでも燠火《おきび》のようにくすぶり続けているようだ。

「加古村は筋も道も知らんボンクラ上がりですけん。平気で、縄張りを荒らしてきよる。浅沼《あさぬま》の兄弟盃《さかずき》もろうたもんじゃけん、一端の極道になったつもりでおるんでしょう」

加古村組は、表向きは独立した新興組織だが、組長の加古村猛が、五十子会の若頭、浅沼真《しん》治《じ》と兄弟分の盃を交わし、両者は友誼《ゆうぎ》関係にあった。実質的には、五十子会の傘下と言っていい。

それに、と一之瀬は言葉を続ける。

「ガミさんも呉原金融のきな臭い話、知っとられるでしょう。あいつら、堅気に手ェ出しとるかもしれん」

「経理の上早稲が失踪した件か。なんぞトラブルに巻き込まれ、加古村から追い込みかけられとんじゃないか、いう噂が出とったよのう」

「わしは噂じゃのうて、ほんまのことじゃ思います」

一之瀬が鼻に皺を寄せる。

「うちの若い者の話じゃと、加古村組のやつら、必死になって上早稲の居所《ヤサ》を捜しとったそうです。上早稲の失踪に、加古村組は間違いなく噛んどります」

「実はわしらの方でものう、噂を聞いて、内偵をかけとった。住居は家財道具が置きっぱなしで、夜逃げ同然に姿を消しちょる。普通じゃったら加古村の組内から、なんかしらの情報が漏れてくるんじゃが、今度ばかりはいっさい梨の礫《つぶて》じゃ」

そこで言葉を切り、大上は一之瀬に顔を近づけた。

「臭うよ、のう」

囁くように言う。

「たしかに」

一之瀬も、声を潜めて肯いた。

大上は麦茶を飲み干すと、立ち上がって伸びをした。日岡も急いで腰をあげる。

欠伸《あくび》混じりに大上が訊いた。

「のう、守孝。お前これから、身体空いとるか」

はい、と一之瀬が目を見て答える。

「ほうか。じゃったら、一杯やらんか。こいつの歓迎会じゃ」

大上が日岡の背中を勢いよく叩く。驚いて大上の顔を見た。ヤクザと刑事が飲み屋に同席して、大丈夫なのか。不安げな日岡を無視して、一之瀬が言った。

「喜んで、お供します」

啞然として大上と一之瀬の顔を見やる。ふたりとも満面に、笑みを浮かべていた。

（三）

大上の行きつけの店は、事務所から車で十分ほど走った繁華街にあった。全国チェーンの居酒屋やカラオケボックスが建ち並ぶ賑《にぎ》やかな通りから脇道に入り、入りくんだ道を川に向かって歩いていくと、細い路地に出る。観光案内やチラシに載っていない静かな道の奥に、「小料理や　志乃」と書かれた和看板がひっそりと灯《とも》っていた。昔の待合を思わせる古い店の造りは、日常から離れた隠れ家のようだ。

うなぎの寝床の店内は、一階にカウンター席が四つあるほか、二階に四畳半ほどの座敷がふたつあるらしい。客は日岡たち三人だけで、店は貸し切り状態だった。

日岡を真ん中に、三人はカウンターに座った。下座の末席に座ろうとしたが、主賓は真ん中じゃ、という大上の一喝に折れた。

ビールで乾杯し、すぐ冷酒に代わった。アルコールが口の中で染みる。苗代との格闘で、口内が切れているのだ。脇腹も重く疼《うず》いていた。だが、アルコールが進むうち、痛みは大して気にならなくなった。酔いで痛覚が麻痺《まひ》したのだ。

小一時間で、二合徳利が五本空いた。

日岡が警官になった経緯を大上が話すと、女将《おかみ》の晶子《あきこ》は着物の前合わせを整えながら、呆れたように笑った。

「広大出て、警察官ね。変わりもんじゃねえ。親御さん、かなり反対したんちゃうの？」

日岡は簡単に、自分の経歴を説明した。

会社員の父親と、海産市場に勤める母の子として生まれ、五歳上の兄がひとりいる。地元の市役所に勤めている兄は昨年結婚した。いまは広島の実家に、両親と兄夫婦の四人が住んでいる。今年の冬には、新しい家族が増える予定だ。

「長男として生まれたからか、兄は昔から責任感が強くて親思いでした。そんな兄に親は小さいころから期待を寄せていた。次男の俺は、よく言えば自由に育てられ、逆の言い方をするならば、ほったらかしでした。だから、俺が広大を出て警察官になると言っても、さほど反対はしませんでした」

日岡は手元の猪口《ちょこ》に、視線を落とした。

いまになれば、広大を出て大手企業に就職しなかったのは、親や兄に対する反抗だったのだとわかる。広大に合格したとき、それまで自分の進路に口を出したことがなかった両親が、卒業した暁には一流企業の会社員だな、と口にした。子供は親の期待のままに育つと、当たり前のように考えている両親に抵抗を覚えた。自分は兄ではない。自分は自分だ。兄と同じように、両親が敷いた人生のレールを、日岡は歩みたくなかった。そして、警察官になった。

成り行きで選んだ仕事だったが、警察学校で警察官としての教育や訓練を受けるに従い、心持ちが変わってきた。人々の生活を守ることの重要性や仕事に対する使命感を強く抱くようになった。警察学校を卒業するころには、自分の天職とさえ思うようになっていた。

大上は煙草の煙を、天井に向かって大きく吐き出した。

「職種は違えど、兄弟揃って公務員か。さすが、学士様一家じゃのう」

言葉では褒めているが、声には明らかに冷やかしの色が含まれていた。

「俺の話は、もういいです」

日岡は話を打ち切ろうとした。しかし、大上は止めない。話は日岡の生い立ちから、今日、苗代と遣り合った話へと移った。日岡と苗代の闘いを、身振り手振りを交えて面白おかしく披露する。一之瀬も見てきたように相槌《あいづち》を打ち、話を煽《あお》った。

晶子は話を聞きながら、笑みを浮かべた柔和な視線を、カウンター越しの三人に投げかけた。歳のころは四十そこそこか。見ようによっては三十代前半でも通りそうだ。黒い髪を結い上げピンで留めている。肌が白く、項《うなじ》が綺麗《きれい》だった。

大上の話が一段落すると、つまみのヌタを日岡の前に置きながら、晶子が言った。

「いまの若い子はみんな、綺麗で楽で、お金になる仕事に憧《あこが》れるのに——。ほんま日岡さんて、変わり者じゃねえ」

「変わりもん変わりもん、言うな。見込みがある、言えいや」

呂律《ろれつ》が怪しくなってきた舌で、大上が晶子に嚙みつく。

「はいはい。見込みがあるんは、ガミさんと同じじゃね」

からかうように晶子が笑う。

「馬鹿たれ、この。わしなんかと一緒にすんな。日岡は広大出の学士様ど！」

「わかった、わかった。おっしゃるとおり」

晶子は一之瀬の盃に冷酒を注《つ》ぎながら、気持ちのこもらない相槌を打った。

「わかりゃあ、ええんじゃ」

手酌で盃を満たしながら、大上がつぶやく。

一之瀬が含み笑いを漏らしながら、日岡の耳元に囁く。

「ガミさん、あんたのこと、えろう高く買《こ》うとられるみたいですね」

驚いた。日岡も声を潜めて返す。

「そうでしょうか。初日から、叱られてばっかりでしたけど」

ふたりのひそひそ話を聞きつけ、晶子がカウンター越しに身を乗り出した。

「ここにはねえ、ガミさん、気に入った人しか連れてこんのよ。前の相棒の人なんか、いっぺんも連れてきたことないんじゃけん」

意外だった。会ったその日に人から気に入られることなど、これまでの人生ではなかった。にわかに信じがたい。

「なにをごちゃごちゃ言うとるんじゃ」

空になった徳利を振りながら、大上が割って入った。

「いや、ちょっと昔話しとっただけですよ」

一之瀬がにこやかに言う。

「昔話ィ、なんならそりゃ」

大した話じゃないんよ、と言いながら晶子は新しい徳利を大上の前に置いた。空の徳利を下げる途中、突然なにかに気づいたかのように、口に手を当てる。大上と日岡の顔を、まじまじと見比べた。

「あらいやだ。日岡さん、ガミさんの若いころに似とらんね」

同意を求めるように、晶子は一之瀬を見た。

一之瀬は身体を捻り、改めて日岡の顔を正面から見た。

「言われてみれば……目のあたりが」

唸《うな》るように言う。

「でしょう！」

声のトーンをあげて晶子が叫んだ。

「ねえねえ、ガミさん！　ガミさんはどう思うね」

親に同意を求める子供のような口調で、晶子は大上の肩を揺する。

前を向いたまま、大上は不機嫌そうにつぶやいた。

「冗談言うなや。似とるもんかい。わしの若いころは、もちいとハンサムじゃったわ」

大上の反論に、晶子は不満そうに首を傾げた。

「そうかねえ。うちは日岡さんの方が、ハンサムじゃと思うわ」

日岡は気になっていたことを訊いた。

「おふたりはいつごろからの知り合いなんですか」

そうじゃねえ、と晶子はわざとらしく視線を遠くへ飛ばした。

「うちが二十歳のころじゃけ、いまから五年くらい前かねえ……」

大上が酒を噴き出す。

「馬鹿言うな。二十歳もサバ読んでなに考えとるんじゃ」

ふふ、と晶子は科《しな》を作って笑う。ということは、晶子は四十五歳。大上とは二十五年来の知り合い、ということか。

大上が手洗いにいくため、席を立つ。

口元を手で隠しながら盃を干した晶子に、日岡は酌をした。返しの酌をしながら、晶子は日岡に訊いた。

「日岡さん、下の名前はどう言うんね」

「秀一です。秀でるに数字の一、と書きます」

今日二度目の説明をする。

晶子と一之瀬の動きが止まった。ふたりとも口を噤《つぐ》み、日岡を見る。なにか、気にかかることを言っただろうか。訊ねると晶子は我に返ったようにはっとして、取り繕うように言った。

「いえ、ええ名前じゃ思うて。ねえ、守《もり》ちゃん」

同意を求められた一之瀬が、ひと息ついて口を開く。

「ああ、ええ名前じゃ」

おかしい――。大上も日岡の名前を褒めた。秀一などという平凡な名前に、なぜ三人は過剰に反応するのだろう。

鼻唄を歌いながら、大上が手洗いから戻ってきた。かなり機嫌がいい。

「よーし、守孝！　今日は徹底的に飲むぞ。潰《つぶ》れるまで付き合えや」

一之瀬が自分の盃を高く掲げる。

「わかりました。最後までお付き合いさせていただきます」

日岡は顔をあげ、店の掛け時計に酔眼を向けた。

日付が変わろうとしている。
長い一日は、まだ終わりそうにない。

二　章

――日誌

昭和六十三年六月二十日。

午前十一時、呉原東署会議室にて大上班捜査会議。加古村組系列の呉原金融社員、上早稲二郎失踪《しっそう》事件の捜査について暴力団係係長友竹《ともたけ》警部補より指示。

午後二時。東署にて上早稲二郎の妹、潤子《じゅんこ》から事情聴取。

午後五時。加古村組組員、久保忠《くぼただし》の行動確認開始。

[redacted]（一行削除）

午後七時。覚せい剤取締法違反（所持）にて久保を現行犯逮捕。

[redacted]（三行削除）

午後九時半より、東署にて久保の取り調べ。

[redacted]

[redacted]（二行削除）

（一）

二課の刑事部屋で過去の捜査書類に目を通していた日岡は、ドアが乱暴に開く音を聞き、思わず顔をあげた。他の課員も一斉に、何事かとドアを注視する。

入り口には、不機嫌そうに爪楊枝《つまようじ》をくわえた大上が立っていた。眉間《みけん》に皺《しわ》を寄せ、口をへの字に結んでいる。トレードマークのパナマ帽から覗《のぞ》く目は、赤く血走っていた。

誰も声をかけようとしない。いつもなら、大上班の席から、「おはようございます」「お疲れ様です」と声が飛ぶところだが、日岡以外の捜査員はみな一様に、首を竦《すく》めて机に目を落としている。触らぬ神に祟《たた》りなし、といった風情だ。

大上はドアを開け放ったまま、無言で部屋を横切り、派手な音を立てて自分の椅子を引いた。日岡は上目遣いに班長席に視線を向けた。大上が腰を下ろす動作に合わせ、ゆっくりと頭を下げる。気がついたのか、つかないのか、大上は日岡の会釈を無視し、爪楊枝を灰皿に吐き捨てた。

三十畳ほどの広さの二課は、ふたつのシマに分かれている。暴力団係と知能犯係だ。それぞれのシマの上席には、係長が座っている。暴力団係の友竹啓二《けいじ》と、知能犯係の笹谷学《ささやまなぶ》だ。その下に、暴力団係が二班、知能犯係が一班座っている。暴力団係の班長は、大上と土井秀雄だ。班長と呼ばれる主任の下に、暴力団係は各五名、知能犯係は六名の捜査員が充てられている。

課長を入れて、総勢二十二名、内暴力団担当は十三名だ。中規模警察署にしては、マル暴刑事の数は多い方だろう。部屋の奥には、課を統括する課長の斎宮正成が陣取っている。部下を見渡せる席だ。

大上が席に着くと、直属の上司である友竹が小さく舌打ちした。

「ガミさん。何時まで飲んどったんの。こっちまで酒の臭いがするで」

声に苛立《いらだ》ちと諦観《ていかん》が混じっている。

友竹は警部補だから、階級は大上より上だ。しかし、歳は三歳下だった。友竹にとっては部下だが、大上には、歳上というだけでなく、無視できない実績もある。普段から気を遣い、呼び捨てにすることはなかった。

知能犯係の笹谷に至っては、大上より五歳も下で二課歴も浅いことから、愛称ではなく「大上さん」と呼んでいる。二課で大上を呼び捨てにするのは、階級、年齢ともに上である課長の斎宮だけだ。

大上は椅子ごと後ろを向くと、被《かぶ》っていたパナマ帽を脱いだ。

「五時くらいですかのう」

二日酔い特有の嗄《しゃが》れ声だ。

酒臭い息を払うように、友竹は顔の前で手を振った。

「よう、そがァに飲めるのう」

友竹はほとんど酒を嗜《たしな》まない。日岡の歓迎会でも、盃《さかずき》を舐《な》める程度だった。

「遊びで飲んどったわけじゃ、ないですけ」

椅子を元に戻すと、大上は引き出しを開け、買い置きの煙草を取り出した。日岡は素早く立ち上がり、班長席に駆け寄った。大上用に買った百円ライターで火をつける。大きく吸い込み、大上は紫煙を吐き出しながら背中の友竹に言った。

「係長もその辺は、よう知っとられるはずですが」

友竹はそれ以上なにも言わず、唇を窄《すぼ》め、読みかけの書類に目を落とした。

日岡は給湯室に入り、大上のコーヒーを淹《い》れた。

大上が朝から出勤するのは珍しい。日岡が呉原東署へ赴任して一週間になるが、午前中に大上の顔を見たのははじめてだった。昼近くまで寝て、行きつけの喫茶店コスモスでモーニングを食べるのが日課だ。大上の場合、たとえ夜でも頼めばモーニングが出てくる。署に居たのを呼び出されて、日岡も二度ほど付き合わされている。そのあと出勤するので、署に現れるのはたいてい午後一時を回っていた。

現場は通常、交番勤務や機動捜査隊など二十四時間体制の部署以外は、八時半から十七時十五分までが勤務時間となる。当直の日は別にして、日岡は七時には出勤していた。

一番の下っ端には、朝の雑務がある。課員の机を雑巾《ぞうきん》で拭《ふ》き、ポットに湯を沸かさなければならない。先輩が出勤すると、部屋の隅に置いてあるキャビネットから本人専用の湯呑《ゆの》みやカップを取り出し、飲み物を作る。茶ならば濃さや温度、コーヒーならば砂糖やミルクの有無など、個人の好みを覚えるのは大変だった。警察学校の刑事課研修のときにもお茶出しはやったが、研修で行った所轄とは違い、呉原東署の二課には鉄拳《てっけん》制裁があった。湯呑みを間違えたり、コーヒーに入れる砂糖の量を誤ったりすると、容赦なく頭を叩《たた》かれた。

大上は砂糖入りミルクなしのコーヒーしか飲まない。砂糖はスプーン半杯だ。一度、間違ってミルクを入れたコーヒーを出したことがある。大上は「刑事はのう、こっちも大事じゃが」と、自分の二の腕を指し、続けて「こっちはもっと大事じゃ」と、日岡の頭を拳《こぶし》でぐりぐりと揉《も》んだ。

記憶力の鍛錬は大切な修業だ、というのが大上の言い分だった。顔、身長、行きつけの店、女のタイプ、好きな食い物、趣味、性癖。あらゆる情報が、被疑者を捕まえる重要な手掛かりになる。

大上の言い分はもっともだと思う。しかし、刑事にとっては、記憶力と同じくらい大事なことがある。書類作成能力だ。捜査活動に従事しているとき以外、刑事は書類を書いていると言っても過言ではない。送検するに当たっては、事件発生から逮捕に至るまでの詳細な過程を書類に記載し、被疑者の調書と併せて検事に提出しなければならない。

日岡も、交番勤務のときに交通違反キップや盗難届の書類を作成していた。が、裁判所への令状発布申請や事情聴取記録といった刑事ならではの書類は、刑事課研修時代に指導を受けたものの、自分ひとりの責任で書いた経験がなかった。

朝の雑務をこなすだけならば、八時前に出勤しても間に合う。早く出て来るのは、書類の書き方を少しでも多く勉強するためだ。大上が顔を出すまで過去の捜査記録を読み、ノートに書き写すことは、日岡にとって大切な日課だった。

日岡は腕時計に目を落とし、時間を確認した。十時五十分。三分の一しか筆写できなかったファイルを閉じる。いつもなら午前中いっぱい捜査記録を書き写せるのだが、今日は十一時から会議があった。

壁際に置かれているキャビネットにファイルをしまう。会議用の飲み物の準備をするため、大上班の湯呑みとコップを集めて回った。

「ガミさん」

大上の並びの席にいる土井が、苦笑しながら声をかけた。

「なんぼ仕事じゃいうても、日曜日まで働かんでええでしょ。ほっといても死ぬほど働かされますよ、もうじき月間ですけ」

大上は面白くもなさそうに、唇を歪《ゆが》めて肯《うなず》いた。

土井がいう月間とは、特別強化月間のことだ。犯罪の検挙率をあげる取り組みを強化する期間のことを指す。年末や半年に一度の春秋に行うもののほかに、県警本部長が検挙率の向上やマスコミに対する広報のため、不定期に張る場合もある。

いま、課長の斎宮が席を外しているのは、来月の銃器対策強化月間の会議のためだった。

この四月で、東署の署長は、定年間際のノンキャリから若いキャリアに替わっていた。一般的にこのような場合、定年を控えたノンキャリ署長はキャリアに花を持たせるため、昨年対比を落として署を去るものだが、何を考えたか、前任の署長は昨年、署員をきりきり締めていた。昨年対比を、軒並み上げて退官したのだ。聞くところによると、キャリア全般に、含むところがあったらしい。おかげで東署のノルマは、過去最大値にまで上がっていた。

班員の机を回っていた日岡は、最後に係長席に向かった。友竹は日岡が手にしている盆にカップを載せると、大上班を見渡した。

ろだった。

「どれ、そろそろ時間じゃ」

十一時五分前だった。

日岡は盆に載せた全員分の湯呑みとコップを手に、急いで給湯室に向かった。

「しゃあないのう」

背後で嗄れ声がする。見ると大上が、喉《のど》の奥まで見える欠伸《あくび》をしながら、立ち上がったところだった。

（二）

廊下の突き当たりにある会議室には、コの字形に長机が置かれていた。

上座に友竹と大上、ふたりが座る机を囲む形で置かれている机に、日岡を含む五人の係員が分かれて座った。

日岡が飲み物を出し終わったところで、友竹は席に着く全員の顔を眺めた。

「前もって伝えてあるように、今日は呉原金融社員失踪に関する会議を行う。みんな、事件の概要は知っとるな」

全員が、友竹を見て肯いた。

今年の四月、広島市内の今里《いまさと》通り路上で、暴力事件が起きた。加害者は加古村組組員の渡瀬《わたせ》拓《たく》、被害者は信金職員の矢本隆行《やもとたかゆき》だった。

渡瀬はもうひとりの組員と、会社帰りの矢本を待ち伏せし、嫌がる矢本をひと気のない路地裏へ連れ込んだ。矢本は隙を見て逃げ出そうとしたが、その際、渡瀬から腹部を殴られた。近所の住人の通報により警察官が駆け付け、三人は交番へ連行された。

保護された交番で警官から事の経緯を訊《たず》ねられた矢本は、帰宅途中にいきなり渡瀬たちに絡まれ、上早稲の居場所についてしつこく訊ねられた、と答えた。矢本は上早稲が以前勤めていた広島東西信用金庫の同僚で、かつては一緒に旅行もした仲だった。

もっとも、上早稲が不祥事を起こして会社を首になったあとは、年賀状の遣《や》り取りがあるくらいで、この二、三年は声を聞いたこともないという。現住所は知っているが、勤め先はおろか暮らしぶりなど、いまの私生活はいっさい知らない。

矢本は突然現れた男たちに何度も説明したが、取り合ってもらえなかった。男たちは矢本が上早稲に出した年賀状をちらつかせ、立ち寄りそうなところをひとつでもいいから思い出せ、と執拗《しつよう》に詰め寄った。

埒《らち》が明かないと思った矢本は、「もう、勘弁してください。ほんまに知らんのですけ」と足早にその場を立ち去ろうとした。男は逃げ出そうとする矢本の肩を摑《つか》み、「痛い目見てでも、しゃべってもらうど」といきなり腹を殴りつけた。

渡瀬は暴行容疑については認めたものの、「肩が触れたことから口論になった。上早稲の年賀状は拾ったもので、持っていたのはたまたまだ」と白を切り通した。

この一件で、加古村組が上早稲を血眼になって捜していることを、警察は摑んだ。

上早稲に加古村組の追い込みが掛かっていることから、なにかしらの事件性が疑われる。

矢本の件を扱った所轄の広島北署から報告を受けた斎宮は、部下に上早稲について調べさせた。加古村組が追っている男の名前は上早稲二郎、年齢三十三歳。本籍は広島市で住民票は呉原市にあった。結婚はしていない。呉原金融に勤めてまだ一年ほどだが、今年の春から行方がぷっつり途絶えていた。

呉原金融はいわゆるフロント企業で、社長は堅気だが実質、加古村組が運営している。上早稲の失踪が事件である可能性は高いとしながらも、親族から家出人捜索願の届け出がされていないことから、警察は本人の意思による失踪の可能性も捨てきれず、様子を見ることになった。

事が動いたのは、十日前のことだ。

上早稲二郎の妹を名乗る女が呉原東署に、家出人捜索願を出した。

この一年、兄とは連絡をとっていなかったが、先だって叔父《おじ》が亡くなり、葬儀の知らせのため電話をかけた。が、朝も夜も繋《つな》がらない。その日は諦《あきら》めて翌日、電話を掛け直したがだめだった。叔父の葬儀も迫っていることから、直接、兄のアパートへ足を運んだ。大家に部屋を開けてもらったところ、家財道具に薄く埃《ほこり》が積もり、しばらく人の住んだ気配がなかった。家賃は自動振込みで入っているが、大家もこの数カ月、姿を見かけていないという。大家が知っていた兄の仕事場にも連絡をしたが、無断欠勤が続いたので三月末で首にした、と素気ない答えが返ってきた。

心配になった潤子は、実家の近くの交番へ相談に行った。そのとき応対した警官から、兄の住所がある呉原東署に捜索願を出すよう勧められた。

上早稲の捜索願を受理した呉原東署地域課の刑事は、上早稲の勤め先が暴力団関連企業であることから、すぐさま二課に報告した。報告を受けた大上は、密《ひそ》かに内偵をはじめた。

内偵の結果、大上は事件性が高いと判断し、改めて上早稲潤子から話を聞く運びとなった。

事情聴取は潤子の仕事の都合で二十日、月曜日の午後に決まった。この日をもって正式に、大上班は上早稲二郎失踪事件に専従することになった。いま行われている会議は、今後の捜査方針を決めるためのものだ。

上早稲の失踪は、日岡が呉原東署へ赴任してくる前に起きた出来事だが、概要は摑んでいた。上早稲が姿を消し、加古村組が必死に行方を追っている話は、赴任初日に大上の口から耳にした。「志乃」で大上や尾谷組若頭の一之瀬と朝まで飲んだあと、二時間の仮眠をとって出勤し、上早稲の捜索願と広島北署から回ってきた矢本暴行事件の捜査資料を、ノートに書き写していた。

友竹は資料を手にし、事件概要の説明をはじめた。

「妹の名前は上早稲潤子、三十一歳。広島市内の上丘《かみおか》町に住んでいる。勤務先は同じく上丘町にある美容室ソア。独身だ」

三カ月も捜索願を出さなかった理由を、地域課の刑事が訊ねると、潤子は言い難《にく》そうに、事情があって兄とは疎遠になっており、つい最近事実を知ったもので、と答えたという。

「事情というのはおそらく、上早稲の前科を指していると思われる」

上早稲は三年前に受刑者となっている。特定商取引法違反および詐欺罪で懲役二年の実刑を喰《く》らい、広島刑務所に入所していた。マルチ商法に関わり、有罪判決を受けたのだ。

「上早稲は地元の上丘商業高校卒業後、広島東西信用金庫に就職したが、五年で首になっている。ギャンブル好きで勤務態度も悪く、服務規律違反で退職を勧告されたそうだ。なまじそろばん勘定ができたのが災いしたんだろう。信用金庫を辞めたあと、マルチ商法に加担し経理を担当したが、会社が摘発されてお縄になった。呉原金融には、二年の務めを終えて出所したあと就職している」

ここまではいいか、というように友竹が全員の顔を見渡す。

黙って聞いていた大上が口を開いた。

「おおかた刑務所で、加古村組の誰かと知り合《お》うたんでしょう。自分から頼っていったか、それとも誘われたんかはわからんが、刑務所仲間の伝手《つて》でゲソをつけたんじゃ思います」

自分がこれから言おうとしたことを先に指摘されて面白くないのか、友竹はひと言、まァそんなところじゃろう、と気のない返事をした。

友竹は気を取り直すように咳《せき》払いをすると、語気を強めた。

「上早稲失踪の捜査は、三班に分かれて行う。まず、唐津《からつ》、高塚《たかつか》」

名前を呼ばれたふたりは、友竹に顔を向けて背筋を伸ばした。

「お前らは呉原金融の事務所を張れ。交替で出入りを監視し、怪しい動きがあったらすぐ報告せい」

ふたりは黙って肯く。

「それから、柴浦《しばうら》と瀬内《せうち》。呉原金融の資金の流れを洗え。笹谷のところにも協力を頼んどく」

知能犯係の係長の名前をあげ、友竹は柴浦と瀬内を見た。体育会系の柴浦が、微《かす》かに顔を曇らせる。内勤のそろばん捜査より、現場の張り込みの方が性に合っているのだろう。

二課の中で、暴力団係と知能犯係の関係は、必ずしも良好とは言えなかった。赴任して一週間の日岡にも、両者の間に流れる微妙な空気は伝わってくる。唯一、知能犯係と関係が良好なのは、柴浦とコンビを組む瀬内だった。警察学校の同期である知能犯係の捜査員と、ちょくちょく飯を食いに行く姿は、日岡も目にしていた。その辺を考えての役割分担だろう。

で――と、友竹は隣にいる大上を見た。

「ガミさんと日岡には、潤子の事情聴取と、加古村組組員への直当《じか》たりを担当してもらう」

メモを取る手に力がこもる。直当たりとは文字通り、直接、事件関係者に探りを入れることだ。張り込みや尾行と違い、相手と向き合う捜査のため危険も多い。

赴任初日、パチンコ日の丸の駐車場で苗代と殴り合ったことを思い出す。捜査のためなら、大上は部下を手持ちの駒にし、危険な目に晒《さら》すことも厭《いと》わない。悪い予感がする。が、最前線の捜査に加われる興奮の方が大きかった。

友竹が勢いよく椅子から立ち上がった。

「報告は以上じゃ。こんところ加古村の外道は付けあがっとる。そろそろ鼻をぶしあげたれい！」

大上と日岡以外の係員は立ち上がり、はい、と気合のこもった返事をした。日岡も慌てて立ち上がる。

柴浦を先頭に、大上班は会議室のドアに向かった。話がある、と友竹に呼び止められた大上を残して、日岡も先輩たちのあとに続く。

廊下に出ると、唐津が両手をあげて大きく伸びをした。

「今日から張り込みかァ、きついのう」

唐津は二課歴五年の巡査長だ。今年で四十になる。深夜から早朝にかけて仮眠が取れるとはいえ、二交替、二十四時間態勢の張り込みは身体に応《こた》えるのか、めずらしく弱音を吐いた。

隣を歩いていた柴浦が、唐津の顔を覗き込んだ。

「唐津さんのきついんは、こっちでしょう」

柴浦は指を二本立て、煙草を吸う真似をした。柴浦は二課歴四年で、階級は唐津と同じ巡査長。唐津の三歳下だ。

心中を看破《みやぶ》られた唐津は、ばつが悪そうに頭を掻《か》いた。

「煙草を吸わんお前にはわからんじゃろうが、わしのようなヘビースモーカーにはのう、夜の張り込みは難儀なんじゃ」

夜の張り込みは煙草に気を遣う、と刑事課研修時代に聞いたことがあった。被疑者のヤサがひと気のない住宅街にある場合、夜は暗がりに潜むことになる。闇に浮かぶ煙草の火は、被疑者に自分の居場所を教えるようなものだ。警察が張っていると気づかれないように、なるべく煙草は我慢するらしい。どうしても吸いたいときは、空き缶のなかに煙草の先を突っ込み火を隠して吸うそうだ。

「そがァに辛《つら》いなら、いっそのこと止めりゃあ、ええじゃないですか。身体にも悪いし」

柴浦は苦言を呈した。柴浦は煙草を吸わない。子供のころに喘息《ぜんそく》を経験しているせいか健康意識が高く、机の引き出しには愛用している健康食品がいくつもしまわれている。昼食も、外食ばかりだと野菜不足になるからと、妻の手作り弁当を持参していた。柴浦に言わせれば、喫煙は、首にかかっている縄を自分の手でゆっくりと絞めているようなものらしい。

唐津とともに張り込み担当になった高塚が、後ろから話に割って入った。

「夜は俺が張りますけん、唐津さんは昼間見張ってください」

唐津は高塚を肩越しに振り返り、厭《いや》らしい笑みを浮かべた。

「新婚さんに、そがな野暮《やぼ》なことさせられるかい。こっちの務めも大事じゃが、夜の勤めも大事じゃろう」

高塚の顔が赤くなる。高塚は去年結婚したばかりの新婚だ。男の二十七歳での結婚を、早いと感じる者もいるだろう。しかし警察では、なるべく早期に所帯を持つよう、署員に勧めていた。一家を構えているという社会的な信用を得るためと、駐在勤務を考えてのことだ。交番と住居が一緒になっている駐在は、基本、家族ぐるみで担当する。いまは所轄に勤めているが、なにかヘマをして片田舎の駐在所へ左遷される可能性もある。人生、なにが起こるかわからない。どのような処遇にも対処できる環境を早く整えろ、ということだ。

高塚の隣にいる瀬内が、恨めしげな溜《た》め息をついた。

「できるもんなら、わしが夜の張り込みを代わりたいですわ」

柴浦が哄笑《こうしょう》する。

「嫁さん、まだ、許してくれんのか」

瀬内は柴浦の同期で、二課歴は二年。瀬内は、署内でも有名な恐妻家だった。ひと月ほど前、昇進試験用の問題集のあいだに隠しておいたへそくりが見つかり、妻から猛攻撃を喰らった。瀬内は平謝りし、詫《わ》びとして妻と七歳になる娘に特上寿司《ずし》を奮発したのだが、それでも妻の機嫌は直らない。まだどこかにへそくりを隠しているのではないか、と疑っているらしい。

瀬内は撫《な》で肩をさらに落とし、息を吐《は》いた。

「こっちだって、少ない小遣いから捜査費を捻出《ねんしゅつ》しとるんじゃ。わずかなへそくりぐらい、大目に見てくれてもええと思わんですか」

瀬内の泣き言に、みなが同意した。

事件の捜査には、捜査費がかかる。聞き込みや尾行の際に必要となる交通費などだが、一番の出費は情報提供者との飲食費や謝礼だった。

捜査協力者に関わる出費は、事件を扱う部署には多かれ少なかれ必ずある。なかでも、二課や公安の捜査員が支払う金額は別格だった。

組織犯罪を対象とする二課の情報提供者は、ほとんどがエスと呼ばれるスパイだ。

エスに関わる費用は経費では落ちない。領収証がないからだ。

エスは当然のことながら、自分が警察に内通していることを誰にも知られたくない。身元がばれることを恐れるエスは、情報提供の謝礼を渡しても領収証など切らない。刑事と一緒にいるところを見られることすら嫌がるエスが、名前を残すような真似をするはずがない。エスにかかる費用の多くは、刑事が自腹を切っている。

飼っているエスがいればいるほど、懐は痛む。だが、組織犯罪の摘発に、内部情報を提供してくれるエスの存在は必要不可欠だった。

捜査費という言葉に、日岡は尾谷組の一之瀬を思い出した。

大上と一之瀬は、相反する間柄でありながら、かなり親しげな様子だった。大上にとって一之瀬はエスなのだろうか。赴任初日に、三人で酒を飲んだが、あのときの支払いはすべて大上が持った。日岡の歓迎会という名目だったが、あれはエスとの関係性を深めるためだったのではないのか。

歓迎会といえば——日岡の頭に、三日前の夜が浮かんだ。

金曜日の夜、大上班で日岡の歓迎会があった。仕事が終わる時間がばらばらのため、全員が顔を揃えたのは、夜の十時近かった。

場所は東署の近くの大衆居酒屋で、良心的な値段の店だった。七人で飲んで、諭吉《ゆきち》が三枚で足りた。先に帰った友竹が一万円置いていったが、残りは大上が支払った。部下たちは、割勘にしましょう、と言ったが大上は、安月給がなにええ恰好《かっこう》しとる、と取り合わなかった。訊《き》けば、大上は月に一度、慰労と称して部下を連れ、飲みに行っているという。支払いはいつも大上らしい。頭を下げる部下に大上は、またひと月がんばれや、と笑いながら発破をかけるという。

階級が上で警察表彰をいくつも受けている大上は、たしかに部下たちより月給は多いだろう。だが、エスとの交際費に加え部下たちの飲み代まで持っていたのでは、生活費が足りないのではないか。妻から不満を言われることはないのだろうか。

「大上さんの奥さんも、大変でしょうね」

歓迎会のことが思い出され、ぽろりと口から漏れた。

会話をしながら歩いていた四人が、一斉に口を閉ざす。一瞬だが、互いに目配せをしたことを、日岡は見逃さなかった。

まずいことを言ってしまったのは、自分でもわかった。四十過ぎという年齢から、所帯を持っていると思い込んでいたが、もしや独り身だったのだろうか。

「すみません。大上さんは、独身でしたか」

気まずい思いで、誰にともなく訊ねた。が、みな口を開かない。一様に目を伏せ、黙って廊下を歩いている。

日岡は隣を歩く、唐津の顔色を窺《うかが》った。

視線に気づいた唐津は立ち止まって息を吐くと、日岡の肩に手を置いた。身体を引き寄せ、耳元で囁《ささや》くように言う。

「ガミさんな、事故で奥さんと子供さんを亡くしとられるんじゃ」

日岡は驚いて唐津を見た。

唐津の話では、大上が妻と子を亡くしたのは、いまから十六年前。大上が二十八歳のときだった。妻の名前は清子《きよこ》、当時二十四歳、子供はまだ一歳だったという。

そのころ大上は、広島北署の捜査二課に所属し、第三次広島抗争事件の対応に追われていた。署に寝泊まりすることはめずらしくなく、自宅となっている借り上げアパートに帰るのは週に二日あるかないかで、多忙を極めていた。

その日、大上は五日ぶりに自宅へ帰った。久しぶりに自宅でゆっくり眠れると思っていたが、子供が夜泣きをはじめた。熱もないしどこか痛がる様子もない。ただ火がついたように泣き喚《わめ》く。

声をあげて泣く我が子を抱いてあやしたかったが、身体は疲れ切っていた。泣きやまない赤ん坊を妻に任せて、大上は布団に入った。疲れている夫を気遣い、清子は泣き続ける赤ん坊を背負って外へ出た。

雨の夜だった。清子は傘を差し、夜道を歩いた。住宅街を歩くのは近所迷惑だと考えたのか、清子は狭い県道に出た。三年前に近くに新しいバイパスができ、普段から交通量は少ない道だった。

雨の夜は視界が悪い。清子の後方から走行してきた車両は、人影に気づかなかったのか、時速六十キロ以上のスピードでふたりを撥《は》ねた。衝突音に驚いた近くの住人が、走り去るトラックを目撃していた。

警察はひき逃げ事件として緊急配備を敷き、捜査にあたった。現場には、清子と赤ん坊をひいたと思われる車両の破片と塗膜片が残っていた。

ほどなく、現場から二キロほど離れた路上で、乗り捨てられたトラックが発見された。バンパーがへこみ、左側のヘッドライトが割れていた。照合の結果、事故を起こした車両と特定され、ナンバーから徳山《とくやま》市内の建設業者所有のものと判明した。が、当該車両は、二日前に盗難届が出されていた。

ドライバー用の手袋を嵌《は》めていたのか、ハンドルにひき逃げ犯の指紋はなかった。奇妙なことに、指紋はおろか塵《ちり》ひとつなかった。ハンドクリーナーかなにかで、念入りに清掃したものと思われる。

被害者が警察官の妻子だったこともあり、県警は総力を挙げて臨んだが、捜査は困難を極めた。事故から十六年が経ったいまでも、犯人は見つかっていない。大上は駆け付けた病院の遺体安置所で、わしがふたりを殺した、と号泣したという。

唐津はやるせない溜め息をつき、肩を落とした。

「赤ん坊を自分があやしとったら事故はなかった、そう言いたかったんじゃろう」

言葉が見つからなかった。

「県警じゃあ、有名な話よ。古い人間はみな知っとる」

唐津が宙を見据え、つぶやくように付け加える。

大上の噂は、色んなところから耳に入っていた。しかし、妻子の件は初めて聞く話だった。

「知りませんでした」

やっとの思いで、言葉を紡いだ。

「もうだいぶ前のことじゃし、下手に口にできん噂もあるけのう」

噂——目で問うた。

唐津は、口が滑った、という表情で、ひとつ咳払いした。

「とにかく、そがなわけじゃけ、ガミさんの前で家族のことは言うなよ」

項垂《うなだ》れる日岡の肩をぽんと叩くと、唐津は話を切り上げた。

（三）

取調室の椅子に座る潤子を、日岡は大上の後ろから覗き見た。

潤子は兄の二郎と血の繋がった兄妹《きょうだい》だとわかる顔立ちをしていた。

平板な顔のなかにこぢんまりと納まっている小さな目鼻や、気弱に見える眉《まゆ》の下がり具合が、家出人捜索願の書類に添付された本人写真とそっくりだ。

美容師という仕事に就いているためか、身だしなみには気を遣っているようだった。ウェーブがかかった長い髪を茶色に染め、派手な髪留めで後ろにまとめている。花柄のブラウスに淡い黄色のフレアスカートを身につけ、首にはスカートと同じ色のショールを巻いていた。華やかな出《い》で立ちなのに淋《さび》しげな印象を受けるのは、地味な顔の造りと乏しい表情のせいだろう。

大上は潤子の本人確認を行うと、雑談抜きで本題に入った。

「早速ですが、お兄さん、本籍は広島市になっとりますの。これはご実家ですか」

潤子は俯《うつむ》いたまま肯いた。

「祖父の代から住んどります。海田《かいだ》のはずれの方ですが、前の家は原爆でやられてしもうて、いまの家は戦後しばらくして祖父が建てたものです」

祖父は潤子が十歳のときに、父は二十歳のときに亡くなっている。ふたりとも原爆症を患っていた。兄が家を出てからは、今年五十五歳になる母とふたり暮らしだという。

後ろの小机で、日岡は潤子が話した内容をノートに記録する。

続いて大上は、二郎の経歴を訊ねた。

潤子の話は、会議の席での友竹の報告と大差なかった。

話している間に感情が高ぶってきたのか、潤子の唇が震える。

「人がええんか、単に馬鹿なんか……兄は昔から人に騙《だま》されて生きてきたんです」

潤子は手にしているハンカチを机の上で握りしめた。

「子供のころから人を疑うということがない人で、中学や高校んときから、同級生に上手《うま》いこと乗せられて、万引きや使いっぱしりをやらされとりました。信用金庫を辞めたんも、同じ職場の人に株を勧められたんがきっかけです。しょうもない株を摑まされて、損を取り返すためにギャンブルに嵌まって」

潤子の目が、心なしか潤んで見える。

「それで凝りるか思うたら、今度は競輪場で知り合うた男から、わけのわからん商売の話を持ちかけられたんです。鍋《なべ》やら洗剤やらを売る商売でした。店舗も必要ないし用意するものはなんもない、必要なんはやる気と人脈だけじゃ、とか言われてほいほい乗ってしもうて……マルチ商法いうんですか、昔のねずみ講ですよね。美味《うま》い話には裏があるんじゃけん、そんな胡散《うさん》臭い商売なんか止めときんさい、言うても、今度は大丈夫じゃ、の一点張りで。母や私の説得には、耳を貸そうともしません。案の定、なけなしの金と少ない友人もなくして、それでも止め切らんで、そこの会社の経理をはじめたんです。とうとう捕まって、最後は刑務所入りでした。息子が他人《ひと》様に迷惑かけて、前科持ちになってしもうて、死んだ父や祖父に申し訳が立たん、言うて、母はしばらく泣き通しでした」

当時を思い出したのか、潤子はハンカチで目頭を拭《ぬぐ》った。

兄に対する恨み辛みが胸に蟠《わだかま》っているのだろう。潤子の話は二郎から逸《そ》れ、心痛から心臓病が悪化した母の話や、兄のせいで破談になった自身の結婚話に終始した。

日岡は潤子の愚痴が早く終わることを願った。こっちも暇ではない。二郎の情報を仕入れ、速やかに捜査をはじめなければいけない。

しかし、大上が気を揉んでいる様子はなかった。ときに肯きながら、潤子の愚痴に付き合っている。むしろ途中で、そうですのう、大変でしたのう、と労《ねぎら》いの言葉を挟み、話を盛り上げているようにも見える。

本筋には無関係と思われる話から、重要な情報が入手できる場合もあることは、日岡も承知していた。おそらく大上も、そう考えて自由に話をさせているのだろう。だが、わかっていても、三十分も続くとさすがに気が急《せ》く。

潤子が破談の痛手から立ち直り、母親の心臓も薬を飲まなくてもいいくらいまで快復したところで、話題はやっと、二郎に戻った。母と娘が穏やかな暮らしに戻った件で和らいだ潤子の顔が、再び険しくなる。

「兄は刑務所で問題を起こすこともなく、無事に務めを終えて出てきました。出所した日に、実家で母が作ったご飯を食べながら、兄は、これからは真面目に働く、言うたんです。そんときはうちも思いました。前科持ちになってしもうたけど、刑務所に入ってやっと目が覚めたんだ、これでまともになってくれる、と。それなのに……またあんな男の口車に乗ってろくでもない仕事に就いて……」

唇をきつく結ぶ。

それまで椅子の背にもたれ、悠長に話を聞いていた大上が身を起こした。

「その男、知っとられますか」

潤子は思い出すように、視線を上に向けた。

「たしか、久保さんいうた思います」

「下の名前は」

「さあ、そこまでは」

大上が上目遣いに天井を睨《にら》む。なにやら思案顔だ。

潤子の話によると、出所後ひと月ほどして、久保と名乗る男から二郎に電話があった。仕事から帰ってきたばかりの潤子が取り次ぐと、長話をしたあと、満面の笑みで二郎が茶の間に入ってきた。仕事が見つかった、と嬉《うれ》しそうに言う。呉原の金融会社に経理で雇ってもらえる、と二郎ははしゃいだ。誰の紹介なのか訊ねる潤子に、二郎は言葉を濁した。が、母からも詰問され、不貞腐《ふてくさ》れたように白状した。服役中に知り合った男だという。止めた方がいいと母娘《おやこ》で説得したが、二郎は忠告を聞かず、次の日には身の回りのものだけ持って呉原に向かった。

「兄が家を出ていくとき、勝手にしんさい、もう知らんけん、と母とふたり縁切りを宣言したんです」

「いつごろのことですか」

大上が口を挟む。

「ちょうど桜が咲きはじめたころですけ、去年の三月末です」

俯いていた潤子が、顔をあげて大上を見た。

「兄が電話を引いたときにいっぺん連絡があったんですが、そこでまた喧嘩《けんか》になってしもうて……それ以来、一年以上も音信不通です」

潤子が二郎の失踪に気づいた経緯は、会議のときの友竹の報告と同じだった。

「呉原金融の名前は、どこで聞かれたんですか」

念のため、といった口調で大上が訊ねた。

「大家さんから聞きました。親切な方で、アパートの契約書から電話番号も調べてくれて」

ふむ、と肯いて大上が促す。

「どうでした。呉原金融の応対は」

「けんもほろろでした。無断欠勤が続いたから首にした、の一点張りで。何度も訊ねてようやく、兄が三月下旬から出社していない、と教えてくれたくらいでした。辞めたとはいえ、自分とこで働いていた社員が行方知れずになっとるのに、冷たいと思いませんか」

憤慨したように潤子が語気を強めた。

「兄はいままでにも勝手に仕事を辞めたり、住む場所を変えたりしてきました。身勝手な人じゃけど、連絡先だけは教えてくれとったんです。黙っていなくなるなんて考えられません。きっと、なにかトラブルに巻き込まれたんです」

大上が肯く。

「わかりました。こっちで当たってみますけ。あとは警察に任せてください」

わずかな沈黙のあと、唇を真一文字に結び、潤子は言葉を絞り出した。

「馬鹿な兄でも、兄は、兄です。母も心配して、夜もよう眠れとりません」

潤子は項垂れ、深々と頭を下げた。縋《すが》るように言う。

「どうか、兄を捜し出してください。お願いします」

潤子が取調室を出ると、日岡は腕時計に目をやった。四時過ぎだ。二時間あまり聴取を続けていたことになる。

振り向いた大上がにやりと笑った。

「線が繋がったの」

意味がわからず問い返す。

「線、というと」

「クボチュウじゃ、クボチュウ」

「クボチュウ」

鸚鵡《おうむ》返しに訊く。

「加古村組の組員にのう、久保忠、通称クボチュウいう男がおる」

「それが上早稲の妹が言ってた、久保ですか」

「おおよ。ポン屋のクボチュウいうての、シャブと女で飯食うとる三下《さんした》じゃ」

ポン屋のポンはヒロポンのことだ。シャブも覚せい剤の隠語だが、戦前はヒロポンの名前で通っていた。当時は合法的に売られていたため、いまでも古い愛称を使う人間がたまにいる。

「上早稲が刑務所におったとき、久保もクスリで挙げられて広島刑務所に沈んどる。おおかた、経理を務めていたやつがなんらかの事情で辞めて、その穴を埋められるやつを加古村組が探しとって、それを知った久保が上早稲を誘うた、そんなところじゃろ」

そこまで推測していたのか。潤子の事情聴取の席では、久保を知っていることなどおくびにも出していなかった。そう言うと、大上は日岡を睨んだ。

「当たり前じゃ。話を聞くときはのう、こっちの情報は爪の先も出しちゃあいけん。どこで漏れるか、わからんけえの。事情聴取のイロハのイじゃ」

なるほど――日岡は頭の中のメモ帳に刻み込んだ。

二課に戻ると、大上は日岡にコーヒーを淹れるよう命じた。

悠長に構えていていいのだろうか。久保のヤサを調べ、張り込む準備をしなくてはいけないのではないか。そう思ったが、言葉にはしなかった。おそらく、大上には大上のやり方があるのだろう。

給湯室でインスタントコーヒーを淹れ、大上の席に持っていく。

大上は靴下を脱ぎ、足を机にあげて爪を切っていた。

「おお、そこへ置いとけや」

机の右端を顎《あご》でしゃくる。言われたままコーヒーを置き、自分の席に戻った。

爪を切り終えた大上が、コーヒーを一口啜《すす》り、ショートピースをくわえた。急いで大上の席に向かい、懐から取り出した百円ライターを擦《こす》る。が、何度やっても着火しない。煙草を吸わない日岡は、この百円ライターが苦手だった。一回で火がつくことはほとんどない。

案の定、頭を叩かれた。

「下手くそじゃのう。貸せい！」

日岡の手からライターを捥《も》ぎ取ると、大上は自分で火をつけ、煙を大きく吸い込んだ。顔を緩め、紫煙を吐き出しながら言う。

「ひと仕事終わったあとの一服は、美味いのう」

仕事はまだ終わっていない、と思ったが、口には出さなかった。

大上は残りのコーヒーを飲み干し、靴下を穿《は》いて革靴に足を入れた。支給品ではない、エナメルの高級ブランド品だ。

靴を履くと椅子から立ち上がり、大上は机の上に置いてあったパナマ帽を被った。

「どれ、いくぞ」

突然の命令に面喰らう。

「どちらに」

「馬鹿たれ。久保の住居《ヤサ》に決まっとろうが」

コーヒーを淹れている間に調べたのだろうか。いくら大上でも、チンピラの住所までいちいち把握しているとは思えない。

怪訝《けげん》な思いが顔に出ていたのか、大上は自分の頭を指して言った。

「わしらの仕事はのう、記憶力が勝負なんじゃ」

日岡の肩を叩き、歯を見せて笑う。

ヤクザに関する情報は、どんな些細《ささい》なことでも記憶しておけ——日岡は改めて、頭の中にしかと刻みつけた。

（四）

久保の住居は鍛冶《かじ》町にあった。坂目川の上流にある住宅地だ。江戸時代、刀を作る鍛冶師が多く住んでいたことからその名がついた、と郷土史で読んだ覚えがある。

川にかかる幸《さいわい》橋を渡り、住宅街に入る。道路の拡張工事や区画整理が施されていない町は、細い道が枝分かれになり入り組んでいた。

大上は通りから横道にそれると、ひとつ目の曲がり角のところで車を停めるよう指示した。フロントガラスの先を顎で指す。

「あそこが久保の住居《ヤサ》じゃ。部屋は四階の右端、たしか四〇三号じゃったはずじゃ」

大上の視線を辿《たど》ると、緩やかなカーブの手前に四階建てのマンションが見えた。壁にはグリーンハイツ・アバンとある。

日岡は違和感を覚えた。マンションの外観は白が基調になっている。壁やドア、階段の手すりには、ベージュやピンクといった、女性が好みそうな色が使われていた。ベランダに観葉植物のプランターを置いている部屋も多い。ヤクザ者には似つかわしくない住居だ。

疑問を口にすると、あそこに久保の女がいる、と大上は種明かしをした。久保は自分の住居を持たず、女のところに転がりこんでいるらしい。

大上は阿弥陀《あみだ》に載せていたパナマ帽を、額を隠すように被り直した。

「前は別なとこにおったんじゃが、半年前に女が代わってのう、いまはここに入り浸っとる」

車からは、マンションの正面出入り口と四階が見えた。ここで久保が現れるのを待つことにする。

張り込みをはじめて一時間が経ったころ、雨が降りはじめた。雨粒が流れるフロントガラス越しに、マンションを眺める。はじめての張り込みで要領がわからず、苛立ちが募る。いったい、いつまで張り込みは続くのか。

久保が姿を現したのは、小一時間ほど降り続いた雨が止《や》んだころだった。

夕闇が迫り路上の街灯がともりはじめたとき、四〇三号室のドアが開いた。空を見上げながら、男が出てくる。歳は三十代半ば、口髭《くちひげ》を生やし、髪は短く刈り上げている。黒ずくめのTシャツに短パン姿で、夜だというのに、サングラスをかけていた。セカンドバッグを小脇に抱え、いかにもヒモ、といった風情だ。

それまで助手席のシートにふんぞり返っていた大上が、跳ね起きた。

「久保じゃ。いくぞ」

日岡は車を降りると、打ち合わせどおり、マンションの非常階段へ向かった。大上は正面の出入り口に向かう。どちらの出口を使われても押さえられるように、二手に分かれた。

一度エレベーターの中に消えた男は、一階の駐車場に姿を見せた。車に乗り込むのだ。

大上が駐車場に向かって、足早に移動した。日岡も倣う。

白いクーペに久保が乗り込むと、大上は車の正面に立った。日岡が到着したのを確認し、運転席側に回る。

日岡は車が動けないよう、正面を塞《ふさ》いだ。

フロントガラスの向こうに、呆然《ぼうぜん》と口を開けた久保の顔が見えた。

大上は腰をかがめて、運転席側の窓をノックした。

「久保さん。ちょっとええね」

警察手帳を提示する。

ウィンドウが下がり、久保が顔を出した。

「誰か思うたら、ガミさんじゃないの。どうしたんの」

卑屈な笑みを浮かべ、久保が言う。

「ちいとタレ込みがあってのう。あんたが、シャブ持っとるいう」

口角をあげて大上が言った。申し訳なさそうな口調だが、目は笑っていなかった。

「だ、誰が――」

久保が声を出して笑おうとする。が、喉《のど》が微かに震えただけで、引き攣《つ》った笑いにしかならなかった。

「誰が、そがァな馬鹿なこと言うたんの」

「それはちょっと……のう」

久保は舌打ちをくれると、吐き捨てるように言った。

「たしかに、わしには前科がある。ほでも、刑務所に入ってクスリはきっぱり止めたんじゃ。シャブはもう、やっとりゃあせん」

大上はあくまで下手に出た。

「きれいな身体になったのに、こうして昔のツケが回ってくるんは面白うない、いうんは、ようわかる。じゃがのう、わしらも仕事じゃけん。タレ込みを放っておくわけにはいかんのよ。一応、確認させてつかあさいや」

日岡は息を呑んだ。任意で話を聞くだけで、荷物検査までするとは思っていなかった。

久保が運転席で黙り込んだ。なにかを必死に考えているような顔だ。

捜索令状《フダ》は――と、久保が口を開いた。

「ないんじゃろ。ありゃァ、強引に調べとるはずじゃ。任意じゃったら、協力するもせんも、わしの自由じゃろう。断る」

サングラスを外し、エンジンをかける。

大上が素早く窓から手を入れ、キーを回してエンジンを切った。

「なにするんなら、このデコスケ！」

久保がキレたように叫んだ。

大上は久保の肩に手を置き、声を潜めて言った。

「久保さん。わしらをあんまり、甘《あも》う見ん方がええで」

凄《すご》みを利かせた、独特の嗄れ声だった。

久保の頬が小刻みに痙攣《けいれん》する。ひとつ息を吐くと、覚悟を決めたように大上の手を振り払った。

「急いどるけ。わしは行かせてもらうわい」

再び、キーに手をかける。

「こりゃあ、久保！」

駐車場に大音声が響いた。

「大人しゅうしとったら付けあがりやがって！　警察舐めとったら、承知せんど！」

大上が歯を剝《む》き出しにして怒鳴る。

久保は一瞬、石のように固まった。口から、弱々しい声が漏れる。

「ガミさん。堪《こら》えてつかあさいや。ほんまに急いどるんじゃけ」

泣き出しそうな声だ。

「のう、久保。身に覚えがないんじゃったら、バッグだけでもええけん。見せないや」

久保の喉仏が上下する。唾《つば》を飲み込んだのだ。

「ほんまに……バッグだけで、ええですか」

日岡は、久保の顔に浮かんだ喜色を見逃さなかった。

バッグの中にやばいものはない——

日岡は確信した。そうでなければ、久保が同意するはずはない。大上にもそれはわかっているはずだ。なにも出てこなければ、その時点で捜査は行き詰まる。目をつけられたと悟った久保は、姿をくらまし、雲隠れするおそれもある。どうするつもりなのだろう。

日岡の心配をよそに、大上はやさしい声で言った。

「ああ、バッグだけでええ」

久保がセカンドバッグを持って車から降りる。まるで予防接種を受ける、子供のような表情だ。

「早《はよ》う、済ませてつかあさい」

バッグを受け取った大上は、日岡の顔を見た。

「日岡。車に戻って懐中電灯とビニールシートを持ってこい。念のため、検査用キットもの」

肯き、急いで駆け出した。いまはとにかく、大上を信じるほかない。

一式持って駐車場に戻ると、大上は久保となにやら談笑していた。

「久保さん。わしらもちゃっちゃと済まして、早う帰りたいんじゃ」

にこやかに笑っていた大上は、日岡の姿を認めると、真顔に戻り指示を出した。

「日岡。車のボンネットの上にのう、ビニールシートを敷け。雨露が残っとるけ、濡《ぬ》れんようにの。ほいで、上から懐中電灯で照らせ」

指示に従う。駐車場に照明はあるが、すでに日も暮れ、あたりは薄暗かった。

「じゃあ、久保さん。バッグを開いてくれるかのう」

久保がバッグを開け、大上に見せた。大上は白い手袋を嵌めてバッグをいったん受け取り、中を覗き込む。見やすいように、日岡は懐中電灯を向けた。

「中のもんをひとつひとつ、ここへ――」

大上はバッグを返すと、顎でボンネットの上に敷かれたビニールシートを指し示した。

「出して並べてつかあさい」

肯いた久保は、まず財布を取り出した。大ぶりのヴィトンだ。中には札と小銭しか入っていない。次はマンションのキー。久保は取り出したものを、ビニールシートに並べていく。ポケットティッシュを入れた小物入れの中には、コンドームが二個入っていた。

大上はコンドームを手に持って確かめると、下卑た笑い声をあげた。

「Lサイズか。さすがじゃのう」

久保は大上の笑いを無視し、バッグに手を入れる。ポケベルと宮島《みやじま》のお守りを取り出して言った。

「これで、終《しま》いじゃ」

無事、荷物検査をやり過ごし、久保は晴れ晴れとした表情だ。

日岡は肩を落とした。

やはりなにも出てこなかった。これで、加古村組はいよいよ警戒を強めるだろう。上早稲失踪事件の捜査は、一段と難しくなる。

なぜこんな、無謀な捜査を——日岡は問いかけるように、大上の顔を見た。

大上は笑っていた。勝ちを確信しているかのような、不敵な笑みだった。

「まだあるじゃろう」

大上が煙草をくわえた。ライターを取り出そうとする日岡を手で制し、大上は自分で火をつけた。

紫煙を吐き出しながら言う。

「バッグの内ポケットのもんも、出さんかい」

「なにも入っとりゃあ、せんですよ」

久保はそう言いながら、バッグに手を入れた。

バッグの中をまさぐっていた久保の表情が、途端に強張《こわば》る。

恐る恐る取り出したビニール袋を手に、久保は驚愕《きょうがく》の表情を浮かべた。

「そがな……馬鹿な」

素早く大上が、久保の手からビニール袋を奪った。

煙草をくわえたまま、灯《あか》りにかざす。覚せい剤を小分けしたパケだ。間違いない。

「久保！　なんならこりゃァ！」

「知らん。わしゃ、ほんまに、知らんのじゃけん」

久保が激しく首を振る。

「日岡。こいつを見張っとれ。暴れたらかまわんけん、ぶちのめしちゃれい」

「はい!」

返事をしたはいいが、まだ事態が把握できない。半信半疑で久保の後ろに回り込む。久保は金魚のように口をぱくぱく開いていた。信じられない、といった表情だ。

大上は短くなった煙草を吐き捨てると、覚せい剤の検査キットを手元に引き寄せた。丁寧な口調で言う。

「久保さん。ええですか。色が変わったら、覚せい剤ですけ」

試薬にパケの粉末を入れ、大上が試験管を振った。透明の液体が、青く発色する。覚せい剤だ。

大上が腕時計を見た。

「十九時三分。覚せい剤所持の容疑で現行犯逮捕」

冷静な声で通告する。

一転、声を張り上げた。

「日岡。手錠《ワッパ》を嵌めい!」

急いで手錠をかけようとすると、久保は身を捩《よじ》って暴れた。

「知らん。わしんじゃない! わしはなんも知らん!」

暴れる久保の手に、なんとか手錠を嵌める。

大上に顔を向け、唾を吐き捨てながら久保が毒づいた。

「嵌めやがったの、大上！　汚い真似しやがって。裁判で全部、ばらしちゃる。おどれが警察におられんように、しちゃるけんのう！」

久保の叫び声を無視して大上が言った。

「日岡。無線で応援を呼べ。車の中を強制捜査する。こいつは、わしが見とるけ」

釈然としない思いを抱えて、日岡は覆面パトカーに急いだ。

――嵌めやがったの、大上！

久保の叫び声が、耳の奥にこびり付いていた。


取調室の椅子の上で、久保はぐったりと項垂れていた。

椅子の上に正座させられ、腕は後ろで椅子に括《くく》られている。目は虚《うつ》ろで、顔から血の気が失《う》せていた。大上がこの姿勢をとらせてから三時間が経つ。さすがに久保の体力も限界のようだ。

机の対面に座っている大上は、煙草を灰皿で揉み消すと、下から覗き込むように久保の顔を見た。

「まだ話す気にならんか」

大上の質問に、久保は答えない。無言で下を向いたままだ。話す気力もないのだろう。

日岡は壁にかかっている時計を見た。まもなく夕方の四時だ。久保を逮捕して、二日近くが過ぎた。

駆け付けた機動捜査隊の協力を得て強制捜査した久保の車からは、ダッシュボードに覚せい剤が十パケ、トランクに注射器が一ダース隠匿されていた。注射器は販売用と看做《みな》すほどの数ではなかったが、本人が使用していたことに間違いはない。尿検査でも、陽性反応が出ている。だが、これは明らかな違法捜査だ。日岡にもわかっていた。

相手の同意を得ず強制的に捜索した場合、裁判では違法収集証拠と看做されて排除法則が適用される。つまり、たとえ不法なものが出てこようと、捜査そのものが違法と判断されるのだ。実際、違法収集証拠排除法則を適用されて無罪を言い渡されたケースはこれまでにもあった。

だから大上は、罠《わな》を仕掛けたのだ。任意で荷物検査をやって薬物が出てきた場合、それは法に則《のっと》った捜査だ。問題はない。違法なブツが発見されれば、その場で強制捜査を掛けられる。

おそらく——日岡は思った。

大上がパケを仕込んだのは、久保からバッグを受け取ったときだ。あらかじめ手の中に隠しておいたパケを、バッグの内ポケットに素早く押し込んだに違いない。

ということは、大上は覚せい剤を隠し持っていたことになる。いったいどこから、手に入れたのか。

大上は薬物の入手経路についてはさほど調べをせず、上早稲の件を執拗に追及した。別件と言えば別件だが、捜査の目的はこちらにあるのだから、当然とも言えた。

はじめて目にする大上の取り調べは、テレビドラマで見る暴力刑事そのものだった。怒鳴り、物にあたり、優しげな言葉をかけたと思うそばから大喝《だいかつ》を喰らわす。一方で大上は、久保を女と面会させるなど、なにかと便宜を図っていた。

大上は飴《あめ》と鞭《むち》を使って、久保の口から上早稲の情報を引き出そうとした。加古村組の組員が、上早稲の行方を必死になって探っていたことはわかっている。上早稲を呉原金融に取り持ったのは久保だ。なにかを知っているに違いない。

しかし久保は、知らぬ存ぜぬの一点張りで、頑として口を割らなかった。

業を煮やした大上は、持久戦に持ち込んだ。硬い木製の椅子の上に久保を正座させ、後ろ手に椅子に腕を括りつけた。足は痺《しび》れ、腕は痛む。久保が音をあげるまで、そう時間はかからない。そう思ったが、久保はしゃべらなかった。

久保の逮捕からすでに、四十五時間が過ぎた。送検までは丸二日、四十八時間だ。まもなく身柄の拘束期間が切れる。

大上は取り調べを打ち切った。日岡に、久保を検察に送致する手続きをとるように命じる。

日岡は久保を署内にある留置場へ入れると、二課へ戻った。

部屋では大上が友竹に、久保の取り調べについて報告しているところだった。

友竹は椅子の背にもたれると、難しい顔をして腕を組んだ。

「ガミさんの取り調べで口を割らんとは、久保っちゅう男もずいぶん根性があるのう」

大上は機嫌が悪そうな表情で、友竹の言葉を否定した。

「あれに、根性なんかありゃァせんです。逆ですよ。根性がないけえ、口を割らんのです」

「どういう意味じゃ」

大上は険しい目で、友竹を見た。

「わしに上早稲の件をしゃべったら、命が無《の》うなる。じゃけん、貝みたいに口を閉じとる」

友竹が目を見開く。

大上は自分の鼻を、指で差した。

「わしの嗅覚《きゅうかく》は、鋭い方じゃ思うちょります。この事件、けっこうでかいですよ。突《つつ》いたら鬼が出るか、蛇が出るか――」

友竹は身を起こし、唾を飲み込んだ。

「こりゃァ、大事になるかもしれんのう」

大上は無言で肯くと、そこに敵がいるかのように宙を睨んだ。

三章

――日誌

昭和六十三年六月二十五日。

午後二時。加古村組事務所近辺の檀家《だんか》回り。加古村組の動向を収集。

午後七時。広島、瀧井《たきい》組組長宅。

■■■■■■■■■■■■■■■■■■■■

■■■■■■■■■■

■■■■■■■■■■■■■■■■■■■■■■■■■■（三行削除）

午後十時。広島市流《ながれ》通り旅館「旅荘　香月《かづき》」、番頭事情聴取。

（一）

後ろから大上に、そこだ、と言われて立ち止まった日岡は、目の前にある店を眺めた。古い木造の平屋で、黒い瓦《かわら》屋根の上に錆《さ》びたトタンの看板があがっている。赤いペンキで「吉田《よしだ》たばこ屋」と書かれていた。今日、九軒目になる訪問先だ。

大上と日岡は、加古村組事務所周辺の檀家回りをしていた。警察がいう檀家とは、事件に繋《つな》がりそうな情報を定期的に提供してくれる堅気の人間を指す。檀家回りが通常の聞き込みと違うのは、事件が起きたときに聴取するのではなく、平時から事件に繋がるものがないか、事件の芽がないか、探ることにあった。檀家は、ガソリンスタンドの従業員だったり、地元の個人商店の親父だったり、喫茶店のマスターだったり様々だ。

裏社会と密接に関係しているエスと違い、彼らは善良な市民だ。なにも知らない人間が聞いたら、きな臭い出来事とは無縁の彼らが事件に関わる情報など持っているのか、と思うかもしれない。が、変わらない日々を送っている彼らだからこそ、日常の中でのふとした違和感を認識するのだ。一見事件に関連しないものでも、そうした違和感が時として、貴重な情報になる場合がある。刑事にとって檀家回りは、事件摘発に欠かせない重要な仕事のひとつだった。

昨夜行われた大上班の捜査会議で、呉原金融の実態が浮かび上がった。

呉原金融に出資している金主は、地元の老舗《しにせ》造り酒屋、名田《なだ》酒造の社長の磯貝孝次郎《いそがいこうじろう》、六十三歳。

呉原金融の取締役社長は、福井佐吉《ふくいさきち》という男が務めていた。福井は広島仁正会《じんせい》会長、綿船幸助《わたふねこうすけ》の元舎弟で、年齢は五十五歳。十年前に上納金の問題で綿船の勘気に触れ、破門された元綿船組幹部だ。いまは引退し、加古村組の裏の相談役に納まっている。

「福井の姪《めい》が加古村組若頭の野崎と結婚し、ふたりは縁戚《えんせき》関係になっちょります。加古村とはもともと地元が一緒で、不良仲間の先輩に当たることから、両者の関係は以前から良好でした。福井と野崎が親戚になったことで、距離が一気に縮まったようです。ちゅうても福井は、綿船から破門喰《く》ろうた人間ですけん、極道の世界じゃ表に立てん。なんぼか貰《もろ》うて名前を貸しとるいうんが、実態でしょう。呉原金融を実際に仕切っちょるんは野崎です。ばりばりのヤクザ金融ですよ」

呉原金融の張り込みを担当している唐津は、しかも、と語気を強めた。

「呉原金融は貸金業の登録はしちょりますが、中身はひどいもんです。利息はアケイチかタテゴ。出資法も利息制限法もあったもんじゃないです」

唐津の説明によると、アケイチとは一夜明けると利息が一割、タテゴとは八日で五割の利息がつくことをいう。タテゴは、八日はカレンダーで見ると、縦にひとつ下がることからそう呼ばれている。

そもそも金がないやつが、法外な利息を払えるはずがない。金を貸す方もそのあたりは承知のうえだ。わざと完済させず、利息の一部だけを払わせて、客が破産するまで追い込む。上得意の客には法定金利に収まる範囲で貸すが、それも最初のうちだけだ。徐々に体力を弱らせて金利を上げ、最終的には骨までしゃぶり尽くす。元金を回収できなくても、客が飛ぶころには利子だけですでに、貸し金の五倍も十倍も利益をあげている。

利息は金融会社の飯の種だが、呉原金融の最も大きなシノギは倒産整理だ、と唐津は言う。中小企業の事業主に低利で金を貸し、信頼関係を作ったうえで手形を割り引いてやる。しかし最終的には、なんだかんだと難癖をつけて倒産に追い込み、債権主として資産を分捕るのだ。記録が残ることを恐れ、呉原金融は銀行口座を持たず、すべて現金決済だった。

「知能犯係の情報じゃあ、最近、餌食《えじき》になったんは市内の金属加工業者じゃないか、言うとります。東金工業《とうきん》いうて、部品の加工なんかをやっとった会社です。新規の事業に失敗したようで、資金繰りに詰まって一年半ほど前に呉原金融で手形を割り引いてもろうたが、結局、二度目の不渡りを出して倒産。社長の廣瀬典久《ひろせのりひさ》は今年の三月に首を吊《つ》りました。会社は呉原金融が音頭をとって整理されましたが、一般の債権者には雀の涙で強引に承諾させ、大半を加古村が押さえたようです。工場の土地代だけで一億五千万とも噂されとります。部品の加工機械も入れりゃあ、二億は下らんでしょう」

報告を黙って聞いていた係長の友竹は、険しい顔で椅子の背にもたれた。

「今年の三月というと、上早稲が姿を消したころじゃの」

唐津は大きく肯《うなず》いた。

「上早稲の失踪《しっそう》と東金工業倒産の件、なにか関係あるかもしれません」

少しのあいだ、友竹は腕を組んだまま考え込んでいた。が、突然、机を両手で叩《たた》くと、勢いよく身を起こした。

「多額の金が加古村の懐に入った時期と上早稲の失踪した時期が同じいうんは、偶然とは思えん。おそらく上早稲は、加古村の手が後ろに回る、なにかやばい情報を摑《つか》んだか、やばい金を持ち逃げしたかの、どっちかじゃろう」

「わしゃア、解せんですのう」

大上が隣から水を差した。

「どういう意味じゃ」

確信を込めた推論に異を唱えられた友竹は、むっとして大上を睨《にら》んだ。

「わしも、上早稲の失踪に呉原金融が絡んどるんは、間違いない思うちょります。じゃが、係長の筋には、ちいとばかり乗れんですのう」

大上の理屈はこうだ。

上早稲はマルチ商法で逮捕されている。一度、違法行為に手を染めた人間は、犯罪に対する抵抗が薄れている場合が多い。実刑まで喰らっている上早稲が、不法な情報に接したからといって、それを警察に密告するとは思えない。なによりも、相手はヤクザだ。密告がばれたら、地獄の果てまで追い込みをかけられるだろう。金にしてもそうだ。前科持ちとはいえ堅気が、しかも性格的に大人しい上早稲が、ヤクザの金を持ち逃げする度胸があるとは思えない。

そこまで説明すると、大上は首を回しながら眉間《みけん》を指で揉《も》んだ。どうにも合点がいかない、という表情だ。

「一番解せんのは、加古村組の組員から、上早稲に関する情報が毛ほども漏れて来んことです。あいつら、揃いも揃うて貝みとうに口を閉ざしとる。クボチュウにしてもですよ。あれがクスリで挙げられるんは三回目じゃ。仮釈中じゃし、残りの刑期くわされて、五年は刑務所《ベントウ》に沈んどらにゃァいけん。それでも口を割らんいうんは、よほどのことでしょう」

大上は顎《あご》を引くと、底光りする目で宙を睨んだ。

「この事件、そう単純にはいかん、思いますがのう」

自分の読み筋を単純と言われた友竹は、唇を窄《すぼ》めてしかめっ面を作った。大上の意見にあえて反論しなかったのは、心の中で得心したからだろう。咳《せき》払いをひとつすると、いずれにしても、と言いながら係員の顔を見渡した。

「上早稲の居所を摑むことが先決じゃ。上早稲の失踪に加古村組が関与しとる証拠をあげて、関連施設に一斉捜索をかける。わかったな」

それぞれ気合のこもった返事をして、日岡たちは一斉に椅子から立ち上がった。

友竹が打ち出した捜査指針に従い、大上と日岡は加古村組事務所周辺の聞き込みを開始した。

今日は午後から、隣の中華料理店や、組員が屯《たむろ》している喫茶店、近くのガソリンスタンドなどを回っているが、これまで有益な情報は得られていない。

九軒目の檀家となる吉田たばこ屋は、加古村組事務所が入っている雑居ビルから、大通りを隔てた向かいにあった。二間ほどある入り口はガラスの引き戸になっていて、半分ほど、日に焼けたカーテンが引かれている。

大上が日岡に指示した。

「開けえや」

戸に手をかけて開けようとする。が、片手では開かない。建てつけが悪くなっているのだ。てこずっていると、後ろから頭を叩かれた。

「下手糞《へたくそ》じゃのう。どけ」

パナマ帽を阿弥陀《あみだ》に被《かぶ》り直しながら、大上が前に出る。

「この戸を開けるにはコツがいるんじゃ。こうして左側を持ちあげて、揺らしながら横へ引く」

ガタガタと音を立てて、戸は開いた。

店の中はコンクリートの土間になっていた。誰もいない。

狭い店内には、アイスが入った旧式のショーケースと、木製の陳列台が置かれていた。膝《ひざ》くらいまでの高さしかない台のなかには、発泡スチロール製の組み立て式グライダーやカラフルな紙風船、スーパーボールなどの懐かしいおもちゃや、透明なガラス瓶に入った飴玉《あめだま》や煎餅《せんべい》などが並んでいる。たばこ屋の看板を掲げているが、駄菓子屋とおもちゃ屋も兼ねているようだ。

勝手知った風情で上がり框《がまち》に腰を下ろすと、大上が奥に向かって声をかけた。

「よう、ばあちゃん。おるか」

しばらくすると人の気配がして、珠暖簾《たまのれん》のあいだから、腰の曲がった年配の女性が顔を出した。八十近くだろうか。老女は大上の姿を認めると、皺《しわ》に囲まれた垂れ気味の目尻《めじり》を、一段と下げた。

「やっぱりガミさんかね。あんたのだみ声は、耳が遠なっても、すぐにわかるわい」

大上がからかうように、笑みを向ける。

「耳は悪いかもしれんが、女っぷりは相変わらずじゃのう。お肌もツルツルじゃ。男でもできたんか」

老女が声をあげて笑う。

「わしに言い寄ってくる男いうたら、親に内緒で金せびりに来る、できそこないの孫くらいじゃ」

「シンジか。元気でやっとるんの」

老女は苦笑いを浮かべ、盛大に溜《た》め息をついた。

「元気は元気じゃが、下の方が元気過ぎて、女子《おなご》のケツばァー、追い掛けちょる。血は争えんて。死んだ亭主にそっくりじゃ」

「まあ、そうは言うてもよ、シンジも可愛いところがあるじゃない」

「ほうよ。なんじゃかんじゃ言うても、あれは根が優しい子じゃけ」

土間に下りた老女は、大上の後ろに立つ日岡を見て、垂れた瞼《まぶた》を引きあげた。

「ほお。今日はまたずいぶん、若い人つれとるのう」

大上は日岡を顎で指し、老女に紹介した。

「こんど東署に来た新人じゃ。シンジと同じくらいの歳かのう」

日岡は老女に頭を下げた。

「日岡いいます。よろしくお願いします」

ほうね、と笑顔で肯き、老女は大上と並んで腰を下ろした。

「ええ男じゃ。うちのシンジに比べたら、ほんま賢そうな顔しちょる」

「じゃろう」

大上がにやりと笑う。いつもの「学士様」がはじまる前に、日岡は口を挟んだ。

「こちらは」

おお、と真顔に戻って大上は日岡を見た。

「こん人はカツさん。もう長いことここで店を構えとる」

大上はショートピースの箱を懐から取り出すと、上がり框の横に置いてあるビニール製のドーナッツ椅子に腰を移した。古びた木製のテーブルに置かれている灰皿を引き寄せ、取り出した煙草をくわえる。日岡は上着の内ポケットからライターを取り出し、すぐさま火をつけた。

「茶でも淹《い》れるけ、ちぃと待っといて」

カツが、どっこいしょ、と声をかけながら立ち上がる。

カツが奥に消えると、大上が日岡に顔を近づけた。

「孫のシンジはのう、五十子会の準構成員じゃ」

驚いた。先ほどのふたりの会話からはそんな素振りはまったく感じられなかった。

「ほうじゃったんですか……」

日岡は声を潜めて言った。

煙草の灰を落とすと、大上は顔を曇らせた。

「もっとも、カツは知らんがのう。孫が組に出這入《はい》りしとるとは、夢にも思うとらんじゃろう」

カツが湯呑《ゆの》みの載った盆を手に姿を現すと、大上は煙草を揉み消した。

「ところでよ。向かいのカッコウじゃが、最近どうな」

カッコウとは、大上が使っている加古村組の符牒《ふちょう》だった。カツはカッコウの意味をわかっているらしく、心得た様子で肯いた。茶を配りながら言う。

「そうじゃなあ、春先はけっこう騒がしかったが、ここんとこは静かなもんじゃ」

「静かになったいうて、いつごろからね」

湯呑みに口をつけながら大上が訊《たず》ねる。

上がり框に腰を下ろしたカツは、両手で湯呑みを持ち、記憶を辿《たど》るように視線を上に向けた。

「ありゃあ、桜が散ったころかのう」

カツの話では、四月に入ったばかりのころ、加古村組の事務所は人の出入りが頻繁で、なにやら物々しい気配だった。しかし、その騒がしさも桜が散るころには収まり、いつもの様子に戻ったという。

「最初のうちは、若い衆が血相変えて出這入りしとったけん。もしかして出入りでもあるんじゃないか思うて、おちおち外にも出られんかった」

ほう、と呟《つぶや》くと、大上は茶を飲み干し立ち上がった。

「ばあちゃん、いつものくれや。ワンカートン」

カツは、はいはい、と言いながら重そうに腰をあげた。棚に並んでいる煙草のなかから、紙に包まれたショートピースのカートンを取り出し、大上に渡す。

大上はポケットから札を取り出し、皺くちゃの五千円札を一枚カツに渡した。

「釣りはいらんけえ、余りでなんか、栄養でもつけないや」

「いつも、すまんねえ」

カツが顔中を皺だらけにして、札を受け取った。エプロンのポケットにしまう。満面の笑みだ。

「そうじゃ。これ」

思い出したように棚へ手を伸ばし、カツが煙草をひと箱渡した。

「なんじゃ、見かけん煙草じゃのう」

「キャスター・マイルドいうての、今度、新しゅう出るんじゃ。キャンペーンで貰うたやつじゃけん、持って帰りんさい」

「ほうか、すまんのう」

大上が笑顔で受け取る。

それにしても――日岡は思った。

大上は檀家回りで話を聞くたび、千円札を一枚置いてきていた。ショートピースのワンカートンは二千四百円だ。カツの情報には、他の檀家の二、三倍の価値があるということか。もしくは彼女が、檀家のなかでも特別な存在ということだ。檀家回りだけで大上は、すでに一万円以上使っている。独り身とはいえ、給料だけで回るとは思えない。

脳裏に、送検した久保の言葉が蘇《よみがえ》る。最後の取り調べを終えて留置場に戻されるとき、久保は後ろを振り返りながら、唾《つば》を飛ばして大上を罵《ののし》った。

――大上ィ、おどれはヤクザの上前撥《カスリは》ねて、生きとるんじゃろうが！　自分が食いもんにしとるわしらを嵌《は》めるような真似しくさりやがって、恥ずかしゅうないんか！　裁判でみんな謳《うと》うちゃるけん、覚悟しとけよ！

久保の言葉どおり、大上は本当にヤクザから袖《そで》の下を取っているのだろうか。

「なにぼさっとしとるんじゃ。いくぞ！」

思考を大上の叱声《しっせい》に遮られる。顔をあげると、すでに店を出た大上が、外から日岡を睨みつけていた。日岡はカツに頭を下げ、後に続いた。

近くに停めていた車に戻ると、大上はカツに貰った煙草を開けて一本くわえ、助手席のシートにもたれた。ポケットからライターを取り出し、急いで火をつける。

紫煙を吐きながら、大上が呟くように言った。

「まずいのう」

キャスター・マイルドは口に合わないのか。

「やっぱり味、違いますか」

大上は怪訝《けげん》な表情で日岡を見た。慌てて付け加える。

「ショートピースに比べたら、味が落ちるのかと思って」

「馬鹿たれ、この。煙草の話じゃないわい」

「じゃあ、なにが――」

日岡の言葉を遮るように大上が吐き捨てた。

「上早稲じゃ」

意味が摑めず、顔色を窺《うかが》った。

「勘の悪いやっちゃのう」

大上は溜め息をつき、日岡に説明した。

上早稲はすでに加古村組に拉致《らち》されている可能性が高い。三月末に上早稲が失踪し、それを知った加古村組の組員たちは血眼になって捜した。カツの情報では、物々しい人の動きは桜の散るころに収まっている。だとすれば加古村組は、四月の中旬には上早稲の身柄を押さえた、と見るのが自然だ。

「いまでも組事務所が騒然としとる、いうんなら、上早稲はまだ逃げ回っとるっちゅうことじゃ。じゃが、事務所はもう平常に戻っとる。騒ぐ必要はない、ちゅうことは、そういうことよ」

大上の読みどおり、上早稲が四月中旬に加古村組に拉致されたとすると、すでに二カ月以上が過ぎていることになる。ひと気のない場所に監禁しているとしても、ひとりの人間を長期にわたり拘束するのは難しい。

もしかしたら上早稲はすでに――

日岡の頭に浮かんだ推測を、大上は察したように口にした。

「妹さんには気の毒じゃが、もう消されとるかもしれんのう」

いきなり、大上の上着の下で、ポケベルが鳴った。

取り出したポケベルを眺め、大上が片眉《まゆ》をあげる。懐へしまうと、日岡に命じた。

「近くの公衆電話へやってくれ」

なにかを考え込むような難しい顔だった。

急いでエンジンを掛ける。

大通りに出て、目についた電話ボックスの前に車をつける。大上は車を降りると、無言で公衆電話へ入っていった。

ものの一分も経たず、大上は車に戻った。助手席のドアを閉めながら言う。

「いまから広島へ出る」

「広島へ、ですか」

呉原から広島まで、車で三十分もあれば着く。そう遠くはない。しかし、管轄外の広島へ、いったいなんの用事があるのか。大上のことだ。公用なのか、私用なのかもわからない。

日岡が躊躇《ためら》っていると、大上が苛立《いらだ》たしげに舌打ちをくれた。

「なにもたもたしとるんじゃ。さっさと車を出さんかい！」

日岡は慌てて返事をすると、アクセルを踏んだ。

（二）

「ほう、これが噂の——」

使いこまれたソファの上で、瀧井銀次《ぎんじ》が日岡を見やった。

おお、と大上が日岡を見て肯く。

瀧井はピンストライプの開襟シャツに、薄手のカーディガンを羽織っていた。少し癖毛の髪を短く刈り込んでいる。顎は鋭角に尖《とが》り、鼻梁《びりょう》は高い。ゴルフでもしているのか、程よく陽に焼けている。薄い唇や眼光の鋭さと相俟《あいま》って、いかにも精悍《せいかん》な面構えだ。

日岡は名前を名乗り、軽く頭を下げた。

瀧井はいささか硬い表情で日岡に会釈した。が、すぐに顔中の筋肉を緩ませ、大仰な身振りで大上の手をとった。両手を揺らしながら、深々と頭を下げる。

「いやあ、ほんまに助かった。いま首が繫がっとるんは、章ちゃんのおかげや。頭なんぼ下げても、足らんわい」

ガラステーブルを挟んだ向かいのソファで、大上が呆《あき》れたように笑う。

「いちいち言うことが、大袈裟《おおげさ》じゃのう」

瀧井は下げていた頭を跳ね上げると、激しく首を振った。

「いや、あいつならやりかねん。前ものう、知っとろう。わしが悪さしたと知った途端、台所にあった包丁持ち出してきたんじゃ。今回はよう、前のことがあるけん、そりゃもう本気よ。おっとろしい顔で包丁構えてのう、落とし前じゃなんじゃ、口から唾ァ垂らして、喚《わめ》きながら向こうてきたんじゃ。佐川《さがわ》が止めに入らなんだら、ほんま、どうなっとったかわからん」

そのときの恐怖を思い出したのか、瀧井はぶるっと肩を震わせた。ひと睨みすれば大概の者は震えあがりそうな瀧井の強面《こわもて》が、半泣きの顔になっている。

日岡と大上は、瀧井組の事務所へ来ていた。住居と隣接する組事務所は、広島市西域の住宅街にあった。このあたりでは高級とされる一等地だ。

瀧井銀次は、古くから広島市に本拠を置く旧・綿船組幹部で、綿船組五人衆のひとりに謳《うた》われた武闘派ヤクザだ。現在は、綿船組が中心となって結成された県下最大の暴力団・仁正会の幹事長を務めている。県警資料によると、瀧井組の構成員は約八十名。仁正会のなかでは三番目の勢力を誇っている。

日本最大の暴力団・神戸明石組と、同じく神戸に本拠を置くライバル・神風会《しんぷう》の代理戦争と言われた第二次広島抗争事件の折、神風会系列の綿船組が、明石組と対抗するため広島ヤクザを大同団結してできたのが、いまの仁正会だ。構成員は、県警が把握しているだけで六百名を数える。

仁正会結成と同時に綿船組は看板を下ろしたが、綿船の子分でそれぞれの組を率いる五人の幹部のうち三人は、いまも最高幹部として仁正会の役職に就いている。

会長は旧・綿船組組長の綿船幸助。副会長は呉原の五十子会会長、五十子正平《しょうへい》。理事長は旧・綿船組若頭の溝口明《みぞぐちあきら》で、会長、副会長、理事長に次ぐナンバーフォーが、幹事長の瀧井だった。

副会長の五十子は、綿船組とはかつて敵対した仲だが、明石組に近い宿敵、尾谷憲次に対抗するため、面子《メンツ》を捨てて仁正会に馳《は》せ参じた経緯がある。腹の中ではなにを考えているのかわからない。会長を追い落とし二代目の椅子を狙っているとの、もっぱらの噂だ。

また、旧・綿船組五人衆のひとりである本部長の笹貫幸太郎《ささぬきこうたろう》は、理事長の溝口とは昔から反りが合わず、幹部会でも距離を置き、冷ややかな態度をとり続けている。大上によると、表向きは一枚岩に見えるが、一皮むけば、仁正会の内部はばらばらだった。

吉田たばこ屋を出たあと、大上のポケベルに連絡を入れてきた人間は、瀧井組若頭の佐川義則《よしのり》だった。佐川は瀧井の右腕で、組織の切り盛りから瀧井のプライベートの世話までこなしている。その佐川が、血相を変えて大上に連絡をしてきた。瀧井の浮気が妻の洋子《ようこ》にばれて、大変なことになっているという。

大上の指示で、広島に向かい、瀧井銀次の本宅に車をつけた。玄関から飛び出てきた佐川は、大上の前で頭が膝につくほど、身体を折った。

「お願いです、なんとかしてつかあさい。姐《あね》さんを宥《なだ》めることができるんは、ガミさんだけですけ。頼んます」

佐川は泣きそうな声で、土下座せんばかりに懇願する。

瀧井の浮気は今回がはじめてではない。いままでに、何度も修羅場になっていた。そのたびに、大上があいだに入り事を収めてきた。

大上は車中で、日岡にそう説明した。

頭を下げ続ける佐川に、うんざりした顔で大上が言う。

「わかった、わかった。ほいで、洋子さんはなかにおるんか」

「はい」

頭をあげた佐川が、ほっとした表情で肯く。

「チャンギンは」

チャンギンというのは瀧井のことだろう。銀ちゃんを逆さまにした呼び名だ。

「親父は、事務所の方に逃げとってです」

面目なさそうに佐川が答える。

大上は溜め息をつくと、日岡に指示を出した。

「お前は車に残っとれ。こっから先は子供に見せられるようなもんじゃないけ。事が済んだら呼ぶ」

大上にしては珍しく、気弱な声だった。

(三)

三十分が過ぎたころ、瀧井組の若い者が日岡を呼びに来た。

「大上さんが、呼んどられます」

どうやら事が収まったようだ。

事務所へ行くと、大上はソファの上で足を組み、ふんぞり返っていた。日岡に気づくと、自分の隣を手で叩いた。

「おお、ここへ座れ」

言われるまま、大上の隣へ腰を下ろす。

大上は視線を、瀧井に戻した。

「それにしても凝りんのう、チャンギンは。洋子さんの怖さは身に染みとろうが」

瀧井はばつが悪そうに、自分の股《また》ぐらを見やった。

「章ちゃんよ。それもわしはようわかっとるんじゃが、同い年の息子がのう、堪《こら》え性がのうて。目の前に美味《うま》そうな肉があると、つい……のう」

古くからの知り合いであることに加え、歳が同じということもあるのだろう。ふたりは親しげに愛称で呼び合っていた。

大上は苦笑した。

「気持ちはわかるが、摘《つま》み食いするならするで、もちいとばれんようにできんのか」

「それがのう、わしも気を遣《つこ》うとるつもりなんじゃが、どういうわけか、ばれるんじゃ。女の勘いうんは、ほんま、恐ろしいのう」

口角をあげ、瀧井が言葉を続ける。

「まあ、見ときないや。今度こそ、ばれんようにするけん」

大きく息を吐《は》くと、大上は呆れ顔で言った。

「チャンギンよい。もちいと、洋子さんのことも考えちゃれいや。お前がここまでになれたんは、あの女《ひと》のおかげじゃろうが」

瀧井は神妙な顔で肯いた。

「まあの……。洋子と章ちゃんがおらなんだら、わしのいまはない、思うちょる。警察にパクられて一生ムショ暮らしか、海の底に沈んどったかの、どっちかじゃろ」

二次団体とはいえ、組の看板を掲げるまでには、相当危ない橋を渡っているのだろう。

瀧井の言葉からは、それが窺えた。

ヤクザとして一本立ちし組を持つには、器量と運が必要だ。それを陰で支えてくれたのが、女房の洋子なのだろう。が、そこに子分ではなく、大上の名前が出るのが解せない。橋を渡る手助けを、大上がしてきたように聞こえる。もしかすると大上は、捜査情報と引き換えに、様々な状況で瀧井に便宜を図ってきたのかもしれない。ふたりの間には、一線を越えた繋がりが見て取れる。

洋子も同じだ。気性の荒い洋子が大上の言葉にだけは耳を傾けるのも、互いの苦労を知った、同志としての信頼があるからではないか。尾谷組の一之瀬にしろ、仁正会の瀧井にしろ、大上は明らかに、裏の世界と気脈を通じている。

若い衆が運んできた茶を飲み干すと、ところで、と瀧井は真顔に戻った。

「前から頼まれとった例の件じゃが、若い者から情報が入った」

大上が弾《はじ》かれたようにソファから身を起こす。

「上早稲の居所、わかったんか」

日岡は驚いて大上を見た。どうやら大上は、失踪した上早稲に関する情報を、瀧井に求めていたようだ。

人払いした二十畳ほどの広さの応接室には、瀧井と大上、日岡の三人しかいない。それなのに、瀧井は声を潜めた。

「若い者に宿やらサウナやらを当たらせたんじゃが、流通りの連れ込み旅館にのう、ひとりで泊まっとった男がおってじゃ」

流通りは広島市内で一番大きな歓楽街で、飲み屋や飲食店、風俗店やラブホテルが軒を連ねている。東京で言えば、新宿歌舞伎町《かぶきちよう》のような場所だ。

話の途中で、大上が落胆したように肩を落とした。

「ラブホテルに男がひとりで泊まることは、めずらしいことじゃない。女に約束をすっぽかされたとか、風俗の女子《おなご》を呼んだとか。ビジネスホテル代わりに使うこともある」

瀧井は大上の関心を引き戻すように、慌てて言葉を続けた。

「それが半月近くともなると、尋常じゃなかろうが」

「半月?」

大上の目が鋭く光った。

男は四月上旬から、流通りにある連れ込み旅館に連泊していた。ふらりとやってきてひとりで泊まり込む得体の知れない客を、旅館側は気味悪がった。追いだしたいが、きちんと金を支払っている以上、そうはできない。早く男が出ていってくれることを願っていたころ、柄の悪いチンピラが数人、旅館にやってきた。チンピラたちは、男が泊まっている和室を知っていて、部屋になだれ込むと、抵抗する男を力ずくで連行した。

「それが、二カ月ほど前、四月中旬のことじゃ」

瀧井の目を見ながら話を聞いていた大上は、低い声で言った。

「その、連れ去られた男が、上早稲ちゅうことか」

瀧井はそれまで真剣だった表情を緩め、肩を竦《すく》めた。

「断定はできんが、うちの若い者によると、拉致された男の人相が、章ちゃんから聞いとった上早稲に、よう似とるんじゃ。それにの、実行犯のチンピラじゃが、ここいらでは見ん顔じゃった、ちゅう話じゃ。呉原の者じゃないかのう」

大上はなにか考えるように遠くを見ていたが、瀧井に視線を戻し訊ねた。

「男が泊まっとった旅館の名前は」

「香月じゃ」

瀧井がすぐさま答える。

古い旅館で、もっぱら訳ありの中年カップルが使う、連れ込み専用の宿らしい。

「流通りに、エンペラーっちゅうキャバレーがあるじゃろ。その横を入った路地のどん詰まりじゃ」

大上は勢いよくソファから立ち上がった。

「日岡、行くぞ」

慌ててソファから立ち上がる。大上のあとを追い、急いで応接室を出た。

玄関で靴を履いていると、瀧井が見送りに出てきた。若い衆が駆け寄ってくる。瀧井は近寄る若い衆を手で制し、あっちへいっとれ、と追い返した。

先に立って敷石を渡っていると、後方で、大上と並んで歩く瀧井の潜めた声がした。

「気をつけいよ、章ちゃん。穏やかじゃない話が聞こえてきとる」

「どんな話や」

「県警の監察がよ、章ちゃんの動きに、目ぇ光らせとるらしいで」

思わず足が止まった。前を向いたまま、ふたりの会話に耳を澄ます。

大上が鼻で笑う気配がした。

「そがァなこと、いまにはじまったことじゃ、ありゃあせん」

瀧井が真剣な口調で忠告する。

「今度ばかりは、気ィつけないや。わしんとこへ入った情報じゃあ、敵はスパイの網まで張っちょるいう噂で」

本宅の前に停めていた車に戻ると、日岡は運転席に滑り込んだ。大上を待つ。

時刻は夜の九時を回っていた。本宅の前の路上は、門の上に設《しつら》えてある投光器に照らされ、ネオン街のそれのように明るかった。

見ると大上は、いったん立ち止まり、瀧井の肩を抱いて揺らしていた。

「香月の件、礼を言うわい。当たってみる」

瀧井が大袈裟に、顔の前で手を振った。

「礼を言うのはこっちじゃ。ほんまは美味い酒でも御馳走《ちそう》せんといかんところじゃが、今夜はあいつの機嫌とらにゃァいけん。すまんが、次の機会にさせてくれや」

「こっちはええけん。詫《わ》びも込めて今夜はたっぷり、女房孝行しないや。自慢のマグナムでの」

大上がにやりと笑う。

今度は瀧井が、大上の肩に手を置いて言った。

「マグナムものう――」

肩を揺らしながら、苦笑いを浮かべる。

「古女房相手じゃと、なんでか知らんが不発なんじゃ。困ったもんよ」

大上が口角をあげた。

「まあの。男の拳銃《けんじゅう》ちゅうんは、古戦場じゃァ役に立たんようにできとる」

夜の住宅街に、ふたりの哄笑《こうしょう》が弾けた。

笑いが収まると、大上の肩を抱いたまま、瀧井が背を向けた。

見るともなしに見やると、瀧井はシャツの内ポケットからなにか取り出した。大上の耳元に口を寄せる。なにやら囁《ささや》いているようだ。

意識を集中し、耳を澄ます。微《かす》かに、「今月分」という言葉が聞き取れた。

肯いた大上が、瀧井から受け取ったものを、背広のポケットにしまう。ふたりの背中の隙間から、白い、封筒のようなものが見えた。

――今月分。

久保の言葉が、再び脳裏に蘇る。

――大上ィ、おどれはヤクザの上前撥《カス》ねて、生きとるんじゃろうが！

やはり大上は、ヤクザから袖の下を受け取っているのだろうか。今月分、と言うからには、大上は毎月、ヤクザからカスリを取っていることになる。

ふたりの背から視線を外し、唇を噛《か》んだ。

助手席のドアが開く。

「おう、待たせたな」

上機嫌な声だ。

「いえ」

目を合わせずに答えた。自分でも、顔が強張《こわば》るのがわかる。

大上は助手席のシートにもたれると、パナマ帽を目深に被った。

「流通りじゃ。瀧井が言うとった香月っちゅう連れ込みに向かえ。旅館の関係者から事情を聴く」

もう屋内へ戻ったのだろう。路上に瀧井の姿はない。照明を受けて白く光る路面が、ぼんやりと見えるだけだ。

日岡はエンジンを掛けると、無言で車を発進させた。


瀧井の話どおり、香月はいかにもの造りだった。路地の奥に、看板だけが小さく光っている。人の背丈ほどの壁に囲まれ、まるで民家のような佇《たたず》まいだ。築三十年は経っているだろうか。壁を塗り替え、看板を新しくしてはいるが、小手先の修繕では隠せないくらい、建物は老朽化していた。

中に入ると、思ったより酷《ひど》くなかった。板張りの廊下は磨きこまれ、黒光りしている。それぞれの部屋の前には、小さな消火器が置いてあった。塵《ちり》や埃《ほこり》は見当たらない。掃除も行き届いているようだ。

受付の小窓の横についている呼びだしブザーを押すと、なかのカーテンが開き、年配の女性が顔を半分覗《のぞ》かせた。

大上が口を開く。

「仕事中すみませんのう。わしら、こういうもんじゃが、責任者の人に、ちいと話を聞かせてもらえんですか」

胡散《うさん》臭い男同士の二人連れに、女性は訝《いぶか》しげな視線を向けていたが、大上が警察手帳を見せると、急いで受付の横のドアを開けた。

奥は六畳ほどの板張りになっていて、事務所として使われているようだ。日岡と大上はそこへ案内された。女性に勧められるまま、部屋の隅に置かれているパイプ椅子に座る。

女性が内線で連絡を取り、ほどなくひとりの男がやってきた。男は番頭の服部《はっとり》と名乗った。年齢は五十代後半といったところか。薄くなった頭頂部を隠すようにポマードで固めていた。旅館のものだろうか、白シャツの上に褐色の半纏《はんてん》を羽織っている。

服部は小さなローテーブルを挟んで椅子に座ると、半纏の紐《ひも》を結び直し、大上と日岡を探るような目で交互に見た。

「いったいなんの用でしょうか。うちは刑事さんの手を煩わせるような仕事は、しとらんはずですが」

どことなく不安げな声だった。この商売に付き物の、売春場所斡旋《あっせん》とか、消防法違反の容疑を心配しているのではない。なにか別に、やましいことがありそうな声音だった。

大上が単刀直入に用件を伝える。

「四月の半ばごろ、ここから男が拉致されたんじゃないか、いう情報がありましてのう。確かめさせてもらいたいんじゃが」

服部の頬が断続的に痙攣《けいれん》する。冷静を装おうとしたが、動揺の色は隠せなかった。

「いや、あれは――」

そう言って口を噤《つぐ》んだ。

大上が底光りする目で促す。

「友達同士じゃ、いう話じゃったんで。仲間内のちょっとした、その、いざこざ、かなと」

大上は無言で、服部の目を見据えている。日岡でさえも、凍りつきそうな視線だ。

服部が弱々しい追従笑いを浮かべた。頭を掻きながら言葉を続ける。

「相手がチンピラ風でしたし、関わり合いになって泣きを見るんも、つまらんかのう、と思うて。すぐ届ければよかったんでしょうが、まあ、そがあに大事とも思えんかったし、なんですよ、その、悪気はなかったんじゃけ。瀧井組の人らにも、そう言うたんです」

たどたどしい口調で自己弁護を終えると、服部は頭を下げた。

「堪えてつかあさい」

大上は肯くと、事務机の上に置かれている小型のテレビに目を向けた。テレビの画面には、ホテルの入り口と受付付近、一階と二階の廊下の様子が映し出されている。

「ありゃあ、防犯カメラの映像ですね。テープは残してありますか」

「そりゃもう、警察からも言われとりますけん。三カ月分はとってあります。ちぃと、待っといてつかいや」

そう言うと服部は、立ち上がって事務所の奥へ向かった。スチール製のラックの扉を開き、なかをごそごそ探っている。テープの日付を確認しているのだろう。

「あった。たぶん、このどっちかじゃ」

二本のビデオテープを手に、服部が事務机に戻ってくる。デッキの口を開き、録画中のテープを取り出すと、手に持った一本目をセットした。

テレビ画面の砂嵐が消え、入り口付近の粗い画像が映し出される。

服部は手もとのリモコンで早送りと停止を繰り返していたが、午後十時前後の時間帯で手を止め、自慢するように声をあげた。

「あった。これです」

服部の後ろから、画面を覗き込む。

画面の端に映し出されている日付は四月十五日、時刻は午後十時十五分となっている。

再生された画像は、四人の男が受付にいた女性の制止を無視して、二階へ続く階段を駆け上がるところだった。再び男たちが画面に現れたのは、その五分後だ。四人組が男を取り囲んで連行し、玄関を出て行こうとしている。拉致された男は両脇を取られ、猿轡《さるぐつわ》を嵌められていた。男は足を蹴《け》り上げ、連行されるのを必死に拒んでいる。終《しま》いには、四人組は両手両足を持ち、担ぎあげるように男を連れ去った。

「ここまでです」

服部はリモコンの停止ボタンを押して、テレビを消した。くどくど弁解らしき言葉を発しながら、テープを取り出す。が、日岡の耳には、内容は届かなかった。

頭のなかに、いましがた見た防犯カメラの映像が繰り返し流れている。

映像には五人の男が映し出されていたが、そのうちふたりの顔を日岡は知っていた。ひとりは、日岡が呉原東署に赴任してきた初日に「パチンコ日の丸」の駐車場で殴り合った男、加古村組の苗代だ。苗代は四人組のうちのひとりだった。そしてもうひとり、拉致された男——写真で見た上早稲だった。

「大上さん」

日岡は隣にいる大上へ視線を向けた。大上は険しい顔で、消えたテレビの画面を睨んでいる。

日岡は身体ごと大上に向き直った。

「拉致された男は、上早稲で間違いありません。上早稲の失踪には、やはり加古村組が絡んでいた！」

昂奮《こうふん》して話しかける日岡を無視し、大上は服部に言った。

「このテープ、捜査資料として提供してもらえんですか」

服部は諦《あきら》めたようにひとつ息をつき、テープを大上に差し出した。

「ご協力、感謝します」

大上は服部からテープを受け取ると、日岡に命じた。

「日岡。駐車場に停めとる車、すぐ回してこい。今晩中に署に帰るど」

「承知しました」

大上がつぶやくように言う。

「明日から、戦争じゃ」

大上の目を見て、日岡は力強く肯いた。駆け出しながら、腕時計を見る。

時刻は、午後十一時を回るところだった。

四章

——日誌

昭和六十三年六月二十七日。

午前零時過ぎ。呉原市 東本町《ひがしほんちょう》二丁目、赤石通りバー「リコ」店内にて、暴力団員らによる乱闘事件。尾谷組組員三名と加古村組組員二名が殴りあった模様。

午前一時半。赤石通り路上で尾谷組準構成員、柳田孝《やなぎだたかし》、二十一歳、が腹部を刺され重体。

午前三時。呉原日赤《にっせき》病院にて柳田孝の死亡確認。出血性ショック死。

午前四時。要《かなめ》町三丁目路上にて複数の発砲音。一一〇番通報。

午前七時半。加古村組事務所玄関に銃弾が撃ち込まれる。

午前九時。尾谷組幹部・備前芳樹《びぜんよしき》宅に発砲。

午前十時。大上班長と尾谷組事務所。若頭・一之瀬守孝より事情聴取。

[redacted]（二行削除）

（一）

けたたましいベルの音に、日岡は眠りから呼び覚まされた。

反射的に布団を撥《は》ねのける。

鳴っているのは目覚まし時計ではない。壁際の黒電話だ。

暗闇のなか、這《は》いずるようにして、電話の置いてある方向へ手を伸ばした。手探りして取り上げた受話器を耳に当て、半覚醒《かくせい》のまま名乗る。

が、電話は、すでに切れていた。ツーツーツー、という不通音だけが耳朶《じだ》に響く。

寝ぼけ眼で首を傾げ、日岡は受話器を置いた。二、三度しかベルの音を聞いていない気がするが、もしかすると、長いあいだ鳴っていたのかもしれない。

枕元の目覚まし時計を手に取り、顔を近づけた。朝の五時二十分。

間違い電話だろうか。それとも、署からの緊急連絡か。

トイレに立ち、ふらつく足で小用をすませた。台所で水を飲み、万年床に腰を下ろす。緊急連絡なら、もう一度かかってくるはずだ。

独り身の若手としては珍しく、日岡はアパート住まいだった。独身寮に空きがなく、所轄からほど近い民間アパートを宛《あ》てがわれていた。

昨日の捜査会議で、上早稲二郎失踪《しっそう》事件に絡み、略取誘拐の容疑で苗代をはじめとする加古村組組員四名の逮捕状を請求することが確認された。人員の手配ができ次第、加古村組関連施設に一斉捜索をかけることも決まった。

その後、大上に飲みに誘われたが、日付が変わる前に家へ帰った。いつもなら最後まで酒につき合わせる大上が、早々に日岡を解放したのだ。家までタクシーで送るという日岡の言葉を、大上は手を振って断った。まだこれから行くところがあると言う。

飲みに行くのだとしたら、一緒に行かないわけにはいかない。自分には露払いの役割がある。日岡がそう言うと、大上は呆《あき》れたように笑った。

「お前はほんまに、馬鹿がつくほど真面目じゃのう。まあ、そこがお前のええとこじゃが、ちいと気ィ利かせんかい」

咄嗟《とっさ》に意味がわからず、大上の顔を見た。

「ほいじゃけん、お前は女にもてんのじゃ」

そこまで言われて、女のところだと察した。頭に、「小料理や　志乃」の女将《おかみ》、晶子の顔が浮かぶ。

薄暗い路地に消えて行く大上の背を見送り、自分のアパートに戻ると、日岡は着替えもせずに床へ突っ伏した。六畳一間のアパートには、布団一式と、小さなちゃぶ台しかない。実家から持ってきたポータブルテレビは、引越しの段ボールに入れたまま、部屋の隅に置いてある。観る暇がないからだ。二畳ほどの台所があるが使ったことはない。食事はほとんど外でとる。部屋で食べるのは、買い置きのカップラーメンくらいだ。

布団に寝転がると、日頃の疲れが身体に伸《の》し掛かった。日誌を書かなければ、と思うが手足がだるく動かない。次第に霞《かすみ》がかかる。大上と晶子の絡み合う姿が、脳裏にふと浮かんだ。大上と晶子の姿態、上早稲を拉致《らち》する防犯ビデオの映像が、意識のなかでマーブル状に混ざり合い、気がつくと寝入っていた。

回想を振り払い、日岡は軽く首を回した。床に座ったまま、目覚まし時計を確認する。五時二十三分。目覚ましのセット時間は六時だ。あと三十分は眠れる。

掛け布団を手元に引き寄せた。

横になろうとしたとき、再びベルが鳴った。素早く手を伸ばし、受話器を耳に当てる。

「もしもし、日岡です」

早口で言った。

「わしじゃ。起きたか」

大上の声だ。起きたか、と訊《き》くということは、先ほどの電話も大上からだろう。日岡は謝った。

「すみません。さっきは出ようとしたら切れたもんで」

日岡の謝罪を無視して、大上が唐突に言った。

「タカシがやられたど」

タカシ――誰だろう。寝ぼけた頭で記憶を辿《たど》るが、脳が働かなかった。

黙っていると、受話器の向こうで舌打ちをくれる音がした。

「尾谷組の事務所に、金髪のリーゼントがおったじゃろう。あいつじゃ」

思い出した。たしか、赤石通りのバーのママとできていたやつだ。まだどことなくあどけなさが残る若者の顔が、頭に浮かぶ。

日岡が確認すると大上は、そうじゃ、と答えた。

「つい先ほど、日赤病院でタカシの死亡が確認された」

一瞬で覚醒する。大上が言った「やられた」は、殺された、という意味だ。

尾谷組の事務所で、タカシをからかった大上の言葉が蘇《よみがえ》る。

――リコのママにはのう、前の亭主もその前の男も、夜の勤めが過ぎてやり殺されちょるんで。尻子玉《しりこだま》、抜かれんように、せいぜい気をつけいよ。

冗談だと思ったら、ふたりとも死んだのは本当だ、と大上はあとで付け加えた。

言葉が出ず、茫然《ぼうぜん》と受話器を握り締める。

大上の話によると、日付が変わった今日の午前零時過ぎ、加古村組の組員二名と、タカシを含む尾谷組の若い者三名が、リコで揉《も》み合いになった。

最初はそれぞれ大人しく酒を飲んでいたが、加古村組の総領琢也《そうりようたくや》がリコのママに絡みはじめ、双方が言い争いになったという。

自分の女に難癖をつける総領に、タカシが食ってかかった。口論は次第にエスカレートし、互いの組員を巻き込んでの殴り合いになった。

その際、総領がタカシに、店に置いてあった鉄製のスツールで殴られ、頭部を負傷した。頭から血を流す総領を抱きかかえるようにして、加古村組組員が悪態を吐《つ》きながら店を出て行った。騒ぎはそれで、とりあえず収束した。

タカシが店を出たのは、騒動が収まってから一時間ほど後の午前一時半ごろだった。尾谷組のほかのふたりは先に帰り、タカシとママが店に残っていた。

店は雑居ビルの三階にある。ママが戸締まりをしているあいだ、一足早くビルから出たところを、タカシは暴漢に襲われた。刃物で腹部を刺され救急車で病院に搬送されたが、午前三時に死亡が確認された。

「わしんとこへ入った情報じゃあのう、逃げるふたり組の後ろ姿をママが見ちょって、なかに、頭へ包帯した男がおったげな。たぶん総領じゃろう。頭をかち割られた報復じゃ」

七時までには署に顔を出すから、お前もそれまでに来い、と言い残し、大上は一方的に電話を切った。

眠気は吹っ飛んでいた。戻した受話器に手を置いたまま、日岡は頭を巡らせた。

加古村組と尾谷組は、もともと反目し合っている。下っ端同士の小さな諍《いさか》いが、組を巻き込む抗争に発展しかねない状況だ。しかも今回は、死人が出ている。このまま何事もなく済むとは思えない。

――胸騒ぎがする。

日岡は立ち上がると、電灯をつけた。手早く身なりを整える。歯磨きと洗顔をすまし、玄関に向かった。靴を履こうとしたとき、再び電話が鳴った。

急いで部屋にとって返す。

電話に出ると同時に、大上の興奮した声が聞こえた。

「さっき、要町でドンパチがあった！　わしはすぐ署へ行く。お前も来い」

要町は呉原市に古くからある花街だ。戦後はアメリカ兵がよく遊んでいたと聞いた覚えがある。

嫌な予感が当たったのだろうか。

日岡は受話器を握り締めた。

「タカシの事件を巡っての、尾谷組と加古村組の撃ち合いでしょうか」

「ええけん、とにかく来い！」

日岡の質問には答えず、大上は乱暴に電話を切った。

（二）

日岡が署に着いたのは、六時ちょっと前だった。

二課に入ると、すでに大上が席に着いていた。前に足を投げ出し、眉間《みけん》に深い皺《しわ》を寄せて宙を睨《にら》んでいる。トレードマークのパナマ帽は被《かぶ》ったままだ。

挨拶《あいさつ》をするため傍《そば》に行くと、酒の臭いがした。

日岡が指示を仰ごうとしたとき、大上が口を開いた。

「コーヒー淹《い》れてくれや。濃いやつじゃ」

なにも問うな、というような有無を言わせない口調に、開きかけた口を閉じる。

給湯室で湯を沸かし、コーヒーを淹れて戻ると、課長の斎宮と係長の友竹が部屋に入ってきた。ふたりは、自分よりも早く出勤している大上と日岡を、怪訝《けげん》な表情で眺めた。

「なんじゃ、ふたりとも。例の事件、もう知っとるんか」

斎宮が入り口に立ったまま訊《たず》ねる。その隣で友竹は、怒気を含んだ声で大上に言った。

「ガミさん、どこにおったんの。ずーっと連絡しとったんじゃが」

大上は形だけ頭を下げた。

「すんません。ちぃと出掛けとったもんですけ」

「ポケベルにも電話したんじゃが、気がつかんかったんか」

友竹が咎《とが》めるような口調で言った。

大上は常にポケベルを携帯している。気づかないわけがない。しかし、大上はしれっとした態度ではぐらかした。帽子をとりながら首を回す。

「ほうじゃったんですか。気づきませんでしたわい。番号が違《ちご》うとったんじゃないですかのう」

友竹が反論するかのように口を開きかけた。が、斎宮が苦虫を噛《か》み潰《つぶ》したような顔で自分の席に向かうと、それ以上なにも言わず、友竹は口を尖《とが》らせたまま自分の席に着いた。

そりゃあそれとして、と席に着いた斎宮が大上に視線を向ける。

「尾谷組の準構成員が死亡した件と、要町の発砲事件については、当直を別にすりゃァまだわしと友竹係長しか知らん。いったいどこから聞いたんない」

斎宮の言葉に、日岡ははっとした。室内を見渡す。斎宮と友竹のほかには、たしかに大上と自分しかいない。

日岡は気づいた。大上の情報は署からではなく、別のルートから入手したものだ。二課からの連絡だったとしたら、ほかの課員も出勤しているはずだ。動転していてそこまで気が回らなかった。

大上は日岡が淹れたコーヒーを口にした。

「出先で小耳に挟んだもんですけ」

「出先いうて、どこな」

すかさず友竹が口を挟む。

それより、と大上は話の矛先を逸《そ》らした。

「ここにきて事件が起きたんは、ちいと厄介ですのう」

斎宮は、ううむ、と唸《うな》りながら、腕を組んで椅子の背にもたれた。

厄介――行方不明になっている上早稲の捜査絡みだ。日岡も気になっていた。

広島から戻ったあと、翌二十六日の午後から開かれた大上班の捜査会議で、大上は広島で仕入れた情報を報告した。

流通りの連れ込み旅館、香月の番頭から提出を受けたビデオテープを机に置き、大上は友竹に言った。

「これに、加古村組の苗代をはじめとする四名が、上早稲を香月から連れ去るところが映っちょります。上早稲失踪に、加古村組が関与していることは、間違いありません」

友竹は香月の情報を入手した経緯を訊ねたが、大上は明言を避けた。曖昧《あいまい》に言葉を濁す大上の姿に、情報の出処がマル暴関係だと察したのだろう。友竹はそれ以上、追及しなかった。情報の出処などさして重要ではない。事件解決が最優先ということだ。

会議室のテレビにビデオをセットし、テープの映像を全員で観た。マル暴カードで確認したところ、苗代を除く三名の面が割れた。加古村組の組員、横山将太《よこやましょうた》と今村明俊《いまむらあきとし》。もうひとりは、最近バッジをもらったばかりの大江克巳《おおえかつみ》という男だった。

それを受けて友竹は、苗代らの逮捕および加古村組関連施設への一斉捜索を行う方針を固めた。

友竹から報告を受けた斎宮は、上早稲の略取誘拐容疑で苗代らの逮捕状を請求する許可を、上層部に求めた。人員の手配が整い次第、裁判所へ苗代らの逮捕状を請求し、苗代らの逮捕と一斉捜索を同時に決行する手筈《てはず》だった。

が、未明に起きた一連の事件で、予定通りにはいかなくなった。上早稲の拉致事件も緊急を要する案件だが、暴力団準構成員殺害事件に加え、市民に危険が及ぶ可能性のある発砲事件が起きたとなると、後者の捜査に重点を置くことになる。

友竹は、苛立《いらだ》たしげに髪を掻《か》きむしった。

「タイミングが悪いよのう」

斎宮は、とにかく、と椅子から身を起こした。

「すぐに捜査会議を開いて、今日発生した双方の事件の捜査方針を決める」

斎宮は日岡に、大上班の班員を招集するよう命じた。日岡は急いで、目の前にある電話に手を伸ばし、課員の連絡帳を取り上げた。


午前七時、暴力団係の捜査員が全員集まると、すぐさま会議が開かれた。タカシが死亡した詳しい状況が友竹の口から報告される。

本日未明、市内にある日赤病院から、腹を刺された男が担ぎ込まれたとの通報があった。男が所持していた免許証から、被害者は呉原市寺町《てらまち》二丁目三十六番、職業不詳の柳田孝、二十一歳と判明。柳田は尾谷組の準構成員で、間もなく死亡。死因は出血性ショック死と見られる。午前一時半ごろ、飲食店経営者の女性から、知人男性が暴漢に襲われたとの一一九番通報があった。女性は赤石通りでスタンドバー「リコ」を経営する高木里佳子《たかぎりかこ》、三十三歳。柳田とは半同棲《どうせい》状態にあり、事実上の内縁関係にある。

また、同日午前四時前後、要町三丁目の交差点付近で、発砲事件が発生。新聞配達をしていた青年の通報により、機動捜査隊が臨場した。青年の目撃情報から、暴力団員風の男五、六人が二手に分かれ、拳銃《けんじゅう》を撃ち合ったことが判明。弾が何発発射されたのかは、まだ調査中だが、事件があった通りに面している銀行のシャッターに二発の弾痕《だんこん》が見つかり、近くの歩道から三発の空薬きょうが発見された。

「朝から署の広報には、マスコミからの問い合わせやら、近隣住人からの不安を訴える苦情の電話やらが入っとるちゅう話じゃ」

報告が一区切りついたところで、唐津が訊ねた。

「要町のドンパチは、柳田の絡みでしょうね」

友竹が、おそらく、と肯定しかけたとき、大上が横から口を挟んだ。

「それはどうかのう」

部屋にいる者の目が、一斉に大上に向けられる。

大上は椅子にもたれたまま、言葉を続けた。

「殺された柳田は、尾谷組の正式な組員じゃない。バッジも貰《もろ》うとらんチンピラよ。なんぼ、自分とこに出入りしとったっちゅうても、盃《さかずき》も交わしとらん奴の報復に、あの尾谷がすぐ動くかのう」

　大上が唐津に顔を向けた。

「発砲事件があったんは朝の四時で。なんぼなんでも、早過ぎるわい」

言われてみれば、柳田が刺されてから三時間と経っていない。死亡が確認されてからは一時間だ。仮に尾谷組が報復に出たとしても、加古村組の連中がそんな時間に出歩いていると考えることと自体、不自然だ。

　じゃあ、と唐津は、大上の顔色を窺《うかが》うように言った。

「班長は、たまたまあれらが鉢合わせして、なんか別の揉め事が起こって、突発的に撃ち合いになった、と考えとられるんですか」

「そりゃァわからん。弾《はじ》き合《お》うたんが、まだ加古村と尾谷と決まったわけじゃないしのう。じゃが、いずれにしても、呉原の街が一気にきな臭《くそ》うなったんは、間違いない」

　全員が静かに肯《うなず》いた。

　真一文字に結んでいた唇を開き、斎宮が強い口調で係員たちに呼びかけた。

「我々が最優先しなければいけないのは、市民の安全じゃ。それにはまず、柳田を刺殺した犯人を早急に逮捕する。発砲事件の真相はまだわからんが、今後、組同士の抗争に発展する可能性は否定できない。抗争だけは、なんとしても防がにゃァならん。全力で捜査に当たってくれ」

　斎宮の言葉を受けて友竹が告げた。

「署長からの指示での、一課と合同で、柳田孝刺殺事件と要町発砲事件の捜査本部を立ち上げる。詳しい話はあとでするが、暴力団係は全員、しばらくこの案件の専従になると考えとってくれ。午後の一時から、捜査本部の会議が第二会議室で行われる」

思っていたとおり、上早稲失踪事件の捜査はこれで、一時、棚上げになった。

大上が唇を窄《すぼ》め、宙を睨んでいる。なにを考えているのだろう。

それまで各自、情報収集にあたるように、との斎宮の言葉で会議が終わりかけたとき、いきなり部屋の扉が開いた。

ドアから顔を覗《のぞ》かせた二課知能犯係の浅目《あさめ》巡査長が、息を詰まらせながら叫ぶ。

「たったいま、加古村組の事務所に、銃弾が、撃ち込まれました！」

大上が弾かれたように椅子から立ち上がった。

「死傷者はおるんか！」

浅目は肩で息をしながら、首を振った。

「詳細はわかりません。ですが、いまの段階で、救急車が出場したという報告はありませんので、怪我人はいないのではないかと。現在、機捜が現場に向かっています」

「課長！」

大上が斎宮に視線を向ける。斎宮は大きく肯いた。

「現場へ行け。これ以上、騒ぎを大きくするな。市民の安全を第一に考えて動け」

「わかりました」

大上は椅子の背にかけていた上着を手に取り、日岡を一瞥《いちべつ》した。

慌てて椅子から立ち上がる。日岡はすぐさま、捜査車両を停めてある駐車場へと駆け出した。

（三）

加古村組の事務所が入っている雑居ビルの入り口には、すでに立ち入り禁止のテープが張られていた。ビルの周辺は、マスコミと野次馬でごった返している。

日岡はパトカーの後ろに車を停め、急いで二課の腕章を左腕につけた。

いち早く車を降りた大上は、肩で人だかりを掻きわけ、テープの前で目を光らせている警官に近づいた。日岡もあとを追う。

若い警官は大上に気づくと、背を反らせるように姿勢を正した。

傍にいた機捜隊員が駆け寄って来る。

「ガミさん。お疲れ様です」

「どんな具合じゃ」

大上が訊ねる。

隊員の話によると、一時間ほど前、空気が破裂するような連続音が辺りに響いた。その後、すぐに加古村組の組員が路上で騒ぎはじめ、近隣の住人が警察に通報。駆け付けた警官が調べたところ、加古村組の看板とビルの壁に、銃痕が見つかった。幸い、通行人はなく負傷者はいない。現在、発砲直後に現場から走り去った白いセダンの行方を捜している、とのことだった。

ビルは一階が駐車場になっており、二階に組事務所、三階と四階には、怪しげな飲み屋とマッサージ店が入っている。暴力団が看板を掲げているところに客が来るのか、と不思議に思えるが、裏の世界には裏の世界なりの事情があるのだろう。

鑑識が作業している横を通り、大上とともに階段を上がっていく。二階から聞こえてきていた怒号が、さらに強くなった。

事務所の入り口付近では、表に出て行こうとする組員を、複数の警官が懸命に押し留《とど》めていた。

パナマ帽を左手で押さえた大上が、警官を押しのけるように輪の中へ入っていく。日岡も後に続いた。

入り口に固まっている組員のうち、一番の年長者に視線を留めると、大上は諭すように言った。

「まあ落ち着けや、野崎よ」

加古村組の若頭、野崎康介《こうすけ》だ。細面の顔に飴色《あめいろ》のフレームをした眼鏡をかけ、髪をポマードで後ろに撫《な》でつけている。ピンストライプのスーツに細身のネクタイを締め、まるで、芸能界のマネージャー崩れ、といった風情だ。

野崎は厄介な人間に出くわしたという顔で、薄い唇をわずかに歪《ゆが》めた。

いきり立ったチンピラが、野崎の背後から前に出て、大上の胸元に手を伸ばした。

「なんじゃ、われ！　どけや！」

日岡は盾になるべく、急いで前に出ようとした。が、日岡が動くより速く、野崎の平手がチンピラの横っ面を張った。

「お前はすっこんどれ！」

チンピラは打たれた頬を押さえ、なぜ自分が殴られるのかわからない、という顔で困惑しながらも、素直に退いた。

野崎は大上の真正面に立つと、眼鏡のフレームを指であげた。

「ガミさん、こっちは被害者ですよ。この扱いはなんですか。まるで俺たちが加害者みたいじゃないですか」

抑えてはいるが、声には怒気が含まれている。

大上は静かな声で答えた。

「そっちが被害者じゃいうことは、よう、わかっとる」

鼻息を荒くしている組員たちを見やり、大上は野崎に言った。

「まずは、この物騒な連中をなんとかせいや。こいつらの叫び声が外まで聞こえて、堅気さんが怖がっとる。言うことをきかん、いうんじゃったら、静穏妨害による軽犯罪法違反で引っ張るぞ」

野崎は舌打ちをくれると、脇にいる組員たちを目で制した。組員たちが不承不承、輪を解く。

大上は後ろを振り返り、制服警官たちに事務所の外で待機するよう命じた。

加古村組の事務所は、一見、ごく普通の造りをしていた。教室ほどの広さのフロアがカウンターでふたつに仕切られ、事務机が三つ並んでいる。カウンターの手前、入り口の傍は応接スペースなのだろう。布製のスクリーンで区切られた場所には、小振りのソファがひと組とテーブルが置かれていた。

おそらく組長の席だろう。一番奥には黒檀《こくたん》の大きな机があり、上に代紋入りの額が掛けられている。それさえなければ、暴力団事務所とは気づかない人間も多いはずだ。

テーブルを挟んで、大上と野崎はソファに向かい合って座った。日岡は大上の後ろに立つ。

大上は大きく足を開くと、前かがみの姿勢で野崎の顔に視線を据えた。

「いったい、なにがあったんじゃ」

訊ねる大上に、野崎は横を向いた。足を組み、肘《ひじ》掛けに腕を置いて頬杖《ほおづえ》をつく。

そのまま、目だけで大上を見た。

「知らんですよ。拳銃《チャカ》の音がしたんで若い者が外へ出て見たら、ご覧のとおりです」

「弾いたやつに心当たりは」

大上が煙草をくわえながら問う。日岡はすかさず、後ろから火をつけた。

「さあて、皆目……」

唇を尖らせ、野崎はつぶやくように言った。

野崎の背後に立つ組員のひとりが、部屋の外に響き渡るほどの大声で怒鳴った。

「尾谷組のやつらに、決まっとろうが！」

別の組員が捲《まく》し立てる。

「あいつらリコの件で柳田が刺されたもんじゃけ逆恨みしやがって、うちに喧嘩《けんか》を仕掛けてきとるんじゃ」

「うるせえ、黙ってろ！」

野崎は片方の靴を脱ぐと、背後の組員に向かって投げつけた。

室内が静まり返る。

「加古村は――」

紫煙を吐きながら、大上が訊ねた。

「どこにおるんない」

「親父さんは、昨日から、京都に行かれとってです」

組員から渡された靴を履きながら、野崎が淡々と答える。

「なんの用でや」

大上が被せるように問うた。

野崎は問いには答えず、ゆったりとした動作でスーツの胸ポケットから洋モクを取り出すと、ダンヒルのライターで火をつけた。

「とにかく、さっさとお引き取り願えませんかね。ご覧のとおり、こっちも立て込んでるんで」

「野崎。昨日から今朝にかけて、どこにおったか言うてみい」

盛大に煙を吐き出しながら、野崎が大上を見た。

「家で寝てましたが、なにか」

とぼけた口調だった。野崎は、要町の発砲事件を知っている。

大上は灰皿で煙草を揉み消し、ソファから立ち上がった。

「まあ、ええじゃろう。今日のところは、いったん引いちゃる」

パナマ帽を被り直し、大上は目で日岡を促した。

日岡は先回りして扉を開き、大上を待った。

大上はドアの手前で立ち止まると、後ろを振り返った。

「もし、これ以上、発砲音《おと》がしたら——そんときは野崎、覚悟しとけよ」

「ほう。あんた、同じこと、尾谷に言えるんの」

大上と野崎の視線が激しくぶつかる。火花が散るかのようだった。

室内の空気が極限まで張り詰めたとき、階段を駆け上がる足音が聞こえた。見ると、先ほどの機捜隊員だった。

隊員は大上の姿を認めると、足早に近づき、耳打ちをした。大上の顔色が変わる。

「本当か」

隊員が肯き、声を潜めて言った。

「すぐ署に連絡をせよ、とのことです」

報告を終えた隊員が姿を消すと、日岡は小声で訊ねた。

「なにか、あったんですか」

日岡の質問に、大上は声を張った。

「たったいま、尾谷組幹部、備前芳樹宅に銃弾が撃ち込まれた」

日岡は驚いて大上を見た。

大きな声で言ったのは、背後にいる野崎に聞かせるためだろう。このタイミングでの発砲は、加古村組の報復としか考えられない。

日岡は奥の組員たちに目をやった。みなそれぞれ、薄笑いを浮かべ、わざとらしく口を尖らせそっぽを向いている。

今度は野崎が、後ろへ声を張った。

「どこもかしこも、忙しいのう」

組員たちのあいだで、哄笑《こうしょう》が弾けた。

大上はゆっくりと振り向き、全員の顔をねめつけた。

「お前ら。いまのうちに、せいぜい笑《わろ》うちょれ」

凄《すご》みを利かした、低い声だった。

大上は日岡の肩に手を置くと、階段の方へ顎《あご》をしゃくった。


路上に停めていた車に戻ると、大上は無線で斎宮に連絡をとった。

オンになっている無線のスピーカーから、斎宮の険しい声が聞こえる。機捜の情報によると、備前宅に銃弾が撃ち込まれたのは午前九時前後。自宅には備前と備前の妻がいたが、怪我はないとのことだった。

現在、東署では時間を早めて、一課と二課合同の捜査本部会議を行っている。指揮をとる副署長の指示で、一課は柳田孝刺殺事件の聞き込みおよび関係者の事情聴取、二課は発砲事件に関して尾谷・加古村両組の幹部や組員からの情報収集を担当することになった。

「警戒のための張り付き担当は、大上班が尾谷組、土井班が加古村組じゃ。加古村組には、いまから土井班が向かう。備前の自宅には、瀬内と高塚が向かった。ガミはすぐに、尾谷組の事務所へ向かってくれ」

一連の発砲事件は、尾谷組と加古村組の報復合戦の線が濃厚だ、と斎宮は言った。これ以上、事が大きくならないよう、大上には尾谷組の若頭、一之瀬を抑えてもらいたいという。

「頼んだぞ、ガミ」

返事も待たず、無線は慌ただしく切れた。

大上は無線の通話機を本体に戻すと、前方を見やりながら言った。

「聞いたろう。尾谷の事務所へやれい」

日岡は目いっぱいアクセルを踏むと、覆面車両のサイレンを鳴らした。

（四）

周辺の閑静な住宅街は、騒然としていた。警戒に当たるパトカーや機動隊員たちの姿が見える。

尾谷組事務所の門の前に、殺気だった組員たちが屯《たむろ》していた。二十人は下らないだろう。事務所の敷地から路上にはみ出る形で、辺りに目を走らせている。

日岡が事務所の前に乗り付けると、組員たちが一斉に車を取り囲んだ。いまにも、殴りかかってきそうな形相だ。

大上は車を降りると、取り囲む組員たちを怒鳴りあげた。

「お前ら、公道でなに騒いどるんなら！　堅気に迷惑じゃろうが。中に引っ込んどれ！」

大上の顔を認めた組員たちが、徐々に引き下がる。

日岡は大上の前に立ち、露払いの役割をこなした。

門の中に入ると、奥から背広姿の中年男が駆け寄ってきた。上体を折って膝《ひざ》に手を置くと、黙って頭を下げる。

「おお、矢島《やじま》。一之瀬はなかにおるんか」

矢島隆弘《たかひろ》――前歴カードを思い出した。尾谷組の古参幹部のひとりだ。第三次広島抗争事件の折、五十子会幹部を銃撃。懲役十二年の実刑を喰《く》らい、塀の中にいた。たしか二年前に、刑務所を出たばかりだ。

顔をあげ、矢島が肯く。

「若頭《カシラ》は中におってです」

再び腰をかがめ、片手を開いて大上と日岡をなかへ促した。

矢島のあとに続いて事務所に入ると、一之瀬はソファに座り、煙草をふかしていた。一之瀬の後ろには、五、六人の組員が指示を待つように立っている。

大上に気づいた一之瀬は、くわえていた煙草を灰皿で揉み消すと、ゆったりと立ち上がり腰を折った。

「ご苦労さんです」

落ち着いた声だ。非常事態にも拘《かかわ》らず、冷静な態度をとる一之瀬に舌を巻く。が、テーブルの上の灰皿に目をやった日岡は、一之瀬の内心の苛立ちを見てとった。灰皿には、一之瀬のハイライトの吸い殻が、山になっている。

大上は向かいのソファに腰を下ろした。日岡も隣に座る。外にいた組員たちもなかへ戻り、四十人近い男たちの人熱《ひといき》れで、室温があがったように感じられた。

「守孝——」

大上が煙草をくわえながら言う。日岡は火を差し出した。

「厄介なことになったのう」

煙を吐き出し、大上が嘆息した。

一之瀬が俯《うつむ》き、横を向いて舌打ちをくれる。

「加古村のやつ、ふざけた真似しくさりやがって」

「備前は、どうしとるんなら」

「加古村組のやつらを皆殺しにしちゃる、言うて騒いどります。若い者に抑えるよう命じとりますが、いつまで保《も》つか」

一之瀬は憤怒の眼差《まなざ》しで宙を睨むと、視線を大上に向け、身を乗り出した。

「ガミさん。今回の事は、やつらが先に仕掛けてきたことじゃ。わしに入った電話の遣《や》り取りを、ガミさんも傍におって聞いとられたでしょう」

日岡ははっとして大上を見た。

最初の発砲事件が起きたのは、今朝の四時ごろだ。大上が酒を飲んでいた相手は一之瀬だったのか。そうならば、柳田孝が死亡した件と、要町の発砲事件について、大上がいち早く情報を摑《つか》んでいたことも肯ける。

大上は無言で顎を引き、確認のため、と断って、一之瀬に詳細の説明を求めた。

一之瀬は促されて、一連の出来事を恨み節まじりに語りはじめた。

そもそもの発端は、加古村組の幹部・和山靖《わやまやすし》が、備前のやっているクラブの女を引き抜いたことによる。備前の経営するクラブ「シャレ」は、尾谷組のシマ内にあり、赤石通りでも一、二を争う高級店だった。

和山が引き抜いた女は那美《なみ》と言い、シャレに勤めて半年ほどの新入りホステスだった。二十一歳という若さと艶《つや》っぽい顔立ちで、あっという間にナンバーワンへのし上がった売れっ子だという。その稼ぎ頭を、和山が自分の店に引き抜いたのだ。

引き抜きを知った備前は、要町にある行きつけのバーへ和山を呼びつけた。両者とも若い衆を連れての、話し合いになった。

筋を通さない和山に、備前は那美から手を引くよう迫った。が、和山は、のらりくらりと話を逸らした。自分には関係ない、那美が勝手にしたことだ、と言い張る。

埒《らち》が明かず、時間だけが過ぎた。

備前は筋を説き、なんとか話し合いで事を納めようとした。しかし未明の店内で、和山が連れていた若い衆の吐いたひと言に、備前は我を忘れる。

——偉そうに説教垂れとるが、尾谷がなんぼのもんじゃい。

組の名前を汚された以上、黙ってはおけなかった。

「なんじゃと、こら!」

頭に血が上った備前の怒声で、乱闘がはじまった。

双方合わせて、六人の殴り合いになった。

発砲事件が起きたのは、その五分後だった。

荒れる店内に、ひとりの男が駆け込んできた。尾谷組の若い者で、名前は実《みのる》。実は青ざめた顔で息を切らしながら、孝が刺された、と叫んだ。リコで加古村組の者と言い争いになり、店を出たところを暴漢に襲われたと言う。

「孝をやったんは、加古村の者です！」

実の言葉に、店内が静まり返る。静寂を破ったのは、備前だった。

「おどれら、生かして帰さんど！」

さすがにまずいと思ったのだろう。備前の剣幕に恐れをなした和山たちは、店から逃げ出した。

備前たちはあとを追った。

路上に出て、もう少しで追いつくというとき、追いつめられた加古村の若い者が、振り向きざまに発砲した。備前たちも拳銃で応酬。けが人は出なかったが、発砲音に気づいた住民で辺りは一時騒然となり、通報を受けた警察官が現場に駆け付けた。

一之瀬の口から語られる顛末《てんまつ》を、大上は表情ひとつ変えず聞いていた。おおかたは、すでに知っているのだろう。

日岡は、いま耳にした話を、頭の中で整理した。

最初に発生した発砲事件を、斎宮をはじめとする捜査本部は、大上が反論しているのにもかかわらず、柳田が刺されたことへの報復だと看做《みな》している。だが、そうではなかった。一之瀬の話を信じるならば、事の発端は加古村組組員によるホステスの引き抜きであり、先に発砲したのは加古村組の者ということになる。

今朝の捜査会議で大上は、盃を交わしていないチンピラの報復で、尾谷組がすぐ動くと考えるのは早計だ、と疑問を呈していた。すでにあらかた内情を知っていたからこそ、口を挟んだのかもしれない。

一之瀬が、膝の上で手を握り締めた。

「前から加古村の嫌がらせはありました。うちのシマにずけずけ入り込んだあげく、シャブを売ろうとしたこともあった。じゃが、わしはずっと、事を荒立てず堪《こら》えてきました。親父さんが戻ってこられるまでは、勝手な真似はできん――そう思うて堪えてきたんです。わしは加古村から砂ァかけられても、ずっと耐えてきた。じゃが――」

一之瀬の声が怒りに震える。

「尾谷の看板に唾《つば》ァ吐かれた以上、もう黙っとるわけにはいかん。加古村――あん外道だきゃァ、ジキリかけてでも殺《や》ったる」

自分の手で相手の命をとる、と言う一之瀬を、大上は諫《いさ》めた。

「守孝よい。お前の気持ちは、ようわかる。じゃがのう……こんなァ、尾谷の跡目を継ぐ大事な身体じゃないんか。そのお前が走ってしもうたら、どうなるんない。戦争になったら、お前が真っ先に的にかけられるんで。それによ、もし逮捕されるようなことになったら、前のと合わせて、十年は娑婆《しゃば》へ戻ってこられん。もちいと、冷静になれや」

一之瀬は眉間に皺を寄せ、大上に嚙みついた。

「ガミさん。極道は顔でメシ食うとるんですよ。女ァ引き抜かれて、組の看板に泥を塗られて、黙っとれ、言うんですか。わしら、この世界でメシ食えんじゃないですか！」

それに、と一之瀬は語気を強める。

「わしがなんぼ堪えても、若い者は聞かんですよ。尾谷の者はみな、自分の命より看板を大事にしちょりますけん」

一之瀬の言葉に日岡は、大上から聞いた話を思い出した。

尾谷組は少数精鋭だ。構成員は少ないが、上から下までみな腹を括《くく》っている。義を重んじる尾谷憲次の意志を受け継ぐ者だけが、盃を貰えるのだ。尾谷の薫陶を受けた組員たちが、看板を踏みにじられて黙っているとは思えない。

もうひとつ、と一之瀬は大上を睨んだ。

「盃を渡しとらんいうても、孝はうちの人間じゃ。身内を殺られて、仇《かたき》とらん極道はおらんでしょ」

黙って聞いていた大上は、ソファにもたれ瞑目《めいもく》した。部屋を沈黙が支配する。

自分を納得させるようにひとつ肯いて目を開くと、大上は一之瀬に顔を近づけ、囁《ささや》くように言った。

「わかった。こんなの恰好《かっこう》がつくようにしちゃるけん、ちいと時間をくれや」

怪訝そうな目で、一之瀬が大上の顔を見る。

「どうする、言うんの」

「まあ、わしに任せとけや」

大上は腰をあげると、日岡に目を向けた。

「おい、帰るど」

日岡の返事を待たず、大上は出口に向かって歩きはじめた。

大上の背中を、一之瀬が呼び止めた。

「ガミさん」

大上が振り返る。

一之瀬が低い声で問うた。

「時間いうて、どれくらいですか」

一週間——そう言って少し考え、大上が続ける。

「いや五日でええ。それまでは、若い者が跳ねっ返らんよう、抑えとってくれ」

三日——一之瀬が即座に言った。

「しあさってまで待ちましょう。それ以上、待てません」

一之瀬の顔をしばらく凝視して、大上は静かに肯いた。

「ええじゃろう」

大上が踵《きびす》を返す。日岡はあとに続いた。事務所の土間で成り行きを見守っていた組員たちの輪が解け、大上の前に道ができる。

出口に向かう大上に、組員たちが一斉に頭を下げた。

五章

——日誌

昭和六十三年六月三十日。
午前十時。大上班捜査会議。
午前十一時。捜査車両にて大上班長と共に鳥取刑務所へ向かう。
午後三時。鳥取刑務所着。尾谷組組長・尾谷憲次と面会。
[redacted]（二行削除）
午後八時過ぎ。呉原帰着。そのまま尾谷組事務所へ。
[redacted]（一行削除）

（一）

北房《ほくぼう》ＪＣＴの案内標識が目に入り、日岡は車を右車線へ寄せた。そのまま走行車両の流れに乗り、岡山自動車道から中国自動車道へ入る。

「あと二時間くらいで着きそうですね」

車を運転しながら日岡は言った。

「事故や渋滞がなければな」

助手席で大上が、窓の外を見やりながら答える。

高速に乗った途端、天気が怪しくなった。いまにも降り出しそうな雲行きだ。

日岡と大上は、鳥取刑務所へ向かっていた。呉原から山陽道を通り、岡山まで出る。北房で岡山道から中国道に乗り換え、津山《つやま》インターで国道五十三号に下り鳥取市に入るルートだ。約四時間の道程だった。

三日前に発生した尾谷組準構成員・柳田孝刺殺事件と、加古村組と尾谷組のあいだで起きた相次ぐ発砲事件は、地元マスコミを騒然とさせた。県下最大の地方紙である安芸《あき》新聞は、事件翌日の六月二十八日付朝刊で「呉原市暴力団抗争、再び勃発《ぼっぱつ》か」と紙面を大きく割き、事件を詳報した。

立て続けに起きた発砲事件を、広島県警は暴力団同士の抗争と認定し、呉原東署に「呉原市暴力団抗争事件特別捜査本部」を設置。翌二十九日の午前八時から、銃刀法違反容疑で加古村組と尾谷組、双方の組事務所に一斉捜索をかけた。

しかし、組員は武器を携帯しておらず、どちらの事務所からも、容疑を裏付ける獲物は出てこなかった。双方とも警察の動きを察知し、銃器を別の場所へ隠したものと思われる。加古村組事務所から警察が押収できたのは、組員名簿と木刀ふた振り、尾谷組からは骨董《こっとう》品の火縄銃一丁のみ、という有り様だった。

一斉捜索が空振りに終わったあと、捜査会議で大上は、ある作戦を上層部へ具申した。上早稲二郎略取誘拐事件を梃子《てこ》にして、加古村組を壊滅状態に追い込む、というものだ。

上早稲はおそらく殺されている。発砲事件で棚上げになっている苗代らへの逮捕状をただちに請求し、身柄を拘束して取り調べる。なんとしてでも実行犯に口を割らせて上早稲の遺体を発見し、略取誘拐殺人および死体遺棄の共謀容疑で組長をはじめとする幹部を一斉に引っ張る。

「喧嘩《けんか》はひとりじゃできん。片方を潰《つぶ》しゃァ、抗争は自然に消滅しますよ」

大上は居並ぶ幹部を前に、自分の意見を主張した。

「もし口を割らなんだら、どうするんない」

口を挟んだ斎宮に、大上は薄く口角をあげ、嘯《うそぶ》いた。

「そんときゃあ、立ち小便でもなんでもええです。幹部を片っ端から引っ張る。引きネタじゃったら、なんぼでもあるじゃろ。のう、土井」

名指しされた土井班長は、口をへの字に結び、腕を組んで宙を見据えた。土井は県警四課時代に仁正会を担当しており、仁正会系列の五十子会、さらに五十子会傘下の加古村組には、もともと顔が広い。加古村組の組内にエスを飼っている、との噂もあった。

喧嘩両成敗ではなく、尾谷組への一方的な肩入れに、上層部は顔を顰《しか》めた。が、抗争事件の未然防止を最優先する副署長の裁断により、明確な引きネタを持つ加古村組関連捜査を重視、ただちに苗代らの逮捕状が取られた。

ところが、逮捕に向かった捜査員たちは被疑者の身柄を拘束できなかった。苗代たちは発砲事件前日から、揃って姿を消していたのだ。この三日間、住居にも戻らず、組事務所にも顔を出していないようだった。捜査本部は全力で苗代らの行方を追っているが、いまのところ有力な情報は摑《つか》めていない。

ハンドルを握る日岡は、目の端で助手席を窺《うかが》った。大上は遠くを見やりながら、黙って煙草を燻《くゆ》らしている。

お前の恰好《かっこう》がつくようしてやる、と大上が一之瀬に約束した日から、三日が過ぎた。今日が約束の期限だ。さすがの大上も、苗代ら実行犯がすでに行方をくらましていたのは、予想外だったようだ。

昨日、大上は唐津から、苗代たちの足取りが摑めない、と報告を受けた。大上の顔には、怒りと困惑の色が浮かんでいた。

唐津の報告を、日岡は釈然としない思いで聞いていた。

発砲事件の前日は、大上班の捜査会議で、苗代たちの逮捕容疑が固まった日だ。その日に彼らは姿を消している。果たしてこれは、偶然なのだろうか。

用を足してくる、と言って会議室を出た大上を日岡は追った。大股《おおまた》で廊下を歩く大上の背に、疑問をぶつける。

「苗代たちは、なぜ発砲事件の前日に姿をくらましたんでしょう」

大上は足を止めず、顔だけわずかに日岡に向けた。

「なにが言いたいんじゃ」

苗代たちが上早稲を拉致したのは四月の中旬だ。パチンコ屋の駐車場で、大上が苗代に恫喝《カマシ》を入れたのは日岡の赴任初日、六月の十三日だった。姿を消す機会はいくらでもあったはずなのに、なぜいまなのか。

「姿を消したのが、自分たちの逮捕容疑が固まった日なんて、タイミングが良すぎませんか」

大上は薄く笑うと、吐き捨てるように言った。

「気がついたんか。さすが学士様じゃのう」

このとき大上が発した学士様という言葉には、普段と違い、小馬鹿にするような皮肉が含まれていた。

大上は手洗いの前で立ち止まると、斜《はす》に構えて日岡を見た。

「まァ、どっかに犬がおる、いうことよ」

犬――捜査情報を流す内通者が土井班にいるということか。

日岡は複雑な思いで唇を嚙《か》んだ。

加古村組に内部情報を流した人間を、大上は犬呼ばわりしたが、もしこれが、尾谷組組員への逮捕状ならば、大上はどういう態度をとっただろう。大上も一之瀬に、情報を流すのではないか。

日岡は両手の拳《こぶし》を握り締めた。

――黒い犬も白い犬も、犬は犬だ。

大上が手洗いのドアノブに手をかける。日岡は我に返り大上を呼び止めた。

「一之瀬との約束の期限は、明日です。どうするんですか、大上さん」

苗代たちを引っ張り、芋づる式に事を解決する――その目論見《もくろみ》が狂ったいま、あと一日で事態を収拾できるとは思えない。約束が守られなかったとしたら、一之瀬はどうするだろう。大上の制止を無視し、加古村組との全面対決に打って出るのだろうか。となれば、日本最大の暴力団である明石組に近い尾谷組と、加古村組との対決は、やがて友誼《ゆうぎ》団体の五十子会、ひいてはその上部団体の仁正会をも巻き込んだ、大規模な抗争事件に発展する可能性もある。

大上はそのままの姿勢でしばらく黙っていたが、日岡に顔を向けると、小便してから考える、と言い、勢いよくドアを開けて手洗いに入っていった。

（二）

津山インターで高速を下り、国道五十三号に入った。川を渡り、ひたすら鳥取市を目指す。

日岡が大上から、鳥取刑務所へ行く、と聞いたのは、午前中に行われた捜査会議の席上だった。

「会議が終わり次第、わしは鳥取刑務所へ行こう思うちょります」

大上は斎宮に向かってそう言うと、親指を日岡に向けた。

「これの運転で」

捜査員たちの怪訝《けげん》な顔が、一斉に大上へ向く。斎宮は、抗争事件激化の危機が高まるなか、なぜ鳥取刑務所などに行くのか、と訊《たず》ねた。

苗代たちの身柄確保には、まだ時間を要する。準構成員とはいえ身内を殺された一之瀬が、反撃をいつまで堪《こら》えていられるか、わからない。

「じゃけ、一之瀬を抑えられる人間に会《お》うてきます」

斎宮の顔色が変わった。

「尾谷憲次か」

斎宮がつぶやいた名前を聞いて、日岡は得心した。殺人罪の共謀共同正犯で服役中の尾谷の刑期は、あと三カ月と聞いている。たしかに、一之瀬を抑えられるとしたら尾谷しかいない。

「親の言葉なら、一之瀬も言うことを聞くでしょう」

斎宮は難しい顔をして腕を組んだ。本来なら、警察が暴力団を抑え込まなければならない。が、それが叶《かな》わず、服役中の組長の協力を仰ぐことに屈辱を感じているのか。斎宮はしばらく考え込んでいたが、それしか一之瀬を抑える方法はないと思ったのだろう。椅子にもたれ大きく息を吐《は》くと、すぐに尾谷憲次のところへ行け、と大上に命じた。

「鳥取刑務所の所長には、わしから電話を入れとく」

呉原東署に赴任してから、県警捜査四課がまとめた尾谷組関連資料は、何度も読み返している。

ハンドルを握りながら日岡は、尾谷憲次について書かれた文章を、頭の中で反芻《はんすう》した。

尾谷憲次は大正九年に呉原市で生まれた。十五歳のとき、戦前の広島で顔役と言われた博徒の親分、長谷川正五郎《はせがわしょうごろう》の盃《さかずき》を貰《もら》い、長谷川一家の若衆となる。が、その後、日中戦争が勃発。二十歳のときに召集され、尾谷は満州《まんしゅう》——現在の中国東北部へ送られた。太平洋戦争が終結したとき、尾谷は南方にいたが、広島への原爆投下で長谷川正五郎が死亡。幹部の多くが戦死するか被曝《ひばく》し、一家は解散した。

昭和二十一年、復員して組が消滅したことを知った尾谷は、地元の呉原に戻り、組員八人――大半が長谷川一家の出身からなる尾谷組を設立する。

尾谷の名前が、暴力団関係者の間に広く知られるようになったのは、組を立ち上げた四年後である。

昭和二十五年、呉原は朝鮮戦争特需に沸いていた。戦後の貧困や混乱のなか、大小様々な暴力団組織が群立したが、なかでも、ヒロポンを手広く扱う大西組《おおにし》と、地元の賭場《とば》を仕切っていた三和一家《みわ》――のちの五十子会が、呉原の二大組織だった。その両組がシマ争いでぶつかり、死者三名を出す抗争事件に発展する。

中立を宣言していた尾谷は、両組の和解のため、備後《びんご》の重鎮・衣笠義弘《きぬがさよしひろ》を訪ねる。衣笠はかつての親分、長谷川正五郎の舎弟で、尾谷からみれば叔父貴《おじき》分にあたる男だ。広島で二番目に人口の多い福中市《ふくなか》に縄張りを持つ老舗《しにせ》組織、衣笠組の組長だった。

衣笠は、尾谷の頼みを聞き入れ、大西組と三和一家の抗争の仲裁に立った。しかしそれが、呉原と福中で新たな禍根を生むことになる。

争いは終結したものの、手打ち式の直後、衣笠は三和一家総長の三谷和重《みたにかずしげ》を舎弟に加えようとした。それを知った大西組組長の大西玄太《げんた》は猛然と反発した。衣笠が三和一家の後ろ盾となれば、力の均衡が崩れる。再び抗争が起きた場合、大西に勝ち目はない。いずれ自分たちが潰されることは、明らかだった。衣笠の狙いは、最初から呉原を掌握することにあったのではないか。

話が違う、と大西は、取り持ちをした尾谷に憤懣《ふんまん》をぶつけた。

衣笠の腹の内を知った尾谷は、すぐさま福中へ飛び、三谷との盃を思いとどまるよう説得する。

だが、衣笠は説得に応じなかった。逆に、叔父貴分の俺に意見するのか、お前みたいな若造が生意気言うな、と尾谷を面罵《めんば》した。その際、尾谷は投げつけられた灰皿で額を切っている。尾谷はじっと堪え、その場はひたすら頭を下げた。ヤクザとしての分を、守ることに徹したのだ。

しかし、尾谷の供で衣笠組を訪れていた若衆の成田幹也《なりたみきや》は、衣笠の仕打ちに激しい怒りを覚えた。仲裁人がどちらかの肩を持つのは、この世界では御法度だ。仁義を蔑《ないがし》ろにし、親分の顔に泥を塗ったうえ傷を負わせた衣笠に、なんとしてでも落とし前をつけさせよう、と成田は心に決める。

その日は話がつかず、尾谷たちは呉原に戻ったが、成田は翌日、ひとりで福中に向かう。

深夜、衣笠の自宅に侵入した成田は、就寝中の衣笠に匕首《あいくち》を突きつけ、親分の尾谷への詫《わ》びに、指を詰めるよう迫った。命を狙わなかったのは、全面抗争への発展を恐れたからだろう。

だが成田は、騒ぎに気づいた部屋住みの若い衆に取り押さえられ、凄絶《せいぜつ》なリンチを受ける。半死半生のままトラックの荷台に乗せられ、衣笠組の組員の運転で呉原へ向かう途中、成田は息を引き取っている。遺体は尾谷の家の前へ、見せしめのように放り捨てられた。

事情を知った尾谷は、子分が必死で止めるのも聞かず、単身、福中へ向かい衣笠に引退を迫る。

結果として、衣笠はその場で引退を表明。指を詰めて尾谷に詫びた。サラシに隠して腹に巻いたダイナマイト──尾谷の決死の覚悟が、死命を制したのだ。捨て身で敵の懐に飛び込み、相手を屈服させた尾谷の器量は、その後、ヤクザ関係者の間で広く知られるところとなる。

県警の捜査資料を読んでもわからないのは、尾谷がどんな魔法を使ったかだ。普通に考えれば、尾谷が衣笠と向かい合った場には多くの衣笠組組員がいたことだろう。当然、厳しいボディチェックに晒《さら》されたはずだ。なぜ尾谷は、ダイナマイトを隠し持ったまま組事務所に乗り込むことができたのか。

以前から抱えている疑問が、ふと口を衝《つ》いて出る。

「昭和二十五年ごろの、尾谷が衣笠組組長を引退に追い込んだ事件ですが、なんで衣笠組は尾谷のボディチェックをしなかったんでしょう」

「なんなら、いきなり」

大上が日岡を見る。

「県警の資料で前に見たんですが、子分が殺されたあと、尾谷はひとりで衣笠組に乗り込んでますよね。そして衣笠を見事、屈服させた……」

「ああ。あの、ダイナマイト事件か」

「不思議なのは、サラシの下に隠していたとはいえ、衣笠組の組員が、ダイナマイトを巻いた尾谷をそのまま組長に面会させていることです」

助手席で大上が、声を裏返して笑った。

「おかしなやっちゃのう。そがな昔のことを……」

「いや、ちょっと気になってたもので」

大上が真面目な声に戻って言う。

「お前、本気で死ぬ覚悟ができとる人間の顔ォ、見たことがあるか」

頭の中でしばらく考えた。思い当たらない。

ありません、と答えると、大上はなにかを思い出すように、大きく息を吐いた。

「死ぬ覚悟ができとる人間には、誰も近寄れんよ。まして、身体に触ることなんぞ、とてもじゃないが、でけん」


地図で道を確認しながら、川沿いに車を走らせる。

「大上さんは、なんで警察に入ったんですか」

日岡は前方を見ながら訊ねた。

大上が少し呆《あき》れたように、声のトーンをあげる。

「なんなら、今日は。事情聴取の練習か」

車を運転して長距離を走っていると、ふと頭に浮かんだ事象が、そのまま口を衝いて出てくることがある。いまの日岡が、まさにそうだった。

「いえ、別に深い訳はないです。ただ、ちょっと、訊《き》いてみたかっただけで――」

ふうん、と気のない返事が聞こえた。大上が窓の外に目をやるのを、横目で捉《とら》える。

しばらく遠くの山々を見やっていた大上が、ぽつりと口を開いた。

「わしの親父はのう、満州で警察官をしとったんじゃ」

「満州、ですか」

ほうよ、と答えた大上は、わしは満州の生まれじゃ、と付け加えた。終戦後、大上が三歳のときに、母親と姉の三人で日本に引き揚げてきたが、父親はソ連軍によりシベリアへ抑留され、日本の地を踏むことなく死んだという。

広島に戻った大上は、戦後の混乱のなかで、たくましく育っていく。

中学時代から柔道で鳴らし、卒業後は、当時、不良グループの巣窟《そうくつ》と言われた広島北高校に入学する。高校でも柔道部に籍を置き、度胸と腕っ節の強さで、近隣では知らぬ者のいない不良学生となった。

「すごい。番長ですか」

日岡が感心して言うと、大上は手を左右に振った。

「違う違う、わしは番長なんかせん。番長グループは他におった」

大上は群れることを嫌い、番長グループとは一線を画して、常に一匹狼として行動していたらしい。

大上が昔を懐かしむように嘆息する。

「喧嘩が三度のメシより好きでのう。恰好つけちょる不良学生がおったら、片っ端から喧嘩を売っとった。タイマンなら百戦百勝よ。そこいらの番長たちと何遍もやりおうたが、負けたことはほとんどなかった——ちゅうより、勝つまでやめんかった」

苦笑いしながら、煙草に火をつける。

そんな大上だが、ひとりだけ勝てなかった相手がいるという。

「お前の知っとるやつじゃ」

「誰ですか」

ハンドルを握る手に力がこもる。前のめりで訊いた。

紫煙を大きく吐き出しながら、大上が言う。

「西高の番長じゃったチャンギンよ。瀧井組の瀧井銀次じゃ」

あっ——日岡は短く声をあげた。言われてみれば、さもありなん、だ。大上と瀧井は同じ歳だった。

「あれは二年のときじゃったかのう。きっかけは忘れたが、チャンギンと一対一で勝負することになった。もちろん素手喧嘩《ステゴロ》じゃ。三十分くらいやりおうたんじゃが、ありゃァ腕を折って、わしゃァ肋骨《ろっこつ》を折った。拳があがらんようになってからは、頭突きの応酬よ。最後はふたりとも同時に気ィ失《うしの》うて、結局、引き分けになった。田んぼで決闘しとったんじゃが、気がついたら頭の下に牛のクソがあってのう、ふたりとも髪がクソ塗《まみ》れじゃった。それ以来の臭い仲よ」

日岡は思わず噴き出した。

「ほうじゃったんですか。それがいまや、ヤクザと警察官。人生、どこで道が分かれるかわからんですね」

大上は煙草を揉《も》み消し、自虐的に笑った。

「まァ、わしが警察官になったんも紙一重じゃけ。あんまり喧嘩ばっかりしとったもんじゃけん、三年んとき、柔道部の顧問じゃった先生に呼ばれてのう。お前、そがに喧嘩が好きじゃったら、ヤクザになれ、いうて叱られたんじゃ。ほうですか、じゃったらわし、ヤクザになります、言うたら、大目玉喰《く》ろうてのう。馬鹿たれ、この。お前みとうな者にヤクザがつとまるかい。利口でなれず、馬鹿でもなれず、中途半端じゃなおなれず、いうんがヤクザの世界で。第一、親分が黒じゃ言うたら白い物も黒の、理不尽な稼業じゃけ、お前のような向こう見ずは、殺されるか刑務所で一生過ごすかのどっちかじゃ。死にとうなかったら、警察官になれ――と、こうじゃ。わしゃァ、死にとうなかったけん、警察官になった」

当時は世の中も豊かになり、民間の給料は右肩上がりで、警察官のなり手がなかった時代と聞いている。柔道部や剣道部の先生が、なり手を探して、スカウトに走ることも珍しくなかった。いまでもその傾向は、なきにしもあらず、だ。

「なるほど」

笑いを堪えながら肯《うなず》く。

――死にとうなかったけん、警察官になった。

この言葉は、おそらく照れ隠しだろう。自嘲《じちょう》のニュアンスが感じられる。父親から受け継いだ血を意識したからこそ、大上は同じ道を目指したのではないか。

日岡にはそう思えた。

道なりに車を走らせていると、ほどなく案内標識が見えた。鳥取刑務所は、次のT字路を左だ。

案内標識に従い進むと、川を挟んだ道の突き当たりに、コンクリートの塀に囲まれた鳥取刑務所があった。周囲は田んぼばかりだ。敷地の背後には、鬱蒼《うっそう》と樹木が茂る山が連なっている。塀の中には監視塔が見えた。

鳥取刑務所の収容分類級はB。刑期十年未満の、犯罪傾向が進んだ累犯者が主に収容されている。どことなく重苦しい雰囲気を感じるのは、曇天のせいばかりでなく、その事実を知っているからだろう。

午後三時。予定より少し早く着いた。

駐車場に車を停め、歩いて門に近づいた。門衛に、大上が所属を名乗る。話が通っているのだろう。警備員は広島県警の手帳を確認すると、なにも言わず面会札の丸バッジを日岡たちに渡した。

建物のなかに入ると、奥から制服姿の男性が現れた。武田《たけだ》と名乗るその男は、看守長を務めているという。

「話は聞いております。こちらにどうぞ」

武田はふたりを、建物の奥にある会議室へ案内した。

面会には通常、刑務官が立ち会う決まりになっている。捜査に関連する取り調べということで、あらかじめ人払いしたのだろう。

殺風景な小部屋の椅子に座り、尾谷を待つ。

ほどなく、ドアが開いた。武田だった。後ろに男がいる。小柄で、銀髪を短く刈り上げている。

——尾谷憲次だ。

「尾谷、入れ」

武田が促すと、尾谷はゆったりとした歩調で、部屋に入ってきた。

写真で着流し姿の尾谷しか見たことがないせいか、実物は思っていた以上に、身長が低い印象だ。懲役の作業着が、小柄な身体をいっそう小さく見せている。が、真っ直ぐに伸びた背筋と、風雪に耐えた古仏を思わせる風貌《ふうぼう》は、徒《ただ》ならぬ威厳を放っていた。

眉《まゆ》は太く、眼光が鋭い。深く刻まれた皺《しわ》と真一文字に結ばれた唇は、強靭《きょうじん》な意志を感じさせる。

日岡たちと向き合うかたちで、尾谷が奥の席に腰を下ろした。武田が尾谷の腰紐《こしひも》を解き、軽く一礼して部屋を出ていく。

武田の姿が見えなくなると、大上はテーブルに手をつき、大きく頭を下げた。

「御大、ご無沙汰《ぶさた》しとります」

まるで極道の挨拶《あいさつ》のようだ。

目元を緩めた尾谷が、丁寧にお辞儀を返す。

「こちらこそ。いつも守孝が世話になって、すまんことです」

穏やかな口調と物腰からは、昔、腹にダイナマイトを巻き付けて敵陣に乗り込んだ男の凄絶さは、まったく見てとれない。

「こちらさんは、お初ですかな」

尾谷は大上の隣にいる日岡に目を向けた。大上は、こんど自分の下に入った部下だ、と説明した。

「まだ若いが、信用できる男ですけ」

ほう、と尾谷は目を細めた。

「あんたが……。守孝から聞いとります。なんでも広大出の学士さん、とか」

日岡は慌てて、頭を下げた。

「はじめまして。日岡です。日岡秀一いいます」

鸚鵡《おうむ》返しに名前を確認すると、尾谷は片眉をあげた。

「秀一？」

わずかに間を置いて、なるほど、と静かにつぶやく。

「大上さんが可愛がるのも、無理はない」

また名前だ。日岡は訝《いぶか》しんだ。一之瀬も、志乃の女将《おかみ》晶子も、日岡が名乗ったときいまの尾谷と同じ反応を示した。もしかして自分の名前は、大上にとって特別なものなのか。

横目で、大上の顔色を窺う。

日岡の疑問を無視するように、時間がないけん、と大上は本題を切り出した。

「早速、用件に入ります。加古村の一件、御大の耳にはもう入っちょりますか」

尾谷が肯く。昨日、一之瀬が面会に来て、大筋は聞いたという。

「ほいで、御大はなんと」

尾谷は静かに答えた。

「お前のやりたいようにやれ。そう伝えました」

「御大――」

尾谷の返答に、心外だと言わんばかりに眉間《みけん》に皺を寄せ、大上は語気を強めた。

「加古村の狙いは、最初から守孝です。あれが痺《しび》れを切らして仕掛けてくるんを、加古村はずっと待っちょったんですよ。ぐちゃぐちゃ嫌がらせしとったんも、縄張り荒らしにかかっとったんも、正面きって喧嘩に持ち込むためじゃ。いま動いたら加古村の、いや、その後ろにおる五十子の、思う壺《つぼ》じゃないですか」

加古村組は、表向きは独立した組織だが、実質は五十子会の傘下だ。加古村組を使って喧嘩を吹っ掛け、一之瀬の命をとる。それが五十子の狙いだ。抗争中の殺害なら、極道の世界での面子《メンツ》は立つ。尾谷が刑務所にいるいま、一之瀬さえいなくなれば呉原は完全に掌握できる、という腹だろう。

大上の必死の説得にも、尾谷は応じなかった。

「のう、大上さん。わしらァ、売られた喧嘩は避けて通れん稼業です。筋が通った喧嘩なら、なおさらじゃ」

大上が食い下がる。

「じゃけえ言うて、守孝を的に晒すわけには、いかんでしょ。ありゃァいずれ、広島の極道を束ねる男です」

わかっている、というように尾谷は薄く口角をあげた。が、一転して険しい表情をつくると、毅然《きぜん》として言い放った。

「ここで死ぬなら、守孝もそれまでの器量じゃった、いうことです」

おそらく尾谷は、自分の若いころと一之瀬を、重ね合わせているのだろう。

尾谷の固い決意に、さすがの大上も言葉に詰まった。

部屋を沈黙が支配する。

大上は深く息を吐くと、俯《うつむ》き加減に言った。

「わかりました。御大がそうまでおっしゃるんなら、わしの口からはもう、なにも言いません。じゃが――」

大上は顔をあげると、尾谷の方へ身を乗り出した。

「わしが絵図を描くまで、ちいと待つように伝えてくれませんか」

尾谷が怪訝な顔で、顎《あご》をさすった。

大上は、昨日の捜査会議で具申した計画を、尾谷に説明した。上早稲の失踪《しっそう》事件がらみで組長をはじめとする幹部を軒並み引っ張り、加古村組を壊滅に追い込む作戦だ。

「なにがなんでも、あれらを刑務所へぶち込むつもりですけ」

大上は机に両手を置き、尾谷に顔を近づけた。

「御大が出てこられたら、今度こそ五十子会との戦争は避けられんでしょう。御大もようわかっとられるように、敵は加古村じゃない、五十子の外道じゃ。あれを潰さんかぎり、呉原に平和は訪れん。守孝の本当の出番はそんときです。そんとき、守孝が生きるか死ぬか――そりゃあわかりません。じゃが、わしゃア、守孝に賭《か》けちょります」

話を黙って聞いていた尾谷は、瞑目《めいもく》し、やがて静かに肯いた。

「わかりました。大上さんの言葉を信じて待ちましょう。守孝には、すぐに鳩を飛ばして伝えます」

鳩というのは通信手段を持つ、刑務所内部の協力者のことだ。

大上の身体から緊張が解けるのが、隣でわかった。

「ありがとうございます。帰ったらすぐ、守孝に会いにいきますけん」

大きく安堵《あんど》の息を吐くと、大上は日岡に刑務官を呼ぶよう促した。

日岡は会議室のドアを開け、外で待つ武田に、取り調べが終わった旨を伝えた。

肯いて武田が入室する。

椅子から立ち上がった尾谷に、腰紐が結ばれた。

部屋を出て行く尾谷の背中に、大上は深々と頭を下げた。

（三）

降り出した雨のなか、帰路を急ぐ。車中で会話らしい会話もないまま呉原に着いたとき、時刻は午後八時を回っていた。

間もなく尾谷組事務所へ着くというあたりで、日岡は車の速度を緩めた。事務所の前を照らす投光器に、見慣れない軽トラックが浮かび上がる。

「先客がいるようですね」

日岡のつぶやきに、大上は無言で前方を凝視した。白い軽トラックを、じっと見つめている。

近くの路上に車を停めて門の前に立つと、なかから短髪の若い衆が出てきた。防犯カメラで姿を確認したのだろう。

「お待ちしてました」

尾谷が飛ばした鳩から、大上が来るという情報がすでに入っているようだ。鳩の飛ぶ速さに驚く。

門をくぐりながら大上が、短髪に訊ねる。

「誰か来とるんか」

先導する短髪は、日岡たちの方を振り向き、小声で答えた。

「野津《のづ》の叔父貴が……」

大上が驚いたように、声音をあげた。

「野津いうて、御大の舎弟じゃった野津芳夫《よしお》か」

はい、と短髪が頭を下げる。大上は怪訝な顔をした。

「ありゃァ、もう引退した身じゃろうが。なにしに来とるんない」

口止めされているのか、それとも本当に来意を知らないのか、短髪は小首を傾げるとそのまま前を向き、無言で日岡たちを事務所に案内した。庭のそこかしこに、屈強な男たちが立っている。殴り込みを警戒しているのだろう。

静かにドアを開けた短髪に続いて、事務所のなかに入る。

応接間のソファには、一之瀬の両脇を固めるように、幹部の備前と矢島が腰を下ろしていた。手前には、ゴマ塩頭の男が背を向けて座っている。あれが野津だろう。尾谷組の面々は、みな一様に硬い表情をしている。人払いでもしてあるのか、ほかに組員はいない。

短髪が一之瀬に声をかけた。

「大上さんがお見えです」

四人が一斉に、闖入者《ちんにゅう》へ顔を向けた。

野津の年齢は六十代半ばくらいだろうか。農家のように日焼けし、顔には深い皺が刻まれている。

表情を緩めた一之瀬が、手招きしながら声を張る。

「おお、ガミさん。待っちょりました。話は親父から聞いとりますけ」

備前と矢島が席を立ち、大上と日岡に席を譲る。

大上に促され、日岡は空いた席に腰を下ろした。テーブルを挟んで一之瀬と野津が向かい合い、両者の斜向《はすむ》かいに大上と日岡が座るかたちだ。

短髪が姿を消すと、大上は野津に視線を向けた。

「久しぶりじゃのう」

「大上の旦那《だんな》。こちらこそ、ご無沙汰しちょります」

野津が頭をさげる。

大上は探りを入れるように、一之瀬と野津の顔を交互に見やった。

「どうしたんない。そがな辛気臭い顔して」

押し黙ったまま、誰も口を開かない。野津が日岡の顔を、ちらりと見た。

ことさら明るい声を作り、大上が野津に笑いかける。

「ありゃァ、わしの手足になってくれとる若いもんじゃ。守孝も了承しとるけん、心配せんでもええ」

一之瀬が野津に向け、軽く肯いた。

納得したのか、野津は日岡に向かって軽く頭を下げた。会釈を返しながら思う。どうやら野津は、他聞を憚《はばか》る件で事務所を訪れているようだ。

そのまま沈黙が続いた。

痺れを切らした大上が、きっかけを摑もうと言葉を継いだ。

「ときに野津さん。あんた引退した身じゃろう。なんでここにおるんじゃ」

言いたくないのだろう。野津は唇を嚙み、無言で俯いた。一之瀬も黙ったままだ。ふたりに代わり、傍《そば》に立つ備前がその場を繕う。

「野津さんは、今回の騒動を知って、心配して駆け付けてくれたんですわ」

当たり障りのない返答だった。

「どいつもこいつも――」

溜《た》め息をつきながら大上が言う。

「のう、守孝。わしァそっちの側で立つと、腹ァ括《くく》っとるんで。そのわしにも、話せんことか」

「ガミさん」

一之瀬が重い口を開いた。

「そういうことじゃないんですよ」

大上が目を細め、険しい顔で一之瀬を睨《にら》んだ。

諦《あきら》めたように大きく息を吐き出し、一之瀬が備前に言う。

「お前が説明せい」

肯いた備前が、日岡にもわかるように話しはじめた。

備前の説明によると、野津は十五年前に堅気になり、県北にある郷里の次原《つぐはら》で酪農を営んでいた。

新聞報道で事件を知った野津は、すぐに有りっ丈の預金を下ろし、自分の牛まで売って五百万の金を作った。引退した身の年寄りには、鉄砲玉になることも、弾除《よ》けになることもできない。できるのは、抗争にかかる資金の手助けを、わずかでもすることくらいだ。だから、取るものも取りあえず、見舞金として持参したという。

見るとテーブルの上に、紫の風呂敷《ふろしき》に包まれたレンガのようなものが置かれていた。

備前の話が終わると、野津がぽつりと口を開いた。

「じゃが、どれだけ頼んでも、若頭《カシラ》は頑として受け取らんのです」

一之瀬が間髪をいれず口を挟む。

「いくら叔父貴の頼みでも、引退した堅気さんから、銭は受け取れません」

それまで黙っていた矢島が憔悴《しょうすい》した顔で、大上に視線を向けた。

「もう一時間もこの調子で、やりおうとってです」

大上に落としどころを求めている口調だ。

膝元《ひざもと》に落としていた視線をあげ、野津は縋《すが》るような目で一之瀬を見た。

「のう、若頭《カシラ》。あんたが言うことはもっともじゃ。たしかに引退したわしから銭を受け取ったら、あんたの顔が立たんじゃろう。じゃがのう、わしは兄貴から、一生かかっても返せんくらいの恩をかけてもろうちょる。わしが下手打って引退するとき、兄貴は黙って三百万の銭を包んでくれた。あのころはのう、兄貴も博打《ばくち》の目が出んで、ずーっと燻《くす》ぶっとられたんじゃ。組も借金だらけでの、わしらピーピーしとった。じゃが兄貴は、自分ところの家財道具やなにやら一切合財、質に入れてのう、田舎に帰って牛でも飼え、言うて金を渡してくれたんじゃ」

野津は古い記憶を辿《たど》るように、遠くを見やった。目元が薄《うっす》ら滲《にじ》んでいる。

「兄貴は、よう言うとったよ。堅気さんだけには迷惑かけるな、いうてのう。じゃが、堅気になったいうてもよ、ここで恩を返せんようなら、わしは外道になる。そうなったらわしは、死んでも死に切れん――」

野津は視線を一之瀬に戻すと、テーブルに両手をつき、後頭部が見えるほど頭を下げた。

「若頭《カシラ》。このとおりじゃ。すぐ用意できるんはこれだけじゃが、あと千や二千は、なんとしてでも作ってくるけ。黙って受け取ってくんない」

一之瀬は大きく息を吐くと、野津の顔を下から覗《のぞ》き込んだ。

「叔父貴……頭ァあげてつかあさい。気持ちはよう、わかりましたけ」

ほうか――喜色を顔に漲《みなぎ》らせ、野津が頭を跳ね上げる。一之瀬は野津の目を見ながら、言い聞かせるような口調で言った。

「叔父貴の気持ちは、たしかにわしが受け取りました。じゃけ、気持ちだけ置いて、銭は持って帰ってつかあさい。親父がここにおっても、同じことを言うでしょう」

野津の顔が歪《ゆが》む。

「若頭《カシラ》――。そう言わんと」

いまにも泣きだしそうな表情だ。

備前が救いを求めるような目で、大上を見た。この終わりのない押し問答に決着をつけてくれ、と祈るような気持ちなのだろう。

見かねたように、大上は口を挟んだ。

「のう、守孝。逆の立場に立って考えてみいや。お前が野津さんの立場におってで、いっぺん出したものを、はいそうですかと、引っ込められるか」

一之瀬が大上に反論する。

「じゃけえ言うて、ガミさん。こりゃァ受け取るわけにいかんです。極道にゃァ極道の、筋いうもんがありますけ」

どちらの言い分ももっともだ、と思っているのだろう。大上は難しい顔をして、腕を組みソファにもたれた。

部屋に再び沈黙が広がる。

大上はゆっくり身を起こすと、項垂《うなだ》れている野津を見た。

「のう、野津さん。この金、わしに預けてくれんですか」

思わず息を呑《の》む。あり得ない。完全な服務規律違反だ。

唐突な提案に、野津は驚いたように目を見開いている。一之瀬も備前も矢島も、同じだった。

一之瀬が呆れた口調で訊く。

「ガミさん。預けるいうて、どうするんの」

大上は不敵な笑みを浮かべ、一之瀬に宣言した。

「この金で、加古村を追い込んでみせちゃる」

一之瀬から野津に視線を移し、大上は安心させるように言った。

「この金は絶対、死に金にゃァせんですけ」

死に金――言葉に出して野津がつぶやく。このままでは埒《らち》が明かない。ともすれば持ち帰る羽目になり、それこそ死に金にならないとも限らない、そう思ったのだろう。野津は表情を引き締めると、大きく肯いた。

「わかりました。大上さんのええように遣《つこ》うてください」

大上は息を吐くと、野津の目を改めて見据えた。

「安心してつかい。この金でいずれ、呉原を尾谷の天下にしてみせますけん」

大上はテーブルの上の風呂敷包みを片手で持ちあげ、日岡に手渡した。

「ほれ、大事な金じゃ。落とすなよ」

「大上さん！」

抑えたつもりだが、声が尖《とが》る。

「ええけ」

そう言うと大上は、ソファから立ち上がり出口へ向かった。

若い衆に見送られて車に戻ると、日岡は風呂敷包みを大上の手に押し付けた。憤然として言う。

「大上さん、いくらなんでもやりすぎですよ」

ふん――鼻を鳴らし、大上は日岡を見ながら薄く口角をあげた。

「署長からも言われとろうが。わしらの最優先事項は、抗争を未然に防ぐことじゃ。この金はのう、その捜査費用よ」

捜査費用――五百万もの金を、捜査に使うというのか。

唖然《あぜん》とする日岡に、大上は犬歯を剥《む》き出しにして笑った。風呂敷包みを後部座席に放り投げ、指示を出す。

「いまから志乃へ向かえ」

「志乃、ですか」

大金を手に、酒を飲むわけでもあるまい。いったい志乃になんの用があるのか。

目で問うと、大上は頭の後ろで手を組み、シートへふんぞり返った。

「追い込みの種を、仕込んじゃる」

訳がわからず、日岡は大上の顔を凝視した。

六　章

――日誌

昭和六十三年七月一日。

午後三時。パチンコ『日の丸』の店員・菅原信二《すがわらしんじ》を東署にて事情聴取。

二年前に加古村組組員・吉田滋《しげる》から暴行、脅迫を受けたとの証言を得て、菅原から被害届を受理。

[redacted]（一行削除）

午後十一時半。「小料理や　志乃」にて吉田滋に会う。

[redacted]（三行削除）

（一）

約束の十一時に志乃へ行くと、すでに暖簾《のれん》は下ろされていた。

店の脇にある細道に入り、裏口の戸を軽く叩《たた》く。待ち構えていたのだろう。すぐに開いた戸の隙間から、晶子が顔を覗《のぞ》かせた。

晶子は顔を確認すると、あたりに素早く目を配り、日岡と大上を中へ引き入れた。

「悪いのう。面倒《めんどう》かけて」

大上が済まなそうにパナマ帽に右手を添え、軽く頭を下げる。晶子は小さく笑うと、首を横に振った。

「ええんよ、うちゃァ。水臭いこと言うとらんで、さあ、仕事、仕事」

晶子が大上の背を押す。事前に打ち合わせたとおり、大上は二階の座敷へあがり、日岡は階段の下に身を潜めた。晶子は一階のカウンターに腰を下ろす。

十一時半。予定の時刻だ。日岡は腕時計を確認し、息を殺して身構えた。

ほどなく、表の引き戸をノックする音が聞こえた。カウンターに座っていた晶子が、日岡に目配せして立ち上がる。はあい、と艶《つや》っぽい声で応《こた》え、引き戸を開ける気配がした。階段の陰から、店の入り口を覗く。

なかにしまわれた暖簾をくぐり、にやけ顔の男が入ってきた。歳は三十後半か。ハーフを思わせる彫りの深い顔立ちだ。整髪料で固めた髪をオールバックにして、派手な開襟シャツの胸元には、金色のネックレスをぶら下げている。待ち侘《わ》びた来訪者——加古村組の吉田滋だった。

晶子は吉田の胸元に手を置き、科《しな》を作った。

「ごめんね、吉田さん。遅くに呼びだしたりして」

吉田は晶子の肩を抱き寄せると、息がかかるほど顔を近づけた。

「なにを言うとるん。こっちはのう、ママがわしの誘いにいつ応えてくれるか、首を長《なご》うして待っとったんで」

なにも知らない吉田は、ずっと口説《くど》いていた晶子が、やっと自分の誘いに乗ってきたと思い込んでいる。


昨夜、大上は尾谷組の事務所を出たあと、志乃に向かった。途中の公衆電話から大上が連絡を入れると、晶子は暖簾を下ろしてふたりが来るのを待っていた。

大上と日岡がカウンターに座ると、晶子はグラスをふたつカウンターに置き、ビールを注《つ》いだ。日岡はビール瓶に手を伸ばし、会釈しながら晶子のグラスを満たす。

「ありがと。じゃ、乾杯」

グラスを合わせ、晶子は半分ほど飲むと、手で口元を押さえた。

「で、なんね。頼みいうて」

大上は一息でグラスを空け、盛大なゲップを飛ばした。

「加古村組んなかに、ママに気があるやつはおらんか」

唐突な問いに、晶子は怪訝《けげん》そうに眉《まゆ》を顰《ひそ》めた。

「どうしたん、いきなり。そりゃあ、口説いてくる男はおらんこともないけど」

「尾谷と加古村の件は、あんたも知っとるじゃろう」

晶子が肯《うなず》く。

「発砲事件じゃろ。新聞でもテレビでも、派手にやっとるけんね」

地元のテレビ局は県警捜査四課長の会見を夕方のニュースで流し、新聞は早々と、暴力団撲滅キャンペーンを連載で展開していた。

事態は切迫していて、早く事を収めなければ市民を巻き込む抗争に発展しかねない、と大上は晶子に説いた。

「呉原金融で経理を担当しとった上早稲っちゅう男が、今年の三月から失踪《しっそう》しとる。加古村組の仕業じゃ。苗代らが実行犯よ。証拠もあがっとる」

大上はカウンターに肘《ひじ》をつき、前方を睨《にら》んだ。

「東署はのう、上早稲失踪事件をとっかかりに、加古村組の幹部を一斉に逮捕する予定じゃ。幹部連中を軒並み引っ張りゃあ、下っ端は鍋《なべ》に入った蛸《たこ》よ。手も足も出ん。幹部はみな長い懲役になるはずじゃけん、事実上、加古村組は解散いうことよ」

じゃが、と大上は顔を晶子に向けた。

「肝心の苗代ら実行犯が、行方をくらましちょる。今回に限って、加古村組のやつら、貝みとうに口が堅い。正攻法で攻めても、埒《らち》が明かん」

大上がそこまで話したところで、晶子はすべてを悟ったような目で大上を見た。

「加古村組の組員でうちに気がありそうな男を、誘《おび》き出そうってわけね」

「察しがええのう」

大上が口角をあげる。

晶子は少し考えてから、数人の男の名前をあげた。大上がひとりを選ぶ。

「吉田の滋がええ。あいつはパチンコ日の丸の景品買いをシノギにしちょる。日の丸にゃァだいぶ貸しがあるけん、なにかと好都合じゃ。吉田は呉原金融を仕切っとる野崎の弟分じゃし、日の丸に出入りしとった苗代とも、ようつるんどる。上早稲の失踪に関して、なんかネタを握っとるはずじゃ」

大上は晶子に、相談したいことがあるから明日の夜、十一時半に店に来てくれ、と吉田を誘い出すよう頼んだ。

「吉田が店に来たら、あとはわしらが上手《うま》くやる。ママは、吉田が店に来たら、わしがおる二階の座敷へあげてくれるだけでええ」

大上の隣で黙って話を聞いていた日岡は、頭に浮かんだ疑問を口にした。

「なんで署の取調室じゃいけんのですか。引きネタじゃったら、いくらでも作れるでしょう」

大上は日岡を目の端で睨むと、軽く舌打ちをくれた。

「馬鹿たれ、この。警察署のなかで、堂々と法律やぶるわけにゃァいけんじゃろうが」

日岡は、驚いて大上を見た。

「もしかして、違法捜査をするつもりですか。そんなこと――」

続けようとする非難の言葉を、大上は強い口調で遮った。

「まあ、黙って見ちょれ。わしがきっちり仕上げちゃるけえ」

「ですが――」

ふたりのやり取りを見ていた晶子が、すっと椅子から立ち上がった。カウンターのなかにある電話の受話器をあげ、手元の住所録を見ながらプッシュホンのボタンを押す。数秒間なにも言わず、そのまま受話器を置くと、すぐさま電話の呼び出し音が鳴った。

「はい、志乃です」

晶子が電話に出る。後ろを振り返り大上を見ると、笑顔を作った。

「ああ、吉田さん。遅くにごめんなさいね。忙しかったんと違う?」

日岡は腰を浮かせかけた。電話の相手は吉田だ。晶子はおそらく、吉田のポケベルに連絡をしたのだ。

「うん、そう。ちょっと困ったことがあって。吉田さんなら、きっといい知恵を貸してくれるんじゃないか思うて」

晶子は、人に聞かれたくない相談だからひとりで来てほしい、と吉田を誘う。

「ほんま?」

晶子の顔がぱっと輝く。

「じゃあ、明日の十一時半に待っとるけん。よろしゅうね」

くれぐれもひとりで来るよう念を押し、晶子は電話を切った。カウンターにいる大上に向かい、得意気な笑みを浮かべる。

「これでええね」

大上は満足そうに肯いた。

「上出来じゃ。明日からでも、小料理屋の女将《おかみ》から女優へ転身できる」

もう事は動き出した。後戻りはできない。

大上はカウンターの上に置いていた五百万が入った風呂敷《ふろしき》包みを手に取ると、釈然としない思いで俯《うつむ》いている日岡の鼻先に突きつけた。

「わしはどがあな手を使《つこ》うてでも、加古村の外道を追い込んでみせちゃる。たとえ吉田の滋が、血ィ流すことになってものう」

日岡は勢いよく顔をあげると、大上を見た。

いったい大上は何をしようとしているのか。

目で問う日岡に、大上はなにも答えず、不敵な笑みを零《こぼ》した。

（二）

「待ちよったんよ。悪いねえ、こんな時間に」

晶子は甘ったるい声で吉田に詫《わ》びた。罠《わな》に嵌《は》められているとも知らず、吉田はだらしなく鼻の下を伸ばしている。

「ママの頼みじゃけ、聞かんわけにゃァいかんじゃろ。で、話があるいうて、なんの」

晶子は肩に置かれている手を外すと、店の引き戸に鍵《かぎ》をかけた。

「人に聞かれたくない話じゃ言うたでしょう。邪魔が入ると嫌じゃけえ、二階でゆっくり……」

計画通り、晶子は吉田を二階へ誘う。吉田は疑う様子はなく、軽い足取りで階段をあがる。

大上がいる二階の座敷の襖《ふすま》を開ける音がして、吉田の驚きの声が聞こえた。

「こりゃなんじゃ、なんでここにあんたがおるんの！」

日岡は身を潜めていた階段の下から飛び出すと、二階へ駆け上がり座敷に入った。吉田が逃げ出せないよう、襖を閉めて退路を断つ。

吉田が振り返った。日岡と晶子の顔を交互に見やり、諦《あきら》めたように肩を竦《すく》める。

「なんじゃい。話いうて、ガミさんじゃったんの」

大上は入り口を背にして胡坐《あぐら》をかき、煙草をふかしていた。パナマ帽は被《かぶ》ったままだ。振り向きもせず、大上は天井に向かって大きく紫煙を吐いた。

「滋。悪かったのう、呼び出して。まあ、座れや」

大上は煙草の先で、奥の席を指した。警察の取調室もそうだが、こうした場合、被疑者は一番逃げにくい奥の場所に座らされる。昨夜の打ち合わせどおり、障子窓の奥の雨戸を閉じサッシに施錠してあるはずだ。

逃げられないと悟ったのだろう。吉田は渋々、座卓を挟んだ向かいに腰を下ろした。不貞腐《ふてくさ》れたように口を開く。

「ママまで使うて呼び出して、いったいなんの用ですかのう。訊《き》きたいことがあるんじゃったら、こがな手の込んだ真似せんと、組の事務所へ来るか署に呼び出しゃあええじゃないの」

座敷の柱に背をつけて立っている晶子は、胸元で手を組んで素知らぬ顔をしている。

大上は口角を上げながら、座卓に置かれている銚子《ちょうし》を手にした。

「まあ、そう言うなや。ちいと表にゃァ出せん話じゃけ」

なにやら徒《ただ》ならぬ気配を察したのだろう。吉田の顔が険しくなる。

自分の猪口《ちょこ》に酒を満たし一息で飲み干すと、大上は口火を切った。

「のう、滋。お前、二年前に景品買いのシノギで揉《も》めて、日の丸の店員を殴ったことがあったじゃろ」

思いもよらぬ話だったのだろう。吉田は元から大きな目を、さらに見開いた。

「そがあな昔の話、覚えとらんが……それが、どうしたいうんですか」

「被害届が出とる」

大上は背広の内ポケットから、被害届を取り出した。よく見えるよう、吉田にかざす。今日の午後、半ば脅すようにして、店員の菅原信二から提出させたものだ。日頃から大上は各組員の引きネタを、頭の中にストックしているらしい。この脅迫・暴行容疑も、情報を摑《つか》んでから二年間寝かせていたという。

「暴行、脅迫、威力業務妨害——」

大上の声が鋭くなる。

「日岡。締めて何年になる」

以前、日の丸の駐車場で苗代にカマシを入れたときと同じだ。日岡は宙を睨みながら、量刑を諳《そら》んじた。

「懲役ならば、暴行の法定刑は二年以下。脅迫罪も同二年。威力業務妨害は三年以下。上限は締めて七年です」

大上は大きく肯いた。

「半分に安うなったとしても、三年半か。そこそこじゃのう」

焦れたように、吉田が大きな声をあげた。

「ガミさん。そがな昔の話を持ち出して、いったいなにが言いたいんの！」

大上は手にしていた猪口を座卓に置くと、下から吉田を睨んだ。

「のう、滋。呉原金融の上早稲は、なんで攫《さら》われたんじゃ」

吉田の顔色が変わる。

「な、なんの話ですか」

「広島流通りの連れ込み旅館から、上早稲が攫われた。拉致《らち》ったんはお前んところの苗代らじゃ。証拠はあがっとる」

大上は手にしている被害届を、再び吉田にかざした。

「のう、知っとること、洗い浚《ざら》い吐けや。ほしたら、この被害届は握り潰《つぶ》しちゃる」

吉田の額に汗が浮かんでくる。目を泳がせながら、被害届から乱暴に顔を背けた。

「わしァ、なんも知らんですよ。仮に知っとったとしても、仲間を警察《サツ》に密告《チンコロ》できるわけないじゃないですか」

大上が、ほう、と犬歯を剝《む》き出しにしながら笑う。

「大した男気じゃのう。じゃが、お前にゃァ、なにがなんでも、謳《うと》うてもらう。力ずくでものう」

開き直ったのか、吉田は大上に顔を戻すと鼻で笑った。

「警察官が力ずくですか。やっとられん。わしァ、帰らしてもらう。どうせ逮捕状《フダ》は持っとらんのじゃろ。不当な取り調べじゃ。弁護士に頼んで、公安委員会に苦情を入れちゃる」

今度は大上が鼻で笑った。

「なにが公安委員会じゃ。税金も払《はら》うとらん外道が、いっぱしの口利きやがって」

「その外道の上前撥《は》ねとるんは誰よ。ヤクザから銭ィ掠《かす》め取って、桜の代紋笠《かさ》にきて能書き垂れとる人間の方が、よほど性質《たち》が悪い思いますがのう」

大上は手にしていた猪口を座卓に叩きつけると、怒声を張り上げた。

「大人しゅうしとったら付け上がりやがって！　日岡！」

「は、はい！」

いきなり呼ばれて身が強張《こわば》る。

「こいつに手錠を嵌めい！」

日岡は躊躇《ためら》った。たしかに吉田には被害届が出されている。が、昔の件をほじくり返して無理やり出させたものだ。しかも、吉田がなにかしら暴力で抵抗しているわけではない。手錠はやりすぎだ。

「大上さん。いくらなんでもそれは——」

やりすぎ、と言いかけたとき、吉田がいきなり立ち上がり逃げ出そうとした。

襖に突進する勢いで向かってくる吉田に、日岡は反射的に飛びかかった。畳に押さえつけて、後ろ手に手錠を嵌める。

もがく吉田を床柱に押し付けると、大上は顔を近づけ、下から舐《な》めるように見た。

「おう、滋。わしァはいっぺん口に出したことは、必ずやる男で。血ィ見てでも、吐いてもらうど」

吉田は、大上の顔に唾《つば》を吐いた。

「やれるもんならやってみないや！」

大上は表情を変えずに、頬についた唾を手の甲で拭《ぬぐ》う。

「ええ覚悟じゃ」

大上は吉田を睨みながら、日岡に叫んだ。

「日岡、下から出刃ァ持って来い！」

手錠の次は凶器か。尋常ではない。捜査の一線を完全に越えている。

日岡が動けずにいると、事の成り行きを見守っていた晶子が口を挟んだ。

「うちが、取ってくる」

日岡は驚いて晶子を見た。晶子はいつもと変わらない表情で座敷を出ると、階段を駆け下りて行く。戻ってきた晶子の手には、刃渡り二十センチほどの出刃包丁が握られていた。息を切らしながら言う。

「これで、ええね」

晶子の手から出刃包丁を受け取ると、大上は満足気に笑った。

「ああ、充分じゃ」

大上は、畳に足を投げ出して座っている吉田に、包丁を見せつけた。

「滋よい。わしの本気がどがなもんか、いまから見せちゃるけ」

大上の顔は、すでに警官のそれではない。まるで凶悪犯の顔だ。吉田の頬が引き攣《つ》っている。

額からは、脂汗を流していた。

日岡は堪《たま》らず、大上と吉田のあいだに割って入った。

「大上さん、やめてください！　それ以上やると――」

「秀さん！」

晶子が叫んだ。見ると、いままでに見たこともない厳しい表情で、日岡を見据えている。

「あんたは黙って見とりんさい」

有無を言わせぬ口調だった。

晶子の気魄《きはく》に呑《の》まれ、日岡は茫然《ぼうぜん》と立ち尽くした。大上がゆっくりと振り返る。

「日岡、心配すな。お前はここにおらんし、なんも見とらん。そういうことじゃ」

すべては大上の独断専行、日岡はなにも知らなかった、という建て前か。

脅迫行為は、警察官として決して許されることではない。が、ここまできたら、なかったことにはできない。成り行きに任せ、万が一のときは身を挺《てい》してでも大上を止める。

日岡はそう心に決め、口を閉ざした。

大上が吉田に向き直り、包丁の刃で頬をぴたぴたと叩く。

「のう、滋。尾谷と加古村が戦争になりゃァで、お前みとうな兵隊は、たちまち殺《や》られるか、長い刑務所暮らしが待っちょるかの、どっちかじゃ。わしに協力してくれりゃァ悪いようにはせん。のう、腹ァ括《くく》れや」

吉田は大上の説得に乗る気はないようだ。震えながらも、首を何度も横に振る。

「わしァこれでも、極道の端くれじゃ。組を裏切るような真似はできん」

大上が嘲笑《あざわら》うかのように、口を歪《ゆが》める。

「恰好《かっこう》つけんな、外道が。口を割らんいうんじゃったら、身体に訊いちゃるど」

それでも吉田は、頑強に抵抗した。晶子の手前もあるのだろう。仮にも警察官が刺すような真似はしないと、高を括っているのかもしれない。

大上を睨みつけて吠《ほ》える。

「おお、ポリがやれるんか。やれるもんなら、やってみいや！」

大上の口元が歪む。次の瞬間、包丁が一閃《いっせん》し、吉田の頬をかすった。止める間はなかった。頬から見る間に血が噴き出す。

「大上さん！」

日岡の叫び声は、吉田の獣のような咆哮《ほうこう》にかき消された。

「うあああ——！」

後ろ手に手錠を嵌められたまま、吉田は畳の上をのたうち回った。

「吉田！」

日岡は吉田に駆け寄った。落ち着かせようとするが、昂奮《こうふん》した吉田は渾身《こんしん》の力で身を捩《よじ》っている。

「ママ」

大上は落ち着き払った声で晶子を呼んだ。

「手ぬぐいかなんかで、止血しちゃってくれい」

晶子は肯くと、着物の袂《たもと》から手ぬぐいを取り出し、転げ回る吉田の頬に当てた。

「しっかりしんさい。こんくらいの傷、大したことないけえ」

男より女の方が血に強い、と聞いたことがある。晶子は噴き零れる血に怯《おび》える様子もなく、吉田の傷を覆うようにして顎《あご》から頭へ、手早く手ぬぐいを結んだ。

少し落ち着きを取り戻した吉田は、喘《あえ》ぎながら上体を起こすと、額に大粒の汗を浮かべて大上を睨んだ。

「あんた、狂うとる……」

唇がわなわなと震えている。

大上は膝《ひざ》を割ってしゃがむと、吉田の顔を見下ろした。

「おお、狂うちょるよ。わしは捜査のためなら、悪魔にでも魂を売り渡す男じゃ。お前がしゃべらんでものう、お前が密告《チンコロ》した言うて、後で加古村に吹き込むこともできるんで」

一度は落ち着きを見せた吉田の表情筋が、痙攣《けいれん》する。

大上は吉田に顔を近づけ、静かに言った。

「のう、滋」

先ほどの険しい声音とは一変して、親しみがこもった口調だ。

「お前が謳うたことがばれたら、加古村は黙っとらんじゃろ。刑務所に逃げても、なかでお前を殺《け》そうとするはずじゃ。お前、それが怖いんじゃろ」

吉田は少しのあいだ、目を吊《つ》りあげて大上を睨んでいた。が、急に表情を崩すとがっくりと首を折った。肩を震わせ、嗚咽《おえつ》を漏らす。

大上が畳み掛けるように続ける。

「このまま組におっても地獄、刑務所に逃げても地獄じゃ」

吉田は勢いよく首をあげると、涙でぐしゃぐしゃの顔を大上に向けた。

「ガミさん――わし、どうしたら……」

大上は吉田の肩にそっと手を置いた。

「わしに全部、吐いて――ほいで、身をかわせい。沖縄でも北海道でも、知らん街に逃げて、ほとぼりが冷めるまで戻ってくな。どうせ加古村らは、一網打尽じゃ。組は潰れる運命よ」

吉田は項垂《うなだ》れ、力なく首を振った。見ず知らずの土地で、どうやって生計を立てればいいのか、不安に苛《さいな》まれているのだろう。

大上は座敷の隅に置いてあった鞄《かばん》から風呂敷包みを取り出すと、戻って来て吉田の前に置いた。

「ここによ、五百万ある。こんだけありゃァ、当分のあいだ、旅でも苦労せんじゃろ」

大上は風呂敷包みの結び目を解いた。札束を見た吉田の目が大きく見開かれる。大上は風呂敷に載せた札束を、そのまま吉田の目の前に突き出した。

吉田は息を呑み、帯封の付いた百万円の束と大上の顔を何度も見返した。

大上は吉田の目をじっと見つめた。

「全部吐け。ほいで、これを持ってすぐ旅に出え。それがお前に残された、最善の道じゃ」

吉田の目から再び涙が零れる。肩を震わせながら、吉田は意を決したように、上早稲失踪事件の顚末《てんまつ》を語りはじめた。

吉田の話によると、上早稲は加古村組の組員たちの犠牲になったのだという。

苗代や吉田をはじめとする加古村組の組員たちは、呉原金融で経理を務めている上早稲から、小口金融の名目で五万や十万といった金を、遊ぶ金欲しさからちょくちょく引っ張っていた。口では返すと言いながらも、上早稲が気の弱いことをいいことに、誰も返そうとはしなかった。

上早稲から会社の金を引き出すことが当たり前のようになったころ、義理場の金を掻《か》き集めるため、加古村が金庫を確認すると言い出した。

組員たちは慌てた。上早稲から引き出した金は、積もり積もって一千万近くにのぼっていた。そんな大金、一度に用意できるはずもない。

金を使い込んだことが組長に知れたら、どんな制裁を受けるかわからない。加古村の逆鱗《げきりん》に触れることを恐れた組員たちは、咄嗟《とっさ》に絵図を描く。上早稲にすべてを押し付け、やつが持ち逃げしたという嘘の報告をしたのだ。

話を聞いた加古村は、烈火のごとく怒った。すぐ上早稲をここに連れてこい、と唾を飛ばして子分たちに命じた。

生きたまま上早稲を押さえると、自分たちの悪事がばれる。ここは上早稲を逃がした方が得策だ。そう考えた苗代たち組員は、釈然としない様子の上早稲に因果を含め、呉原から姿を消すよう脅す。上早稲はその日のうちに、呉原から行方をくらました。

が、それで事は終わらなかった。上早稲の逃亡を知った加古村は激怒し、金と身柄の両方を揃えて持って来い――万が一、金が無理でも身柄だけ押さえろ、と組内に発破をかける。

しかし、生きた上早稲を加古村の前へ突き出すわけにはいかない。苗代たちは、身を潜めている上早稲を拉致し、金の在り処《か》を吐かせるため拷問していたら、間違って死なせてしまった、との口裏合わせで上早稲殺害を企てる。

上早稲の知人に探りを入れているうち、苗代はシマ内の風俗嬢から、上早稲が広島にいるという情報を入手した。風俗嬢は上早稲の馴染《なじ》みで、つい二日ほど前、広島の連れ込み旅館へ呼び出されたという。

上早稲が広島にいることを突き止めた苗代たちは、宿泊している旅館を特定し、上早稲を拉致した。

「で、そのあとどうした」

眉間《みけん》に皺《しわ》を寄せ、大上が訊《たず》ねる。吉田は言葉に詰まったように黙り込んだが、小さな声で答えた。

「多島《たじま》港の倉庫に連れ込んで、拷問したうえで殺しました」

殺すにしても、なぜ、拷問したのか――

金は自分たちが使い込み、上早稲が持ち逃げしたわけではない。そもそも、拷問する意味はないはずだ。

日岡の頭に浮かんだ疑問を、吉田が解いた。

加古村に遺体を見せる必要があったため、あえて拷問を加えたが、上早稲が死んだとの報告を受けた加古村は、首を切り落として持ってくるよう組員たちに伝えたのだという。

「首だけかい」

大上が眉を顰める。

「へえ。嵩張《かさば》るけん、言うて」

吉田が苦いものでも呑み込むように言う。晶子を見やると、何事もなかったような平然とした顔つきだ。この平常心は、いったいどこからくるのか。

組員たちはスコップで上早稲の首を切り取り、ボウリング用のバッグに入れて加古村に献上した。

加古村は首を確認すると、軽く舌打ちをくれ、子分たちに処分を命じた。

「上早稲の死体はどこにある」

大上がさらに訊ねる。吉田の供述は、正規の手続きを踏んだものではない。調書に巻けない以上、殺害の証拠となる上早稲の遺体があがらなければ、加古村組の幹部を逮捕することはできない。

が、吉田の答えは、知らない、というものだった。

死体の始末は、苗代が中心になり行った。海沿いのある場所に埋めたというところまでは聞いたが、詳しい場所までは聞かなかったという。

「ほんまか」

大上が凄《すご》む。吉田はもたれていた床柱から身を起こすと、大上の方に身を乗り出した。

「ほんまです！　もう知ってることはぜんぶ吐きました。勘弁してつかあさい」

泣き腫《は》らした吉田の目には、嘘の色はなかった。

大上は探るような目で吉田を見ていたが、畳からゆっくり立ち上がると、静かに日岡へ命じた。

「こいつの手錠、外してやれい」

（三）

五百万が入った風呂敷包みを胸に抱えた吉田は、大上に何度も頭を下げながら夜の闇に消えた。

吉田が姿を消すと、晶子は大上と日岡を一階のカウンターに座らせた。目の前に銚子とふたつの猪口を置く。

日岡は猪口に注がれた酒を、一気に呷《あお》った。空いた猪口に晶子が酒を注ぐ。間を置かず、再び呷《あお》る。

胸のなかに、憤然とした思いが渦巻いていた。

大上は、結果として上早稲拉致事件の真相を暴く、重要な供述を引き出した。が、やり方があまりに無謀だ。刃物で脅し、怪我を負わせてまで意に沿わせるなど、手口はヤクザと同じではないか。警察官のやることとは、到底、思えない。

すきっ腹に飲んだからか、五杯目でかなり酔いが回ってきた。

隣でビールを飲んでいた晶子が、心配そうに顔を覗き込む。

「秀ちゃん、少しペースを落としたら」

理性より感情が先走る。日岡は晶子の忠告を無視し、なにも言わず手酌で酒を呷った。

大上は自分のペースで、ちびちび猪口を傾けている。

服務規律違反を犯しながら、何食わぬ顔で酒を飲んでいる大上に、抑えていた憤懣《ふんまん》が口を衝《つ》いて出る。

「大上さんの正義って、なんですか」

呂律が回らない口で問う。

「秀ちゃん」

絡む日岡を、晶子がやんわりと窘《たしな》めた。だが、日岡は止めなかった。身体ごと大上に向くと、酔いに任せて食ってかかった。

「大上さんがやってることはめちゃくちゃです！　とても正義を守る警官とは思えない！」

大上はカウンターの上に置いていた煙草を手に取ると、口にくわえて火をつけた。

「わしの正義かァ……そんなもん、ありゃァせんよ」

天井に向かって、大きく煙を吐く。

日岡は詰め寄った。

「じゃあ、大上さんが警察官を続けている理由はなんですか。金ですか、それとも権力ですか」

「秀ちゃん。やめんさい！」

語気を強め、再び晶子が止めに入る。その晶子を、大上が手で制した。

「日岡。お前、二課の刑事の役目はなんじゃ思う」

質問返しの大上の問いに、日岡は即答した。

「暴力団を壊滅させることです」

くくっと、大上は喉《のど》の奥で笑った。

「お前、自分の飯の種を自分で根こそぎ摘むんか。暴力団がのうなってしもうたら、わしらおまんまの食い上げじゃろうが」

屁《へ》理屈だ。日岡は唇を噛《か》んだ。

だいたいのう、と大上は煙草をふかしながら言葉を続ける。

「世の中から暴力団はなくなりゃァせんよ。人間はのう、飯ィ食うたら誰でも、糞《くそ》をひる。ケツ拭《ふ》く便所紙が必要なんじゃ。言うなりゃあ、あれらは便所紙よ」

日岡は言葉を失った。こっちが真剣に話しているときに、品のない冗談など聞きたくない。

大上は銚子を手にすると、日岡の猪口に酒を注ぎ足した。

「わしらの役目はのう、ヤクザが堅気に迷惑かけんよう、目を光らしとることじゃ。あとは――やりすぎた外道を潰すだけでええ」

日岡は、カウンターの上に置いている拳《こぶし》を、強く握った。

大上は恣《し》意《い》的に暴力団を選別し、気に入ったヤクザは残し、気に食わない連中だけを潰そうとしている。

――わしァそっちの側で立つと、腹ァ括っとるんで。

尾谷組の事務所で、一之瀬に向かって宣言した大上の言葉が蘇《よみがえ》った。

いまの大上の忠誠心は、警察組織にではなく、尾谷組にあると言っても過言ではない。警察官として、こんなことが許されていいはずはない。

日岡は大上から受けた酌を干すと、静かな口調で訊ねた。

「大上さんも警察学校に入ったとき、警察官の服務宣誓書を読み上げてますよね」

唐突な問いに、大上は眉根を寄せた。なにが言いたい、といった顔だ。

日岡は丸めていた背を伸ばし、姿勢を正して声を張った。

「私は、日本国憲法及び法律を忠実に擁護し、命令を遵守し、警察職務に優先してその規律に従うべきことを要求する団体又は組織に加入せず、何ものにもとらわれず、何ものをも恐れず、何ものをも憎まず、良心のみに従い、不偏不党且つ公平中正に警察職務の遂行に当ることを固く誓います」

服務宣誓を唱えることで暗に非難する日岡を、大上は睨んだ。

「わしが宣誓違反じゃ、言いたいんか」

日岡は俯き、目の前の猪口を見つめた。無言で、そうだ、と訴える。

大上はしばらく日岡を見つめていたが、小さく息を吐《は》くと視線を元に戻した。

「暴力団にもいろいろある。のう、日岡。お前にも、いずれわかるときがくるよ」

そう言うと、大上は話を打ち切るように、両手をあげて伸びをした。

「ああ、今日はちいと疲れたけん。女でも抱いて帰るわい」

大上は独り言のように口にすると、店を出て行った。勘定はいつもつけだ。

晶子が席を立ち、新しくつけた燗《かん》を手に日岡の横に座った。

「ガミさんは口が下手じゃけ、気持ちがよう伝わらんときがあるんよ。秀ちゃんもそのうち、ガミさんの気持ちがわかるようになるわいね」

「ママさんは、わかるんですか」

晶子は笑いながら、日岡に酌をした。

「うちゃァ、長い付き合いじゃけえねえ」

酔いの回った日岡の頭に、長い付き合いという言葉が、男女の関係を意味するもののように聞こえた。だとしたら、大上は自分の女の前で、別の女を抱きにいくと言ったことになる。

「どうして」

日岡はつぶやいた。

「え？」

晶子が日岡の顔を覗き込む。日岡は晶子の目をまっすぐに見据えた。

「そういう間柄なのに、どうして大上さんが女を抱きにいくって言っても平気でいられるんですか」

晶子は驚いたように目を丸くすると、口に手を当てて噴き出した。

「やだ、秀ちゃん。あんた、なんか勘違いしとるみたいじゃね」

勘違い——男女の仲は、下衆《げす》の勘繰りということか。

晶子はひとしきり笑うと、手酌で自分の猪口を酒で満たし、一息で飲み干した。

「うちとガミさんは、なあんもないんよ。あってほしい——そう思うても、相手にされんじゃった」

プライベートな領分に思い切り立ち入ってしまった気がして、日岡は慌てて晶子から顔を背けた。

晶子は大きく息を吐くと、冗談めかして言った。

「面食いのくせに、うちが好みに合わんのかね」

晶子ほどの美人を、気に入らないというのはあり得ない。大上には大上なりの、良心があるということなのか。

「ねえ、秀ちゃん」

晶子が真面目な声に戻って言う。

「あの人のこと、嫌いにならんでね。不器用じゃし、やることは荒っぽいけど、ほんまはええ人なんよ」

日岡は答える代わりに、晶子の猪口に酒を注いだ。

「ガミさんはね、あんたのことを自分の子供みとうに思うとるんよ。うちにはわかる」

日岡はふと、頭に浮かんだ日頃の疑問を口にした。自分の名前に関することだ。

「大上さんにとって、秀一という名前はなにかあるんですか」

晶子は小さく息を漏らし、宙を見つめた。

「ガミさんの奥さんと子供さんが、事故で亡くなったいう話は知っとる？」

日岡は肯いた。

「事故で亡くなった子供さん、男の子でね。名前は秀一。字まであんたと同じじゃったんよ」

やはり――

薄々、気づいていた。大上自身も、一之瀬も晶子も尾谷も、日岡の名前をはじめて聞いたときに異様な反応を見せた。一歳で亡くなった大上の息子と同じ名前なら、それも納得できる。

「うちも身内を亡くしとるけ、ガミさんの淋《さび》しさはようわかるんよ」

日岡は驚いて晶子を見た。普段の明るい晶子からは、そんな素振りは微塵《みじん》も感じられない。

晶子は自分の猪口に目を落とすと、縁を指でなぞった。

「うち、十四年前に、亭主を亡くしとってね。そんとき、ガミさんにとっても世話になったんよ」

ということは、大上は晶子の旦那《だんな》を知っていたということか。もしかして、同じ警察畑か、それとも、その逆か。

「どんな人だったんですか」

酒の勢いに任せて、日岡は訊ねた。晶子は、思い出すように、ふふっと小さく笑った。

「秀ちゃんから見れば、敵じゃわいね。ヤクザじゃった」

先ほどの二階での平常心を考えれば、元ヤクザの妻と聞いてもさほど驚きはなかった。晶子の腹の据わり具合を思い出すと、むしろ肯ける。

晶子は視線を遠くへ飛ばすと、顔に誇らしげな表情を浮かべた。

「ヤクザいうても、チンピラなんかじゃないんよ。尾谷組の若頭じゃった男じゃけ」

尾谷組の若頭――驚いた。

日岡は素早く、尾谷組の捜査資料を頭の中で捲《めく》った。尾谷組の現若頭、一之瀬守孝の前は、たしか賽本友保《さいもとともやす》という男だったはずだ。

日岡が賽本の名前を口にすると、晶子は小さく肯いた。

今から十四年前、昭和四十九年に、賽本は五十子会の組員、高木浩介《たかぎこうすけ》によって射殺された。表向きの動機は、バーで顔を殴られたことに腹を立てての犯行だった。が、この犯行動機を信じる暴力団関係者はいなかった。尾谷組と五十子会のあいだには、縄張りを巡って一触即発の空気が漂っていたからだ。五十子会が先制攻撃で、敵の司令塔を狙ったのは間違いなかった。

その三カ月後に、当時の五十子会若頭、金村安則《かねむらやすのり》が何者かに刺殺される。金村の遺体は、広島市内の墓地で発見された。胸部を鋭利な刃物で刺されたことによる失血死だった。

金村は遺体が見つかる前の晩、広島市内をボディガードも連れず、ひとりで行動していた。手下を連れていなかった理由は不明だが、組員の話によると、何者かに呼び出されたらしい。

当然のことながら警察は、金村殺しの犯人として尾谷組の関係者に目をつけた。若頭を殺された報復として、尾谷組の誰かが金村を殺害したと睨んだのだ。

犯人として一番疑われたのは、当時十九歳の一之瀬守孝だった。賽本に可愛がられていた一之瀬が、兄貴分の仇《かたき》を討つため自ら望んでヒットマンになったのだろう、と警察は睨んでいた。何よりも一之瀬は、十代とは思えないほど肝が据わっていた。

一之瀬のアリバイは、曖昧《あいまい》なものだった。酔っ払って街娼《がいしょう》と旅館にしけこんでいたというものので、女の名前も知らなければ旅館の場所も覚えていないという。警察の誰もが、一之瀬が嘘をついているものと信じて疑わなかった。

が、大上は違った。独自に捜査を進め、金村が殺された晩に一之瀬と一緒にいた売春婦を探し出し、旅館を特定することで一之瀬の無実を証明した。その後、有力な被疑者はあがらず、時効直前となったいまでも、事件は未解決のままだ。

日岡は頭のなかで捜査資料を閉じ、細く息を吐き出した。

「ママさんは、あの賽本の奥さんだったんですか」

晶子は古い記憶を辿《たど》るように、遠くを眺めた。

「ガミさんには、本当に世話になったんよ。一生かかっても返せんぐらいの恩がある」

晶子は視線を日岡に向けると、縋《すが》るような目で見た。

「ね、頼むからガミさんのこと、嫌いにならんといて。このとおり――」

晶子が深々と頭を下げる。

「そんなこと、せんといてください」

日岡は晶子の肩を摑むと、静かに頭を上げさせた。

「じゃあ、嫌いにならんといてくれる？　ガミさんの力になってあげてくれる？」

必死に懇願する晶子を見ていると、首を横に振ることはできなかった。不承不承、肯く。

晶子の顔がぱっと明るくなる。

「ほうね！　嫌いにならんといてくれるんね！　ありがとう、秀ちゃん！」

晶子は椅子から立ち上がると、カウンターのなかにある棚から、特級の一升瓶を取り出した。

「これ、雨後の月の大吟醸。店にある酒で一番いい酒なんよ。いくらでも飲みんしゃい」

晶子は蓋《ふた》を開けると、グラスに冷や酒をなみなみと注いだ。

「さ、ぐっと空けて」

晶子が勧める。

後戻りすることもできず、日岡は半ば自棄《やけ》で酒を呷った。

――もう、行くとこまで行くしかない。

空になったグラスに、晶子は嬉《うれ》しそうに酒を注ぎ足した。

七章

——日誌。

昭和六十三年七月六日。

午前十時。大上班捜査会議。聞き込みの担当報告。

午後一時。漁協、海の家など、沿岸部の聞き込み捜査継続。

午後六時。広島瀧井組事務所。加古村組の覚せい剤密輸に関与する漁船の情報を得る。

午後九時。「小料理や　志乃」。安芸新聞記者・高坂隆文《こうさかたかふみ》から取材。

[redacted]（二行削除）

（一）

暑い——

額からとめどなく滴り落ちる汗を、日岡は手の甲で拭《ぬぐ》った。隣を歩く大上は、トレードマークのパナマ帽で、しきりに顔を扇《あお》いでいる。

日岡は大上と共に、多島《たじま》港に来ていた。多島は、呉原市から瀬戸内に突き出ている高浦《たかうら》半島の先端にある。造船業が盛んで、自動車や工業製品を積んだ大型船が頻繁に出入りする呉原港が表玄関だとすれば、小島に囲まれ、定置網漁や近海漁など漁労で成り立っている多島港は、裏口と言える。出入りする船は主に漁船で、大きい船といえば、たまにトラブルで重油が足りなくなったトロール船が給油のために立ち寄るぐらいだった。

ウミネコの声が響く埠頭《ふとう》を歩きながら、日岡は海を眺めた。湾の外に漁船が浮かんでいる。外海に面した港ならば、心地よい海風が吹くのだろうが、入り江に面した内海にはこの時季、ほとんど風がない。湖のように凪《な》いでいる海を、日岡は恨めしい思いで見つめた。

日岡と大上が、多島港近辺での聞き込みをはじめてから、今日で三日になる。普段、大上は昼近くにならないと動かないが、いったん事が起こり帳場が立つと、早朝から深夜まで捜査活動を行う。ひと息つけるのは、食事のときだけだ。それも、ゆっくり味わっている暇などない。立ち食いそばやどんぶり飯を、そそくさとかっ込む。

食事が済んだら、休む間もなく、聞き込みの再開だ。大上の精力的な捜査には頭が下がるが、その様はまるで、絶えず獲物を求める、飢えた狼のようだった。

志乃で吉田を締め上げた翌朝、大上は捜査会議の席上で、上早稲失踪《しっそう》事件の真相を報告した。もちろん情報源は秘匿した上でだ。

上早稲が多島港の倉庫に連れ込まれ、拷問を受けたあげく、スコップで首を切断されたというくだりでは、幹部をはじめとする捜査員の多くから、重い溜《た》め息が漏れた。

「加古村組の連中は、情報が漏れたことをまだ知らん。現場には、血痕《けっこん》や指紋が残っちょるはずです」

大上は机に両手をついて身を乗り出すと、上席に座っている幹部に向かって語気を強めた。

「すぐ、埠頭の倉庫を洗わせてください」

上早稲が殺されたことは明白になった。殺害現場の情報を入手した以上、すぐさま家宅捜索に入るのが捜査の常道だ。が、意外にも、捜査本部の指揮をとっている副署長の神原《かんばら》は、難しい顔で腕を組み、大上をねめつけた。

「お前が摑《つか》んだ情報の出処はどこだ」

顔を注視していなければわからないほど、大上はわずかに唇を歪《ゆが》めた。微《かす》かな舌打ちの音が聞こえる。

「事件関係者ですよ」

大雑把すぎる答えに、神原が声を荒らげた。

「正直に言わんかい。上早稲に濡《ぬ》れ衣《ぎぬ》を着せて連中が金を使い込んどった、なんてことを知っとるんは、内部の人間しかおらん。おおかた、加古村組の誰かを締め上げて吐かせたんじゃろうが」

――お前のやり方はわかっとる。ヤクザと変わらん。

そう責めたい神原の本心が透けて見える口吻《こうふん》だった。

大上は神原の詰問を無視し、パナマ帽で顔を扇ぎながら無言で宙を睨《にら》んでいる。上司の叱責《しっせき》など、どこ吹く風で、意に介さない態《てい》だ。

会議室に重苦しい空気が漂う。捜査員はみな一様に、俯《うつむ》いたままだ。

大きく息を吐《は》くと神原は、とにかく――と鉾《ほこ》を収めた。

「令状を取って、倉庫の捜査を行う」

いまは情報の出処を追及するよりも、事件解決が優先だと判断したのだろう。神原が斎宮に、家宅捜索令状の手配を指示する。

令状が下りると、大上班は鑑識を同行して、ただちに多島港へ向かった。

埠頭に到着した捜査員たちは、一瞬、その広さにたじろいだ。

さほど大きいとは言えない漁港でも、倉庫は現在使用しているもの、使われていないものを含めて、十近くある。床や壁に付着している染みが、倉庫で使われている機材のオイルのものなのか、あがった魚を処理したときについたものなのか、それとも、人間の血痕なのか。ひとつひとつ調べるにはかなりの時間を要することは、誰の目にも明らかだった。

大上は部下と鑑識に、海南《かいなん》商事が所有している倉庫から当たれ、と命じた。特に、いまは使用されてない場所からはじめろ、と指示を出す。

海南商事は、加古村組若頭・野崎康介が代表を務めるフロント企業だ。不動産から漁港の倉庫まで、金になりそうなものには手当たり次第に首を突っ込んでいる。自分の組の若頭が所有している倉庫なら、他人の目に触れることもない。それが、現在は使用されていない倉庫となれば、監禁するには打って付けだ。

海南商事の看板を掲げる倉庫は、全部で三つあった。そのうちのふたつは、すでに使われなくなって久しいことが、古びた外観からもわかる。おそらく、借金のかたに堅気から奪い取ったものだろう。だが、倉庫業は考えていたほど金にならなかったらしく、使い道がなくなって放置されたままになっているようだ。

漁協の理事長を立会人に、捜査が開始された。

「ルミノール反応、出ました！」

捜査をはじめて二時間後、海南商事の第三倉庫から、捜査員の声が響いた。

倉庫周辺を調べていた大上と日岡は、第三倉庫へ走った。

「ここです」

床にしゃがみ込んでいた作業着姿の捜査員は、錆《さ》びついているベルトコンベア周辺を指差した。褐色の染みが広がる床の一部が、青白く光っている。その横に、投げ捨てられたように放置されているスコップも、同じように光っていた。ルミノールと水酸化ナトリウムを混ぜたアルカリ溶液、それに過酸化水素水を加えた混合液を血液にかけると反応する化学現象だ。

大上は険しい表情で、青白く光る床を睨んだ。

「たぶん、ここが現場じゃろう」

ここが現場だ、と大上が断定しなかった理由は、ルミノール反応が出たからといって、その時点においては必ずしも血痕であると断定できないからだった。ルミノール反応は酸化反応だ。鉄や銅といった、過酸化水素を分解する物質にも反応するため、あくまで予備試験でしかない。

大上は捜査員に、ルミノール反応が出た床の付着物とスコップを、すぐに県警の科学捜査研究所に回して鑑定を依頼するよう命じた。

その日の夜の捜査会議で、大上は埠頭の第三倉庫からルミノール反応が出たことを報告した。

「科捜研の鑑定結果は、二、三日で出るいう話です。スコップからも、ルミノール反応が出ちょりますけん。あそこが現場と考えて、まず間違いないでしょう」

大上の推論に、異を唱える者はいなかった。反りが合わない土井ですら、深く肯《うなず》いている。

捜査報告を受けた神原は、斎宮に顔を向けた。

「とりあえず、鑑定待ちじゃのう」

斎宮がメモをとりながら言う。

「はい。上早稲の血液型はAです。スコップについとった指紋の件もあります。両方が一致するようなら、再度、苗代らを指名手配します」

「結果が出るまで二、三日か……」

呻《うめ》くように言うと神原は、そのあいだに、六月二十七日未明から朝にかけて発生した発砲事件の実行犯を、加古村組と尾谷組、両組から挙げるよう命じた。

「上早稲殺害事件は加古村組単独の事件じゃが、発砲事件は両方の組が関わっとる。身内を殺《や》られとる尾谷組からすれば、自分らは被害者じゃ、言うかもしれん。じゃが、管轄区域で堂々と行われた発砲事案を見逃すわけにはいかん。それはそれ、これはこれで、徹底的にやらにゃあいけん」

神原は大上に視線を飛ばした。睨みつけるような眼光だ。

「わかっとるのう、ガミ」

尾谷組に取り入っているお前なら、実行犯に因果を含めて出頭させることができるだろう、と目が言っている。尾谷組の実行犯が供述すれば、撃ち合った相手方——加古村組の被疑者も割れる、という算段だ。

大上は軽く顎《あご》を引くことで、了承の意を表した。

「それから、土井」

神原が視線を移す。

「柳田殺しの方はどうなっとる」

東署捜査一課と二課の土井班は、柳田殺害事件の捜査を担当していた。バー「リコ」の経営者・高木里佳子から、加古村組の総領琢也と木島《きじまようすけ》洋介が、店内で暴言を吐き、備品等を破損したという証言を得て、総領と木島のふたりを威力業務妨害および器物損壊の容疑で昨日、逮捕している。

土井が椅子から腰をあげ、中腰のまま報告する。

「別件でふたりを逮捕しましたが、本筋の柳田殺しに関しては、なかなか口を割りません。引き続き、取り調べを行っています」

神原は、早く柳田殺害犯を吐かせるよう土井を急《せ》かし、他の捜査員たちには、引き続き苗代たちの追跡と多島港周辺の聞き込みを命じて、会議を終えた。


翌日、大上と日岡は尾谷組の事務所を訪ねた。

発砲事件に関わった組員を出頭させろという大上の言葉に、一之瀬は唇を噛《か》んだ。事務所のソファで前のめりになりながらテーブルを忙《せわ》しなく弾《はじ》く指先から、不服の色が見て取れる。一之瀬の斜向《はす》かいに座っている、幹部の備前と矢島も唇を固く結び、押し黙ったままだ。神原の推測どおり、自分たちは被害者だ、非はない、と訴えたいのだろう。

大上は一之瀬の説得にかかった。

発砲事件が、尾谷組と加古村組の衝突によるものだという事実は、メディアの報道を通じて、世間がすでに知っている。身内を殺された一之瀬からすれば、ここでさらに自分の組の兵隊をとられるのは納得がいかないところだろう。が、どこの組のヤクザが殺されようが、世間は斟《しん》酌《しゃく》しない。発砲事件があった、というその事実のみが重要なのだ。拳銃《けんじゅう》の使用という重大な犯罪行為があれば、早急に犯人が逮捕されることを世間は望む。

大上は諭すように、一之瀬に言葉をかけた。

「お前の気持ちはようわかる。じゃがのう、ここはぐっと堪《こら》えてくれや。この先、上早稲の件で加古村の組は芋づる式に挙げられる。片方だけの組員が逮捕されても、世間は納得せん。逆に、誰も引っ張られんかったら、尾谷への風当たりが強うなるだけで」

言葉を切り、大上が煙草をくわえる。隣に座る日岡は、素早く百円ライターを取り出した。何度も擦《こす》るが、火がつかない。苛立《いらだ》たし気にライターを引っ手繰《たく》ると、大上は自分で火をつけ、大きく吸い込んだ。

日岡は頭を下げ、テーブルに置かれたライターを、ズボンのポケットにしまった。

大上は紫煙を吐きながら、一之瀬の顔を覗《のぞ》き込んだ。

「あと一、二日すりゃァ、加古村組の連中が上早稲を殺ったいう証拠があがる。それに、柳田の件で逮捕されとる総領と木島も、長《なご》うはもたんじゃろう。土井はああ見えてスッポンみとうなやつじゃけ。喰《く》らいついたら、放しゃァせん。あれらが口を割るんも、時間の問題じゃ。あとは、上早稲の遺体さえ見つかりゃァ、万事解決よ。発砲事件、柳田刺殺事件、上早稲殺害事件、この三つで、加古村からはもう、十人近くが逮捕か指名手配喰ろうとる」

大上は、一之瀬の方へ身を乗り出し、声に力を込めた。

「前から言うとるように、上早稲の件で加古村組の幹部は軒並み引っ張るつもりじゃ。世間の目もあるし、あとあとのことを考えたら、ここはきっちり、ケジメをつけといた方がええ」

大上の言い分に納得したのだろう。

一之瀬の隣で、俯いたまま口を閉ざしていた備前が顔をあげた。

「わしが出ますけ」

大上と一之瀬、矢島、そして、ソファから少し離れた場所に立ち、様子を窺《うかが》っていた四人の組員たちが、一斉に備前を見る。

「バランスいうもんもあるけん。兵隊二、三人出してお茶を濁す、いうわけにはいかんでしょう」

兵隊——というところで、備前は立ったまま話を聞いている組員を顎で指した。大上の顔を見ながら言う。

「わしひとりの身体で、恰好《かっこう》つけてもらえんですか」

備前の申し出に、矢島が異を唱えた。薄く剃《そ》った眉《まゆ》を昆虫の触角のように跳ねあげて、備前に視線を向ける。

「待ってつかい」

敬語を使うのは、同じ幹部とはいえ、備前の方が矢島より組員歴が長く、歳も三つ上だからだろう。

「なんじゃい、なんぞ文句があるんか」

備前が凄《すご》む。

「あります。大ありです」

矢島は引かない。

「尾谷の金バッジつけちょるんは、兄貴だけじゃない。わしも幹部の端くれですけ。今後のことを考えたら、備前の兄貴には、組におってもらわにゃァいけん。わしに、行かしてつかあさい」

備前が斜に構えて、矢島を睨んだ。

「そもそもわしのシノギで揉《も》めたことが発端じゃけ、わしが行くんが、筋じゃろがい」

誰が行く、行かないで、ふたりの言い合いが続く。

備前も矢島も、組にとっては欠かせない大事な幹部だ。一之瀬としてはどちらも失いたくないのだろう。口を挟むこともできず、成り行きを見守っていた。

見かねた大上が、座礁しかかっている船に手を差し伸べた。

「備前、こんなァ守孝の右腕じゃろうが。われが出るまでもないよ」

矢島が勝ち誇ったように、身を乗り出した。

「じゃあ、わしが――」

続く矢島の言葉を、大上は目で制した。

「矢島、わりゃァ十年臭い飯喰ろうて、やっと二年前に出てきたばかりじゃろうが。前の懲役《ベントウ》が残っとるけん、下手すりゃ今度は、十年じゃあ戻って来れんど」

矢島は殺人罪で懲役十二年の刑を受け、刑期を二年残して仮釈放で出所していた。仮釈中に事件を起こせば、短縮された残りの刑も加算される。

矢島は大上を睨んだ。

「わしゃあ、組のためなら、十年でも二十年でも、臭い飯食う覚悟はできちょります」

「あほんだら！」

大上の怒声が部屋に響いた。

「どいつもこいつも……恰好ばっかりつけやがって。お前らはそれでええかもしれんが、組はどうなるんなら。守孝が男になるかならんかいう大事なときに、右腕やら左腕やらが十年も娑《しゃ》婆《ば》におらんいうて、それで組が立ち行く思うちょるんか。万が一なんかあったら、尾谷の御大に、顔向けできゃァせんじゃろうが！」

備前と矢島は、共に俯いて、肩を窄《すぼ》めた。

「じゃけェいうて、どうすりゃええんですか」

矢島が悔しそうに、上目遣いで大上に訊《たず》ねる。

大上は部屋の隅で待機している若い衆を見渡した。

「発砲事件があった夜、備前と一緒におったんは誰なら」

四人いるなかで、一番背の低い男が一歩前へ出た。

「俺です」

歳は日岡とそう変わらないように見える。が、場数を踏んできているのか、引き締まった表情をしている。名前は笹本《ささもと》。バッジを貰《もら》って五年になるという。

「あとは誰がおった。敵との話しあいの場に、幹部の護衛がひとりっちゅうことはなかろう」

笹本が答える前に、備前が口を開いた。

「関谷《せきや》いう男です。わしが連れちょる若い者《もん》ですが、いま、シマ内の見回りに出ちょります」

「で、発砲したんは誰じゃ」

備前は親指を立てて、自分を指した。

「わしと、笹本です。関谷はまだひよっこですけん、拳銃《チャカ》は持たせちょりません」

大上は、ほうか、と肯き一之瀬を見た。

「笹本と関谷を出せや」

備前が苦い顔をする。上を庇《かば》って下が出頭することはよくあることだ。が、自分の尻《しり》ぬぐいを若い者にさせるのは、気が進まないのだろう。

大上が一之瀬と備前、矢島を見やる。

「笹本も関谷もまだ若い。しかも初犯じゃ。それに、相手が先に発砲してきたとなれば、刑も軽うなる可能性が高いけ。出てきたときに、按配《あんばい》したったらええ。ふたりにとっても、悪い話じゃなかろう」

のう、そう言って大上は笹本を見た。

昂奮《こうふん》しているのか、笹本は顔を紅潮させて大きく肯いた。

「若頭《カシラ》。俺、出頭します。関谷も、喜んで行く思います。あいつ、組のためならなんでもするいうて、いつも言うちょりますけん」

大上が、自分の腿《もも》を強く叩《たた》いた。

「よし、決まりじゃ。笹本いうたな。お前、すぐに関谷と口裏合わせて、今日中に拳銃持って東署へ出頭せい。ほいで取り調べの刑事に、加古村組幹部の和山らが、先に発砲した、いうて言え。お前らの供述にそって逮捕状を取り、和山たちをしょっ引く」

大上は斜に構えて声を潜めると、一之瀬たちをぐるりと見渡した。

「上早稲略取誘拐事件の実行犯、苗代たち四名。威力業務妨害および器物損壊容疑ですでに逮捕している総領と木島二名。ほいで発砲事件犯の和山ら三名。これだけで九人が確実に逮捕される。そこに、上早稲の遺体があがれば、殺人の共犯容疑で、若頭の野崎ら幹部も勾留《こうりゅう》される。殺害に関与しとらんでも、縄さえかけりゃァこっちのもんよ。銃刀法違反、薬物所持、恐喝に傷害、あれらの引きネタは、ごまんとあるけえのう」

備前の隣で、矢島がぽつりとつぶやいた。

「十名以上の戦力を削《そ》がれることになれば、加古村組の実戦部隊はおよそ三十名になる。対するわしらは笹本と関谷が抜けたとしても、五十名の戦力は残るっちゅうことか」

備前が、矢島を目の端で見た。

「分はわしらにある」

部屋にいる者の目が、一斉に一之瀬へ注がれる。若頭の決断を待っているのだ。

しばらくのあいだ、一之瀬は腕を組んだまま瞑目《めいもく》していたが、吹っ切れたように腕を解くと、笹本を見て声を張った。

「笹本。関谷と一緒に、男になってこい」

笹本は喜色を満面に浮かべ、膝《ひざ》に付くぐらい頭を下げた。

大上も満足そうに笑みを浮かべている。だが日岡は、忸怩《じくじ》たる思いで拳《こぶし》を握りしめていた。拳銃使用の実行犯、備前を見逃すのは、明らかな犯人隠避だ。

――大上は、どこまで違法行為をすれば気が済むのか。

（二）

次の日、事態は一気に動いた。

科捜研に回していた、埠頭の倉庫から発見された付着物の鑑定結果が出た。床とスコップに残されていた付着物はやはり血痕で、血液型はA型。上早稲の血液型と同じだった。スコップの柄に残されていた指紋は、苗代ら略取実行犯のものと一致。先端のさじ部に付着していた肉片と毛髪は、成人男性のものと推定されるとのことだった。県警はただちに、苗代ら略取実行犯に傷害の容疑を付け加えて、全国の警察に指名手配した。

同日、バー「リコ」での威力業務妨害と器物損壊で逮捕されていた総領が、土井の執拗《しつよう》な取り調べに耐えきれず、ついに柳田孝殺害を自供する。凶器の刃物は、総領の供述通り、犯行現場から五百メートル離れた川岸の草むらで発見。総領は傷害致死容疑で再逮捕された。

また、大上の提案により、前日の夕方に出頭してきた笹本と関谷の供述から、加古村組幹部、和山靖ら三名に銃刀法違反容疑で逮捕状が下りた。三人は容疑を否認しているが、落ちるのは時間の問題だろう。

ここまでは、大上の思惑どおりだった。

科捜研からの鑑定結果に基づき、上早稲はすでに殺害されているとの想定のもと、遺体発見に全力を注ぐよう、神原から指示が出された。

大上班は上早稲の遺体を発見すべく、血痕が発見された沿岸部での聞き込みに力を傾注した。埠頭に出入りしている漁船関係者や漁業組合員、港近辺の住人などをあたり、上早稲および苗代たちの目撃情報を求めた。大の男が監禁され、殺害されたのだ。容易に目撃情報は得られ、遺体発見に至ると思われた。が、捜査は予想に反し難航した。

港には、近海や遠洋漁業船が出入りする。一度しか立ちよらない船員や漁業関係者も多くいる。見知らぬ人間を頻繁に見かけるなかで、人目を避けながら倉庫に身を潜めていた苗代たちを覚えている者は、簡単に見つからなかった。


風ひとつない海から、日岡は陸に目を戻した。

岸壁に数羽のウミネコが集まり、地面を必死に突《つつ》いている。引きあげた網から零《こぼ》れ落ちた小魚を食べているのだろう。

暑さに朦朧《もうろう》としながら歩いていると、いきなり何かにぶつかった。

驚いて顔をあげる。目の前に大上の白いシャツの背中があった。ぼんやりしていて、立ち止まった大上に気づかなかったのだ。

大上は肩越しに振り返ると、眉間《みけん》に皺《しわ》を寄せた。

「なに、ぼさっとしとるんなら。こんくらいの暑さでへばっとるようじゃ、刑事は勤まらんど。

しゃきっとせんかい」

頭を下げて詫《わ》びる。顔を下に向けた拍子に、額からの汗が地面に落ちた。

日岡に活を入れたが、大上もこの暑さは応《こた》えているらしい。その証拠に、普段より煙草の本数が多かった。

大上は、今日何本目になるかわからない煙草を、懐から出した。いつものように百円ライターをポケットから取り出し擦る。つかない。焦りながら、何度も石を擦るが、ライターは火花を散らすだけで炎をあげなかった。

日岡がライターで火をつけるのに手間取るのは、いつものことだった。そのたびに大上は舌打ちをくれ、ライターを奪い取って自分で試す。それでも駄目なら、自分が持っているマッチで火をつける。今日もそうだった。ひとつ違っていたのは、舌打ちだけでなく、地面へ唾《つば》を吐いたことだ。

大上が苛立っている理由がもうひとつあることを、日岡は察していた。

一之瀬との約束だ。

尾谷組と加古村組の抗争を食い止めるために、大上は一之瀬に時間をくれと言った。一之瀬が提示した三日間では事が収まらず、鳥取刑務所にいる尾谷憲次を訪ねて時間の猶予を得て、あとは上早稲の遺体さえ発見されれば、大上が頭に描いた絵図どおりになる。あとひと筆で、画が完成するのに、最後の仕上げに必要な画材が見つからないのだ。

やり方はむちゃくちゃだが、大上は必ず目的を完遂する。一之瀬に、恰好がつくようにするから時間をくれ、と言った手前、一日も早く一之瀬との約束を果たしたいと考えているのだろう。このままでは面子《メンツ》が立たない。そう思って焦っているのは、傍目《はため》にも明らかだった。

溜め息とともに、大上が煙草の煙を盛大に吐き出したとき、大上のシャツのポケットでポケベルが鳴った。

顰《しか》めっ面の大上の表情が、ポケベルの画面を見たとたんぱっと明るくなる。

「チャンギンじゃ」

大上が、一番近い公衆電話に駆け込む。おそらく、瀧井銀次に折り返しの電話をかけるのだろう。大上は手短に話を終えて出てくると、いまから瀧井組の事務所へ向かうよう日岡に指示を出した。

「その前に――」

埠頭の入り口に停めていた車に乗り込むと、大上は助手席にもたれて言った。

「どこでもええ。煙草屋があったら停めい」

先ほど吸った煙草が最後だったのだろう。ヘビースモーカーの大上が、多島から広島市までの道中およそ一時間、煙草なしでいられるわけがない。途中で調達していくのだ。

「了解しました」

日岡はエンジンをかけると、車を発進させた。

埠頭を出て十分ほど走ったとき、道の先に一軒の店を見つけた。「煙草・CIGARETTE」と書かれた看板を掲げている。

大上の目にも入ったらしく、そこの店の前に車をつけい、と日岡に命じた。

店の主人は洋画が好きなのだろうか。木造の狭い店内には『荒野の七人』『エデンの東』といった古い映画のポスターが所狭しと貼られている。

大上は映画には興味がないらしく、店の壁に備え付けられているガラスのショーケースの中を、じっと眺めている。

床から天井まであるショーケースの中には、いくつものライターが並んでいた。すべてジッポーだ。煙草を吸わない日岡にはわからないが、好奇心を瞳《ひとみ》に漲《みなぎ》らせ、目を見開いて覗く大上の表情から、あまり手に入らない貴重な品も置かれていることが窺える。

大上に付き合い、日岡がショーケースを覗いていると、店の奥から店主と思《おぼ》しき男が出てきた。髪も鼻の下に生やしている髭《ひげ》も白い。赤いチェックのシャツに、シルバーのコインがついたループタイを下げている。

「おお、じいさん。あんたが店主か。ずいぶん集めたのう」

年寄り扱いされたのが気に入らないのか、店主は伸ばしきった長い眉毛を跳ね上げた。

「ひやかしなら帰ってくれ」

店主の言葉を無視しながら、大上はショーケースを食い入るように見ている。中を眺めたまま大上は店主に訊ねた。

「これ、なんぼするんない」

大上の視線の先には、銀色のジッポーがあった。中央に狼の絵柄が彫り込まれている。月でも見上げているのだろうか。一匹の狼が四肢を踏ん張り、首を伸ばして遠くを見やっている。

少しの間のあと、店主はぽつりとつぶやいた。

「八千円」

「えろう、高いのう」

大上が驚いたように声を上げる。

「その狼は、特注の手彫りじゃけん」

ふうん、と鼻を鳴らし、大上はしばらくそのライターを眺めていたが、かがめていた腰を伸ばすと、後ろにいる店主を振り返った。

「こいつをもらう」

店主の唇がわずかに尖《とが》る。大事に隠していた宝物を見つけられたような顔だ。渋々といった態でショーケースの鍵《かぎ》を開けると、店主は大上が求めた、狼の絵柄が彫り込まれたライターをなかから取り出した。

会計を済ませ、サービスでオイルを入れてもらうと、大上は満足げに肯いた。店を出るや、玩具《おもちゃ》を買ってもらったばかりの子供のように、新品のライターを矯《た》めつ眇《すが》めつし、蓋《ふた》を何度も開けては閉める。

石を擦ると、一発で火がついた。

新品のライターを口元に近付け、大上は美味《うま》そうに煙草をふかした。

「気に入ったライターの火で吸う煙草は、格別じゃ」

車に戻ると、大上は日岡を見ながら口角をあげた。

「偶然立ち寄った店で、ええもん見つけたのう」

ライターを買ったのは大上だ。なぜ日岡に同意を求めるのかわからない。どう返事をしていいのかわからず、日岡は曖昧《あいまい》に肯いた。

よほど機嫌がいいのだろう。大上は鼻唄《はなうた》を歌いながら、助手席のシートにふんぞり返った。

「今日はええことがありそうじゃ」


瀧井組の前に車をつけると、待ちかまえていた若い衆が門から出て来て迎えた。

事務所のソファに座る瀧井は、満面の笑みで大上と日岡を歓迎した。

「おお、章ちゃん。このあいだは、ほんま世話になったのう。助かったわ」

このあいだの世話、というのは、瀧井と妻の諍《いさか》いを丸く収めたことだ。瀧井の明るい表情から察するに、その後は上手《うま》くやっているらしい。

瀧井はふたりに、テーブルを挟んだ向かいのソファを勧めた。

「遠いところ、呼びつけて悪かったのう。電話でもすむっちゃァすむ話なんじゃが、章ちゃんの顔も見たかったしのう」

大上は苦笑した。

「こがな悪党面を拝んで、なにが楽しいんじゃ」

大上の切り返しに、瀧井は声を出して笑った。

ところで、と大上が前に身を乗り出す。

「わしを呼びだしたのは、例の件じゃろう。なにかわかったんか」

例の件とはいったいなんのことだろう。日岡は訝《いぶか》しんだ。

瀧井は得意げに肯くと、お前らちいと外せ、と人払いをした。

部屋の隅にいた数人の若い衆が出ていく。三人だけになると、瀧井は大上と日岡を交互に見やった。

「新善丸《しんぜん》――」

にやりと笑って単語だけ言う。

大上が眉根を寄せた。

「なんじゃそりゃ、船の名前か」

「おおよ」

瀧井の説明によると、新善丸は、上早稲が監禁された倉庫がある多島港で、近海漁をしている小型漁船だという。

「船長は善田《ぜんだ》新輔《しんすけ》、五十五歳。バツイチのヤモメ。乗り組員は、木村薫《きむらかおる》と中居《なかい》智也《ともや》っちゅう若い者がふたりおる」

「その船がどうしたんじゃい」

大上が急かす。瀧井はもったいぶるように、煙草に火をつけ一服した。

「船長の善田じゃがのう、わしと同じでこっちが好きでのう。前のカミさんと別れた原因もそれらしい」

こっち、というところで、瀧井は右手の小指を立てた。

「その善田が入れ込む女っちゅうのが、どれもこれもええ女で、かなり貢いどるらしい。うちの若い者の話じゃと、漁の稼ぎじゃとてもとても、足らんくらいじゃげな」

「その金の出処と、上早稲の事件がなにか関係あるんか」

問う大上の目を、瀧井は意味ありげに覗き込んだ。

「加古村が売り捌《さば》いちょるシャブ、どっから仕入れとるか、章ちゃんも知っとるじゃろ」

大上は、はっとしたように目を見開いた。

「朝鮮からの密輸か」

話が見えず戸惑っている日岡に、大上が説明する。

加古村組のシャブの仕入れ先は主に北朝鮮で、受け取りは日本海の海上で行われているという。

「新善丸がのう、漁もない深夜に船を出すところを、見とるやつがけっこうおるっちゅう話じゃ」

「その取り引きを、善田が金で引き受けとるちゅうことか」

明確な返答は避けたが、善田が密輸の片棒を担いでいることを、瀧井は示唆した。

なるほど、と大上は手で顎を擦った。

「どっから情報が漏れるかわからんけ、どこの組も危ない仕事に使《つこ》うやつはだいたい決まっとる。密輸に関わっとる善田が、上早稲の死体遺棄にも関わっとる可能性は、充分あるのう」

大上は瀧井を見ながら、満足そうな笑みを浮かべた。

「ええ情報じゃ。ありがたいわい」

瀧井は肩を竦《すく》め、おどけた顔をしてみせた。

「章ちゃんには、数えきれんほど恩になっとるけえ」

「いや、最近はこっちの方が恩になっとるよ。ほんま助かる」

大上が珍しく、真顔で謝意を伝えた。

瀧井は照れ臭そうに口角をあげた。

「なにを言うとるん。水臭い」

大上がにやりと笑う。

「水臭いか……。ほうよのう、わしら昔から、臭い仲じゃし」

牛の糞《くそ》の上で殴り合った学生時代を思い出したのだろう。ふたりのあいだで哄笑《こうしょう》が弾けた。

豪快な笑いが収まると、瀧井は真顔に戻って声を潜めた。

「ところで、章ちゃん。最近、新聞記者となんぞなかったか」

大上が眉を顰める。

「連中とはよくも悪くも、常になんぞあるがのう。いったいなんのことじゃ。含みのある言い方せんと、はっきり言いないや」

瀧井は、ちらりと日岡を見やると、大上に顔を近づけさらに声を低くした。

「十四年前の金村の事件じゃが、なんやら新聞記者が嗅《か》ぎ回っとるらしいど」

大上が目を瞠《みは》る。

「金村の事件を?」

日岡は内心の驚きを、やっとの思いで胸に押し留《とど》めた。

晶子から賽本の話を聞いたのは、つい先日だ。県警の捜査資料を思い返し、賽本射殺事件と金村殺害事件の関連を自分なりに整理したばかりだった。ここでまたしても、時効直前の金村刺殺事件の話を聞くことになるとは、想像もしなかった。

大上の問いかけに瀧井が肯く。

「五十子の女がやっとる流通りのバーで、ママに探りを入れとったらしい。うちの若い者がバーテンダーから聞いた話じゃが、いまさらそんな昔の事件を調べてなんになるのかいうて、首を捻《ひね》っとった。章ちゃんの名前もちらっと出たげな。ほいで、気になったんじゃ」

「わしの名前が？」

大上が目を細める。

瀧井は真剣な表情で肯いた。

「気ィつけないや」

瀧井が言う、気をつけろとはどういう意味なのだろう。十四年前に起きた時効寸前の事件に、大上が関係しているということか。

少しのあいだ、大上はなにか考え込むように無言で宙を見つめていた。が、横に置いていたパナマ帽を手に取ると、ソファから立ち上がり、誰に言うでもなくつぶやいた。

「今日は、ええ話ばっかりじゃ、なかったのう」


週の半分は、志乃で酒を飲むのが大上の日課だ。今夜もそうだった。

瀧井の事務所がある広島市から呉原に戻ると、車を署に置き、日岡は大上のお供で志乃へ寄った。

晶子はいつもどおりの明るい笑顔で、ふたりを迎えた。

店には、ふたり連れのサラリーマンがいた。その客も、ほどよく酔ったあたりで帰って行った。いまは日岡たちだけだ。

今日のつまみは、小いわしの刺し身と広島菜の漬け物だった。大上が嬉《うれ》しそうに口にする。日岡も箸《はし》をつけようとしたとき、晶子は日岡の前にどんぶりを置いた。

「秀ちゃんには、こっちの方がええんと違うの」

蛸飯《たこめし》だった。

どんぶりのなかを覗き込みながら、大上が口を尖らせる。

「美味そうじゃが、酒のつまみが米っちゅうのは、しっくりこんのう」

晶子は軽く大上を睨んだ。

「若い人はいつもお腹をすかしとるもんなんよ。ガミさんも、自分の若いころを思い出してみんさい」

思い当たることがあるのだろう。大上は、降参するように肩を竦めて、猪口《ちょこ》に口をつけた。

日岡は心のなかで晶子に感謝した。大上は腹が減っていても酒さえあれば満足らしいが、昼にカレーを食べたきりなにも口にしていない日岡は、腹が膨れるものがほしかった。

蛸のうまみが染み込んだ飯をかっこんでいると、店の引き戸が開く音がした。

入り口に目をやると、中年の男が暖簾《のれん》から顔を覗かせていた。羽織っている上着はよれよれで、ネクタイはつけていない。顎からこめかみにかけて、剃刀《かみそり》を二日はあてていないと思われる無精ひげが生えている。極道には見えないが、堅気にも見えない胡散《うさん》臭い男だった。

男はカウンターにいる大上を見つけると、垂れ目がちの目尻をさらに下げて、嫌な笑いを浮かべた。

「はは、やっぱりここじゃったか」

男の声に、大上の肩がぴくりと跳ねた。口にもって行きかけた猪口を途中で止めて、肩越しに声の主を見る。口元が歪んだ。どうやら、会いたくない相手のようだ。

露骨に嫌な顔をする大上とは逆に、男はカウンターに近づくと、大上の背を親しげに叩き隣に座った。

「ガミさんは昔から、ここが好きじゃからのう。まるで、ひとりの男に尽くす健気《けなげ》な女みたいじゃ」

まあ、と言いながら男は、カウンターのなかにいる晶子を、舐《な》めるように眺める。

「ここは酒に料理、加えて女将《おかみ》も上等じゃからのう。足繁《しげ》く通うガミさんの気持ちは、わからんでもないわ」

大上はカウンターを見やりながら、投げやりな態度で猪口の酒を飲みほした。

「こんなァ、島根の隠岐《おき》に飛ばされとったんと違うんかい」

晶子に生ビールを注文すると、男は自嘲《じちよう》気味の笑みを浮かべた。

「まあね。三年ばかり島流しですわ。この四月に帰ってきました」

男は晶子が差し出したジョッキに口をつけて、中身を半分ほど一気に飲んだ。声に出して息をつくと、大上の隣にいる日岡を見やる。

「えろう若いが、ガミさんの新しい相棒ですか」

「まあの」

大上は素っ気なく答える。

この男はいったい何者なのか。不審に思っていると、男は上着の内ポケットから名刺を取り出し、日岡に差し出した。

名刺には、「安芸新聞社　報道部次長　高坂隆文」とある。

日岡はあえて、自分の名刺を取り出さなかった。会釈だけで済ます。

高坂は卑屈な笑いを顔に浮かべた。

「自分で言うのもなんじゃが、わしはこう見えても、昔は抜きの高坂、言われとったんですよ。特ダネで他社を抜き捲《まく》っとったんじゃが、いまじゃ、特オチの高坂、言われとります」

ひとしきり自嘲すると、高坂は前を向いている大上の顔を、意味ありげな目をして眺めた。

「広島県警の裏金問題を調査しとったら、いきなり島根のはじっこに飛ばされましてね。肩書は支局長でしたが名ばかりですよ。なにしろ、局員が自分ひとりだけなんですから。チョウもハエもあったもんじゃない」

面白くもないダジャレを飛ばし、高坂は残りのビールを飲み干した。

「裏金問題を記事にすれば、警察は自分たちの不正を公にした安芸新聞に、今後いっさい情報を入れなくなる。そう考えた上層部は、うるさく嗅ぎ回っとるわしを、遠くへ追いやった。なんもない小さな町でのう。唯一の楽しみいうたら酒だけでした。おかげでほら、たった三年でこんな腹ですわ」

高坂は前に突き出た腹を、音を立てて叩いた。

「まあ、わしがおらんようになってほっとしたんは、安芸新聞以上に警察の人間じゃったでしょうけどね。特に――」

高坂は顎をしゃくるようにしながら、斜に大上を見た。

「地元のヤクザに顔が利く刑事はね」

「ちょっと、お客さん」

カウンターの中から、晶子が高坂を睨んだ。

「うちの店は酒癖の悪い客はお断りですけ。お金はいりませんから帰ってください」

高坂を追い出そうとする晶子を、大上は手で制し、高坂に向かって訊ねた。

「いったいわしに、なんの用ない。古巣に戻ってきた挨拶《あいさつ》でもなかろう」

高坂は晶子に冷酒を頼むと、カウンターに肘《ひじ》をついて大上に身を寄せた。

「加古村んところ、えろう賑《にぎ》やかですのう。九州やら山口やらから助っ人《すけと》が入っとるようですが、事務所には何人くらい詰めとるんですか」

昔はやり手と言われていた、という高坂の自慢は、まんざら嘘ではないようだ。

自分の組の兵力を削がれ、尾谷組との力の均衡が崩れると考えた加古村組は、全国の友誼《ゆうぎ》団体に応援要請を出していた。九州の筑友《ちくゆう》連合会、山口の籠居《かごい》一家から各十名程度が、呉原に滞在中との情報が入ってきている。が、それは警察内部の情報だ。保秘は刑事の最も重要な心得で、情報を外に漏らさないよう、署内ではかん口令が敷かれている。その情報を摑んでいるということは、高坂独自の、精度の高い情報ルートを持っているということだ。

高坂の問いに、当然のことながら大上はなにも答えない。黙って猪口を口に運んでいる。

カウンターの中から、晶子が高坂に向かって、乱暴に冷酒を突き出した。徳利を受け取ると、高坂は手酌で酒を口にし、話を続けた。

「今回の戦争、加古村組単独では最初から分が悪い。加えて、あと三カ月もすれば、尾谷の組長が刑務所から出てくる。そうなりゃァ明石組も絡んでくるでしょう。加古村の後ろにおる五十子会とすれば、尾谷組長が刑務所を出る前に、このタイミングで潰《つぶ》しにかかりたい、そう考えとるんじゃないですかねえ。五十子会は差し詰め、大本営っちゅうところですかね。自分たちは戦わず、加古村を前線部隊にして尾谷と戦争をさせる。自らの手は汚さず、呉原を掌中に収めようという腹でしょ」

膝の上に置いている日岡の手に、じっとりと汗が滲《にじ》む。高坂は広島ヤクザの組織網にも精通している。警察に一歩先んじた情報を、手にしている可能性もある。その高坂が、わざわざ大上を探してきたのはなぜだ。いったい、どんなネタを持っているのか。

大上も同じように考えたのだろう。探りを入れるつもりか、高坂の話に乗った。

「じゃったら、なんじゃいうんない」

高坂は、顔を近づけて大上の目を覗き込んだ。

「真っ先に狙われるんは、あんたが可愛がっとる一之瀬じゃ。なんぼ尾谷組が少数精鋭じゃいうても、頭が食われりゃ蛇は死ぬ」

高坂の想像を、大上は鼻で笑い飛ばした。

「一之瀬は、そう簡単に命を取られるような男じゃないよ。それに、尾谷組も警戒して一之瀬の周りにはボディガードを何人もつけとるし、警察も二十四時間、事務所を張っちょる」

高坂は大上から顔を離すと、なるほどねえ、と気持ちのこもらない相槌《あいづち》を打った。

「一之瀬の命が取れんとなると、加古村が、いや、五十子が次に打つ手は、一之瀬の後ろ盾を断つことですなあ。たとえば——」

高坂は真顔になると、鋭い目で大上を見た。

「大上さん。あんたじゃ」

大上の、酒を飲んでいる手が止まる。高坂にゆっくり顔を向けると、眉間に皺を寄せ、睨むように目を細めた。

高坂は目を逸《そ》らさない。大上の目を、真っ向から見据える。

「実は三日前、十四年前に起きた金村殺しの件で、うちの社に匿名の情報提供がありましてのう」

俯いて料理を作っていた晶子の肩が、ピクリと動いた。

日岡は息を吞《の》んだ。瀧井が言っていた、十四年前の事件を嗅ぎ回っている新聞記者というのは高坂のことだろうか。

大上が、関心の無い態でつぶやく。

「ほう。今ごろのう」

「その匿名の情報提供者によれば、金村の遺体発見の一報は、一一〇番ではなく近所の交番にかかってきたそうじゃ。調べてみたら、間違いなかった。通報の電話は、たしかに遺体発見現場の墓地を管轄する扇《おうぎ》町交番にかかってきとった。交番の電話番号なんて、一般の市民は知らんでしょ。通報するなら一一〇番じゃ。そんなん、子供でも知っとる。要するに、通報してきた人間は、一一〇番にかけたくない理由があった」

大上は手酌で自分の猪口に酒を注《つ》ぐ。

「それがわしと、なんの関係があるんない」

高坂は大袈裟《おおげさ》に驚いてみせた。

「関係ないことないでしょう。扇町交番いうたら、大上さんが警察官になって、最初に勤めた交番じゃないですか」

高坂が再び大上に顔を近づける。

「通報者は扇町交番の番号を知っている人物で、一一〇番通報がつねに録音されていることも知っている人間。つまり、身元がばれるとまずい人物じゃないか、いうて情報提供者が言うとるんですよ——警察関係者じゃないか、いうてね」

いつまでも持って回った言い方をする高坂に、さすがに大上も苛立ったのだろう。声が尖った。

「なにが言いたいんじゃ。奥歯に衣着《きぬき》せんと、はっきり言うてみい」

高坂は片方の口角をあげると、ゆったりした口調で言った。

「その匿名の投書に、金村殺しの犯人の名前が書いてありました」

晶子の息を呑む気配がした。包丁を握り締めたまま、固まったように動かない。

大上は、ほう、とつぶやくと、猪口を口に運んだ。

「そりゃァ気になるのう。で、誰ない」

高坂は椅子の上で足を組むと、身体ごと大上に向いた。

「投書に書いてあったんは、大上さん。あんたの名前じゃ」

何かが落ちる音がして、日岡は晶子に目を向けた。

包丁がまな板の上に落ちている。晶子は両手を口に当て、呆然《ぼうぜん》と佇《たたず》んでいた。

日岡も晶子と同じくらい、いや、それ以上に動揺していた。

大上は捜査のためなら、いかなる手段をも厭《いと》わない。先日も、この店の二階で吉田の頬を包丁で切りつけた。服務規律違反、違法行為、不当捜査はしょっちゅうだ。しかしいくらなんでも、殺人まで犯すとは思えない。

日岡は俯いたままの大上の横顔を見た。

唇が歪み、歯が剝《む》き出しになっている。笑っている。笑っているのか。

大上がゆっくり顔をあげ、高坂に視線を向けた。あの、底光りする冷たい眼光だ。独特の嗄《しやが》れ声で言う。

「おい、高坂。わりゃァちいと見んあいだに、冗談が上手《うも》うなったのう」

高坂は自分の徳利から、大上の猪口に酒を注いだ。笑顔だが、目が笑っていない。

「冗談なら、ええんですが……のう」

囁《ささや》くような声だった。

大上は猪口に手を添えたまま、高坂の顔を凝視している。

我に返った晶子が、高坂に言い放つ。

「お客さん。看板ですけ――」

今までに聞いたことがない、氷のように冷たい声だった。

八章

——日誌。

昭和六十三年七月十一日。

午前八時。呉原市海神町《かいじんちょう》の赤松島《あかまつじま》にて、上早稲二郎の遺体捜索開始。

午前九時。一本松手前の地中にて、頭部を切断された成人男性の遺体発見。

午前九時半。松の裏側に、上早稲の頭部発見。

同刻。死体遺棄の共犯容疑で木村薫逮捕。

午後一時。東署内に「呉原市金融会社社員頭部切断殺害事件」の特別捜査本部設置。

午後五時。加古村組組員・苗代広行《ひろゆき》ら四名を、略取誘拐、殺人、死体損壊、死体遺棄等の容疑で全国に指名手配。

午後八時。大上班慰労会。

[redacted]（二行削除）

（一）

日岡たち大上班は、警察用船舶ほなみ艇で赤松島へ向かっていた。

風を切りながら進む船のデッキで、大上は口をきつく結び、眉間《みけん》に皺《しわ》を寄せている。これからはじまる無人島での遺体捜索が、上早稲事件解決の山場、と認識しているのだろう。漁船が出払った朝の海は静かで、波を切る航跡が、遥《はる》か後方まで続いていた。

五日前、瀧井から新善丸の情報を得た大上は、翌日から新善丸乗組員の内偵調査をはじめた。調べを進めていくうち、乗組員の木村薫が、苗代の小学校時代の同級生であることが判明した。

そのふたりが、五月上旬、一緒に酒を飲んでいた。聞き込みの過程で貴重な情報をもたらしたのは、ふたりのひとつ下の後輩にあたる土田《つちだ》という男だった。酒屋の息子で市内の店に酒を卸している土田は、配達に行った飲み屋でたまたま苗代と木村を見かけたという。

「それは、どこの店ですか」

日岡は急く気持ちを抑えて訊《たず》ねた。自分でも声が上擦るのがわかる。

ここ数日、大上は日岡に聞き込みを任せている。訓練のつもりか、ヤクザ者以外はお前がやってみろ、とのお達しだった。

土田はトラックの荷台にビール瓶のケースを積みながら、記憶を辿《たど》るように宙を見た。

「ありゃァ小浜《こはま》じゃ」

多島港の近くにある小さなスナックで、ふたりは店の奥にあるテーブル席に座り、顔を突き合わせるようにして酒を飲んでいたらしい。

「声をかけようとしたんじゃが、真剣な顔で話し込んどったもんじゃけ、邪魔しちゃ悪い思うて遠慮したんですわ」

「いつごろの話でしょ」

メモを取る手に力がこもる。

「たしか、ゴールデンウィークが明けて、すぐじゃった思うが……」

「はっきり、わからんかのう」

大上が横から口を挟む。

土田は少し考えたあと、なにかを思い出したように、ぱっと顔を輝かせた。あれは、あるドラマの二時間スペシャルの放映日だった、と答える。自分の好きな女優が出ているので、早く仕事を済ませて帰ろうと思っていたからよく覚えているという。

大上の指示で、覆面パトカーの警察無線からすぐ署に連絡を入れ確認を取ると、土田が言っていたドラマは五月の六日に放送されていた。

さらに調べを進めると、多島港で釣り船屋を営んでいる店主から、木村と苗代が会った翌日——五月七日に、木村が釣り船を一艘《いっそう》借りに来たという情報を摑《つか》んだ。

古い船小屋の椅子に腰かけた店主の平出《ひらいで》は、船の貸出帳を見ながら、顎《あご》の無精ひげをぞりぞりと撫《な》でた。

「貸し出したのは夜の九時から翌日の午前中まで、になっとる。夜釣りにでも行くんか、いうて訊《き》いたんじゃが、ほうじゃや、言うて肯《うなず》いとった。ま、嘘じゃろうがの」

どうして嘘だとわかるのだろうか。理由を問うと平出は、白く濁った眼を日岡へ向けた。

「自分とこの叔父《おじ》さんが持っとる船を借りりゃあ、ただじゃろうが」

日岡は、木村が新善丸の船長、善田の甥《おい》であることを思い出した。

「なんぞ訳ありで、善田の親父から船を借りれんもんじゃけん、わしんとこへ頼みに来たんじゃろ。まあ、こっちは商売じゃけ、金さえ貰《もら》えりゃあなんでもええが」

「その船、いま見れますか」

日岡が訊ねると平出は、木枠の窓の外を顎でしゃくった。

「ほれ、そこの岸壁に泊めとる翔進《しょうしん》丸じゃ」

全長十二メートル、重量四トン、最大乗員十二名の小型の漁労船だと、平出が説明する。

大上と日岡は外へ出て、岸壁から船を眺めた。古い船のようで、至る所に傷がつき、釣り上げた魚の血なのか、錆《さび》なのかわからない赤黒い汚れが染みついている。波に揺れている船を見やりながら、大上がつぶやくように言った。

「四、五人で死体を運ぶにゃァ、問題ない大きさじゃのう」

大上は平出に、翔進丸をしばらく貸し出さないよう頼んだ。

平出が苦い顔をする。

「勘弁してつかあさいや。今の時季は稼ぎ時じゃけ」

大上は懐から万札を三枚取り出すと、店主の手に握らせた。大上が情報提供者に謝礼を渡すところを何度も見てきたが、これも、捜査費では落ちない金だ。大上がヤクザから掠《かす》めた金を、捜査費の一部に使っていることは間違いない。

「そう長《なご》うはかからんよ。かかっても二、三日じゃ」

大上がパナマ帽を押し上げながら言う。腹に一物ある表情だ。

仮に繁忙期だとしても、すべての船がフル回転するわけではないだろう。休業補償として一日一万円は、妥当な金額かもしれない。平出は渋々といった顔で了承したが、頬には、隠しようのない笑みが浮かんでいる。

釣り船屋を後にした大上は、日岡ににやりと笑いかけた。

「これから鑑識が入り、船が事件に使われたことがはっきりすりゃァ、貸し出し禁止は三日どころじゃ済まん。あの親父も、運が悪いわい」

まるで翔進丸が、上早稲の遺体運搬に使用されたと、確信を得たような口吻《こうふん》だ。

大上は日岡を見ながら、さらに口角をあげた。

「刑事部屋で二十年飯を食うた者の勘じゃ。間違いなくありゃァ、事件に使われちょる」

なんの証拠も挙がっていないのだが、大上が言うとそんな気がしてくる。

「だとしたら、死体遺棄事件に善田は無関係ということでしょうか」

大上は肯くと、懐から煙草を取り出した。日岡は素早く火をつける。

海に向かって大上は、紫煙を大きく吐き出した。

「善田が絡んどるんじゃったら、自分の船を出しとるはずじゃ。まァ、漁師は縁起を担ぐけ、自分の船で死体を運ぶんが嫌じゃったんかもしれんがのう。たぶん、事件への関与は木村の単独じゃ。善田には知らせとらん思う。実際に動いたんは木村ひとりじゃろうて」

「それも、刑事の勘ですか」

日岡は真顔で訊いた。特定できる根拠がないからだ。

大上が、日岡の顔をまじまじと見る。

「お前。広大出とって、そがなこともわからんのか」

呆《あき》れたような口調で言う。

はあ——と、日岡は頭を下げ、素直に肯いた。

「ええか。船を動かすんは、ひとりおりゃァええ。死体遺棄の共同正犯ともなりゃ、上限は……何年じゃったかのう」

自信なさそうに訊く。日岡は即答した。

「懲役三年です」

「ほうよ。上早稲の殺され方の情が悪いけ、裁判官も刑を安うはせん。上限いっぱい喰《く》らうはずじゃ。そがな危ない橋、渡るんはひとりで充分じゃろ」

つまり、叔父を巻き添えにしないよう木村は、気を遣ったというわけか。

それに、と大上は言葉を続けた。

「木村と苗代は直《じか》で繫《つな》がっとる。もし金で頼まれたんじゃったら、わざわざ分け前を減らすような真似、するわきゃァなかろうが」

なるほど、筋は通っている。日岡は赤面して肯いた。

釣具店の店先に停めていた覆面パトカーに乗り込むと、大上は、木村の住居へ向かうよう日岡に指示した。

木村は、港からほど近いアパートに住んでいた。すでに下見はすませてある。アパートの名前は「あさがお荘」。木造二階建てで、かなり古い。ぜんぶで八戸ある。一戸の広さは1DKと狭く、家族で住むには少々不便だ。木村は三十代前半だが、まだ独り身だ。ひとり暮らしならば、この狭さもさほど不便ではないかもしれない。

木村のアパートに着いたのは、午後の二時を回ったころだった。早朝の漁から戻った木村は、いつもなら部屋で仮眠をとっているはずだ。

部屋の前に立ち、ドアをノックする。反応がない。もう一度ノックしようとしたとき、なかから応答があった。

「誰なら……」

大上が日岡の肩を叩《たた》き、ドアの前に立った。ここは任せろ、ということだろう。

寝ぼけ眼でドアを開けた木村は、大上の顔を見た途端、一気に目が覚めたようだった。大上の鋭い眼光から、その筋の者か警察関係者だとわかったのだろう。

「いまちょっと、立て込んどりますけ」

子供でもわかる嘘をつくと、木村は慌ててドアを閉めようとした。すかさず大上が、靴先をドアの隙間に滑り込ませる。警察手帳を掲げ、低い声で言う。

「東署の者じゃが、ちいと訊きたいことがあるけ、署まで同行してもらえんじゃろか」

木村は呆然《ぼうぜん》と口を開けたまま、なにかしゃべろうとした。が、金魚のように口をぱくぱくさせただけで、言葉が出てこないようだ。

「あんた、加古村組の苗代とは、小学校の同級生じゃろ」

木村は唾《つば》を飲み込むと、途切れ途切れに言葉を発した。

「それが、どうかしたん、ですか」

「五月六日、小浜いうスナックで会《お》うとるよのう。その明くる日、平出んとこから、あんたは翔進丸いう釣り船を借りとる。心当たりがあるじゃろ」

大上が畳みかける。

木村の日に焼けた顔から、血の気が引いていく。きょろつく目には、怯《おび》えの色が見て取れた。

大上は口角をあげ、嵩《かさ》にかかって攻めた。

「任意じゃけ来れん、いうんじゃったら、死体遺棄の共犯容疑ですぐ逮捕状を取ってきてもええんで」

大上一流の、はったりだった。翔進丸で遺体を運んだという証拠が出るまで、逮捕状は取れない。第一、鑑識の捜査で必ずしも証拠が出るとは限らない。

大上は口角をあげたまま、ドアを大きく開いた。木村の前に立ち塞《ふさ》がっていた身体をずらし、外へ出るよう促す。

どう足掻《あが》いても逃れられないと悟ったらしく、木村は半ば放心したように、サンダル履きのまま玄関を出た。

覆面パトカーへ向かう夢遊病者のような足取りから、大上の事情聴取に抗《あらが》う根性は木村にはすでになく、すぐ口を割るだろう、と日岡は思った。それが、考え違いであったと知ったのは、東署での事情聴取が二時間を超えたあたりだった。

木村は五月の七日に、翔進丸を釣り船屋から借りたことは認めたが、死体遺棄事件に関しては、知らぬ存ぜぬの一点張りを貫いた。苗代とはただの同級生で、組との関わりはいっさいない、と頑強に否定する。

苗代と会ってどんな話をしたのか。なんの目的で釣り船を借りたのか。同乗した人間はいたのか。いたとすれば、どういう人物だったのか。大上の矢継ぎ早の質問に、木村は、覚えてません、としか答えない。大上は手練手管で木村を攻めたが、同じことの繰り返しだった。任意の取り調べなら、いずれ解放される。事情聴取の途中で、証拠がない限り、そう易々《やすやす》と逮捕状が下りないことに気づいたのだろう。冷静さを取り戻した木村の顔には、署に来るまでの怯えの色はなく、余裕の表情すら窺《うかが》えた。

午後三時からはじまった事情聴取は、休憩を挟んで六時間に及んだ。任意で聴取を行っている以上、勾留《こうりゆう》するわけにはいかない。後日また改めて事情聴取を行う旨を伝え、その日は木村を自宅へ帰すことにした。

木村が飛ばないよう、大上班で分担して行動確認を行う手筈《てはず》は整えていた。ここで木村を逃すと、上早稲の捜査は完全に行き詰まる。

木村をアパートまで送り、行動確認の覆面車両を確認すると、日岡は署に戻った。

刑事部屋のドアを開ける。誰もいない二課の自席で、大上が煙草をふかしていた。椅子の背にもたれ、身体をゆっくりと揺らしている。静かな室内に、椅子が軋《きし》む規則正しい音だけが響いていた。

覆面車両を確認した旨を報告すると、大上は天井を見上げたままの姿勢でつぶやくように言った。

「あいつの目を見たか」

アパートの玄関で見せた、恐怖に揺らいだ木村の目——肯く。

「最初は怯えとった。じゃがあの怯えは、わしら警察に対してじゃない」

だとすると、答えはひとつだ。大上が日岡の推測どおり、言葉を発した。

「加古村組に対する怯えじゃ。クボチュウや吉田の滋と同じよ」

たしかに、覚せい剤取締法違反の現行犯で引っ張った久保忠も、上早稲事件の顚末《てんまつ》を吐かせた吉田滋も、組に対する恐怖から、当初は口を貝のように閉ざしていた。久保はいまだに、上早稲事件に関しては黙秘を続けたままだ。

口を割ったら、自分の命が危ない。だから、長時間に及ぶ過酷な事情聴取を受けても、木村は頑として関与を認めないのだ。だとすれば、木村を安心させるしかない。

「木村の身柄は警察がしっかり守るから本当のことを話すようにと、説得したらどうでしょうか」

大上は日岡の提案を、鼻で笑った。

「あいつは苗代の同級生で。シャブの密輸にも手を染めとる。そんな言葉、ヤクザを間近に見てきた木村が、信じる思うんか」

日岡は返す言葉に詰まった。いままでにも、事件の目撃者や重要参考人の協力を得るため、身の安全は保証すると約束しながら、警察が暴力団のお礼参りを防げなかったケースは、いくらでもある。

「じゃったら、どうすりゃァええんでしょう」

途方に暮れ、日岡は声を落とした。

大上は椅子から身を起こすと、フィルターだけになった煙草を灰皿で揉《も》み消して言った。

「善田をあたる」

「善田を」

思わず語尾があがる。

善田は木村の叔父で新善丸の船長だ。上司であると同時に、身内でもある。だが、善田は、死体遺棄事件に関与していないはずではなかったか。それは、大上自身が言っていたことだ。

大上は日岡に顔を向けると、唇の端をわずかに歪《ゆが》めた。笑った――のか。

「わしに考えがある。まあ、任せとけや」

大上がこういう物言いをするのは、たいてい、違法な捜査活動を念頭に置いているときだ。日岡は俯《うつむ》き、大上に悟られないよう唇を噛《か》んだ。

日岡の気持ちを知ってか知らずか、大上はひとつ伸びをすると、勢いよく椅子から立ち上がった。

「明日、昼の十二時に善田の住居《ヤサ》へ行く。そのころには漁から帰っとるじゃろう。十一時半に、コスモスへ車で迎えに来い」

帰ろうとする大上を、日岡は車でアパートまで送り届けようとした。大上は振り返らずに片手を振ると、その辺で飲んでいくけ、と言い残し、部屋から出ていった。たぶん、女のところへでも行くのだろう。


翌日、十一時半にコスモスへ行くと、大上は食後のコーヒーを飲んでいた。

日岡に気づくと、大上はパナマ帽を被《かぶ》り、いつものようにチケットで支払いを済ませ店を出た。

善田の住居は、木村のアパートから半島を二キロほど北にあがった、海沿いにある。三階建ての分譲マンションだ。外壁は潮風で傷んでいるが、築年数はさほど古くはない。たしか、築五年くらいだったはずだ。離婚後に移り住んだマンションで、善田は二階の二〇三号室に住んでいる。

大上の見立てどおり、善田は自宅にいた。ドアの横にあるブザーを押すと、しばらくしてインターホンが応答した。

「誰ない」

新聞の勧誘かなにかと思っているのだろう。警戒心はないが、不機嫌そうに尖《とが》った声だった。

大上が柔和な声音を作って言う。

「呉原東署の者ですが、このへんで空き巣の被害がありまして、ちいと話を聞かせてもらえんですか」

大上はしれっと嘘の来意を告げた。のっけから違法捜査だ。

少し間があってドアが開き、訝《いぶか》しげな表情で、男が顔を覗《のぞ》かせた。頭が禿《は》げあがり、顔が真っ赤に焼けている。五十代半ばのはずだが、四十代でも通りそうな肌の色つやだ。

風呂《ふろ》からあがったばかりなのか、善田は下着に白シャツ姿で額に汗を浮かべ、首にタオルを巻いていた。

「空き巣いうて、どこであったんの」

ドアに手をかけたまま、玄関先で機先を制するように、善田が問うた。

大上が懐から警察手帳を取り出し、善田にかざす。先ほどとは打って変わり、険しい声で言った。

「善田さん。二課の大上じゃ。加古村から名前くらいは聞いとるじゃろ」

善田の眉間に皺が寄る。すかさず大上が、ドアの隙間に半身を入れた。

善田に動揺した様子はない。顔を顰《しか》め、小馬鹿にしたように言う。

「二課の刑事さんが空き巣の捜査かい。嘘吐《つ》きは泥棒のはじまり、いうて覚えとったが、警察官のはじまりじゃったかのう」

大上は声に出して笑った。

「こりゃ参ったのう」

善田は口角をあげ、大上を真っ直ぐ見据えている。不敵な面構えだ。

板子一枚下は地獄、と言われる船乗りを、長く続けてきただけのことはある。日岡は善田の胆力に内心、感嘆の声をあげた。

「ざっくばらんに言うが、あんたに頼みがあってのう」

大上はそう言うと、上早稲の死体遺棄事件の顛末を、差し支えない範囲で語った。

「そういうわけでのう、あんたの甥っ子を説得してほしいんじゃ」

黙って聞いていた善田は、首をぐるりと回し、突き放すように言った。

「薫は知らん、言うとるんじゃろ。わしァ薫の言葉を信じるよ。帰ってくれい」

ドアを閉めようとする善田を、大上が手で制す。ドスの利いた声で言った。

「そう言われても、はいそうですか、いうわけにいかんのよ、わしも——ガキの遣いじゃないけんのう」

にやりと笑い、大上は言葉を続けた。

「あんた、加古村組の報復を心配しとるんじゃろ。いまじゃけえ教えちゃるがのう、加古村はもう終《しま》いで。組はもうじき、のうなる運命よ。じゃけん、甥っ子に安心するよう言いないや。木村が正直に吐きゃア、不起訴になるよう、わしが手を打つけん」

大上が真剣な声音で言う。善田はしばらく大上の顔を凝視していたが、ふん、と鼻から息を吐き出し、顔を背けた。

「嘘吐きは警察官のはじまり、じゃけんのう。信じられんわい」

大上は善田に近づくと、笑い声をあげながら肩に腕を回した。回した、と言えば聞こえはいいが、首を半ば絞めるような形だった。

大上が善田の耳元で囁《ささや》く。

「善田さん。あんた、覚せい剤の密輸が何年喰ろうか、知っとるの」

善田が苦しそうに、抱え込まれた首を捩《ねじ》る。大上はさらに腕に力を込め、顎をロックした。

善田の口から呻《うめ》き声が漏れる。

「のう、無期まであるんで。あんたが加古村組から頼まれて、朝鮮からの密輸に手ぇ貸しとるんはわかっとる。なんじゃったらあんたに、無期喰ろうてもろうても、ええんで」

最後は声が震えている。善田の顎をロックする腕に、満身の力を込めているのだろう。いくら覚せい剤密輸に手を染める被疑者とは言え、善田は組織に属してはいない。度を越している。

「大上さん！　止めてください！」

日岡は堪《たま》らず叫んだ。大上の腕に手をかけ、絞め技を制止する。

我に返ったのか、呆気《あつけ》なく大上の腕が解けた。

善田が喘《あえ》ぐように空気を吸い込む。首に腕が入っていたのかもしれない。

大上は唇を真一文字に結び、肩で息をしている。

誰も口を開かない。狭い玄関先に、三人の息遣いだけが響いた。

冷静になったのか、大上が落ち着いた口調で口火を切った。

「のう、善田。覚せい剤の件はわしが握り潰《つぶ》しちゃる。黙って協力せい」

善田はひとつ息を吐くと、声を落として言った。

「信用できんのう」

大上が善田の目を見据える。

「わしァ、約束したことは守る男じゃ。わしが的にかけちょるんはヤクザ者だけよ。あんたが木村に因果を含めてくれるんじゃったら、ヤクの密輸も見逃すし、死体遺棄の件も不起訴ですむよう、わしの力で按配《あんばい》しちゃる」

違法捜査と服務規律違反のオンパレードだ。事が公になれば、懲戒免職どころではすまない。日岡が知っている事実だけで、これまでの所業を勘案すれば大上の実刑は確定的だろう。

深い溜《た》め息をつき、善田が首を垂れた。絞り出すように、言葉を発する。

「わかった。薫を説得する。そのかわり――加古村組はほんまに、潰してくれるんじゃろうのう」

大上は大きく肯いた。

「あんたもこれを機に、やばい商売から足を洗いないや」

マンションを出ると、日岡は着替えた善田を車に乗せ、大上と三人で木村のアパートへ向かった。無線で途中、行動確認中の柴浦と連絡を取る。木村はアパートを出ていないとのことだった。

大上が善田に指示し、部屋の前で声をかけさせる。ドアを開けた木村は、善田と一緒にいる大上と日岡を見て、玄関先に呆然と佇《たたず》んだ。

善田が大上を振り返って言う。

「ちいと待っとってつかい。部屋でこれと、さしで話してきますけ」

「ええじゃろ」

大上はそう言うと、善田の背中を押し、ドアを閉めた。

「大丈夫でしょうか」

日岡が問うと、大上は平然と言い放った。

「ここまで来て、逃ぎゃァせんじゃろう。まあ、念のため、柴浦と瀬内に窓側を見張るよう、言うてこい」

日岡が指示を伝えて戻ると、大上は手すりに寄りかかり、パナマ帽で顔を扇《あお》いでいた。今日も日中は、三十度を超える暑さだ。日岡はハンカチを取り出し、首を伝う汗を拭《ぬぐ》った。

大上が三本目の煙草を灰にしたとき、玄関のドアが開いた。腕時計に目をやる。善田が部屋に消えてから、二十分が経過していた。

善田に肩を抱かれるようにして、木村がドアの外へ姿を現した。目を赤くし、項垂《うなだ》れてはいるが、覚悟を決めた表情だ。

大上が声をかける。

「腹は、括《くく》れたんか」

肯くと木村は顔をあげ、捲《まく》し立てるように確認を求めた。

「わしァほんまに、刑務所にいかんですむんですね。加古村組は潰れて、お礼参りの心配はほんまのうなるんですね。シャブの密輪の件もほんま、目を瞑《つぶ》ってくれるんですね」

大上はその都度、首を縦に振った。

「わしにぜんぶ任しとけ。約束するけん」

大上を見上げる赤い目が、見る間に潤みはじめる。

木村は洟《はな》を啜《すす》ると、五月八日の未明、苗代に頼まれて釣り船に加古村組組員四名を乗せたことを認めた。

日岡は手帳を取り出し、聞き漏らすまいと身構えた。

「乗せたんは、加古村組の連中だけじゃないんじゃろ」

大上が急くように訊く。

木村は一瞬、宙を見つめたが、ゆっくりと肯いた。

「布団袋がひとつと、スコップをいくつか」

「布団袋――」

大上の声が鋭くなる。

「その布団袋の中身は」

木村は言い淀《よど》みながら答えた。

「なんか、見た感じ……硬い、マネキンみとうなもんが入っとりました。あと、丸いサッカーボールのようなもんも」

中身は、首を切り落とされ、死後硬直した上早稲の死体で間違いないだろう。

「船の行き先は、どこなら」

さすがの大上も、声が上擦っている。事件解決の最大の山場だ。無理はない。

木村は大きく息を吸い込むと、すべてを吐き出すかのように言った。

「――赤松島です」

日岡は息を呑《の》んだ。ペンを持つ手が止まる。

赤松島は多島港の南東二十キロに位置する無人島だ。周囲五百メートルにも満たない小島で、島頂部に大きな一本松があり、航行する船舶の目印になっている。

遺体の隠し場所は、内陸ではなく島だった。沿岸部をいくら捜索したところで、空振りに終わったはずだ。

大上に目で促され、メモを続ける。

「島に着くと、苗代たちは自分らが船に運び込んだ布団袋とスコップを担いで、船から下りていきました」

「お前は付いていかんかったんか」

木村は肯きながら、身につけている綿シャツの腹を捲《めく》り、裾《すそ》で額の汗を拭った。

「苗代から船で待つよう言われとったし、わしァなんかもう、怖《こお》うて怖うて……」

木村は最初から気づいていたのだ――布団袋の中身がなにかを。夜も明けきらぬころ、布団袋を抱えた暴力団員から無人島への上陸を言い渡されたら、気がつかないはずがない。

木村は膝《ひざ》に手を置き、青ざめた顔でひゅるひゅると喉《のど》を鳴らした。嗚咽《おえつ》を抑えているのだ。

宥《なだ》めるように、大上が震える肩に手を置く。

「お前は布団袋の中身がなにか、知らんかった。そうじゃな」

木村はゆっくり顔をあげ、茫然《ぼうぜん》と大上を見つめた。

大上が強い口調で念を押す。

「お前は、布団袋の中身を、知らんかったんじゃな」

木村は弾《はじ》かれたように身を起こすと、大上のシャツの袖《そで》を摑み大きく肯いた。

「そうです。わしは、袋の中身がなにか知りませんでした。なにも、知らんかったんです！」

大上は口角をあげて笑顔を作ると、木村の肩を軽く叩いた。

「おお、それでええんじゃ。取り調べのときものう、それで通せ」


署で改めて調書を取り、木村の供述をまとめた大上は、夜の捜査会議で、赤松島の捜索を進言した。

報告を聞いた副署長の神原は、その場で県警本部と連絡を取り、応援を要請した。本部との打ち合わせの結果、捜索は翌十一日、朝八時からと決まった。

島に上陸する捜査官は、大上班六名と県警一課および鑑識課十名、応援の東署地域課職員八名の総計二十四名に加え、警察犬二頭が用意された。

木村の「島に上陸した苗代たちは一本松の付近を目指して行った」という供述から、上早稲の遺体は一本松のあたりに埋められている可能性が高いと思われたが、あたりすべてを掘り起こすには時間と労力がかかる。ここは警察犬に頼るべき、との意見が出て、警察犬を管轄する県警鑑識課の応援を仰いだのだ。

大上班と県警鑑識課および警察犬二頭は本部所属の警察用船舶ほなみ艇に乗り込み、呉原東署地域課職員は、東署が所有する警察用船舶はやきじ艇に乗船し、島へ向かう手筈が整えられた。

（二）

船に乗ってから、必要なこと以外なにもしゃべらない日岡を見て、普段と違うと感じとったのだろう。舳《へさき》に立ち前方を見据えていた大上は、隣にいる日岡を不思議そうに見やった。

「どうした。いまひとつ覇気がないのう。船酔いか」

日岡は慌てて取り繕った。

「いえ、違います。なんでもありません」

そう言いながら、日岡は目の端で船尾を見た。

船の後方には、二頭の警察犬がいた。警察犬担当の捜査員の足元で、伏臥《ふくが》の姿勢をとっている。

日岡は犬が苦手だった。子供のころに犬に嚙まれたときの恐怖が、大人になったいまでも根深く残っている。

愛玩《あいがん》用の小型犬ならまだしも、同じ船に乗っている犬は、戦前は軍用犬として採用されていたシェパードだ。やつらが本気で襲いかかってきたら、子供のときのように腿《もも》を十針縫うくらいではすまない。

犬を見る目付きから、日岡の犬嫌いを察したのだろう。大上はからかうように言った。

「なんじゃ。犬が怖いんかい」

内心を見透かされた日岡は、自分でも顔が赤くなるのがわかった。犬が怖いなど、まるで小学生のようだ。日岡は言葉少なく、幼児期の恐怖体験を語った。

「そのときから、犬はどうも苦手で……」

ふうん、と大上は鼻を鳴らすと、肩越しに振り返り犬たちを見やった。

「あがな美味《うま》いもんが苦手とは、不憫《ふびん》なやっちゃのう」

戦後の食糧難の時代は犬は御馳走《ちそう》だった、と大上は言った。

「癖があって肉は硬いが、すきっ腹には堪《こた》えられんほど美味かった」

大上は二頭の警察犬を見ながら、口角を引き上げた。

「あれらは日頃からよう訓練されちょるけ、引き締まったええ肉しとる。赤犬みとうにはいかんが、食うて食えんことないじゃろ」

犬は嗅覚《きゆうかく》だけでなく聴覚もいい。大上の言葉がわかったかのように、犬たちは牙《きば》を剝《む》き、唸《うな》り声をあげた。日岡は思わず、首を竦《すく》める。

「冗談じゃ、冗談」

大上が犬たちへ向かって、大袈裟《おおげさ》に手を振る。

それにしても——

船の前方に視線を戻した日岡は、横目で大上の顔を盗み見た。

五日前、志乃で安芸新聞の高坂から、十四年前の未解決殺人事件の犯人に大上の名前を挙げた密告があった、と聞かされた。大上の名前が出た途端、ママの晶子がすぐ店を看板にしたので話はそれきりになっている。二日前にも大上と志乃へ行ったが、ふたりとも高坂の話などなかったかのように普段どおり接していた。

十四年も前の事件が、なぜいまになって動き出したのか。大上が犯人であるとの投書をしたのは誰なのか。これから高坂はどのように動くのだろうか。

疑問は尽きない。なによりも、事実を知りたかった。

大上に訊きたいことは山ほどあったが、高坂の話にいっさい触れない大上や晶子を見ていると、疑問を突き付けたら破滅を招くような気がして、口に出せなかった。

自分が、もうすぐ時効を迎える殺人事件の犯人呼ばわりされていることに、大上はどのような感慨を抱いているのだろう。

日岡の視線に気づいたらしく、大上は安心させるように笑みを浮かべて言った。

「心配すな。あれらはのう、首輪で繋がれとるけ、襲いかかったりゃァせん。まあ、万が一跳びかかって来ても、お前の下段回し蹴《げ》りなら一発じゃ」

日岡はぎこちない笑みを、大上に返した。

赤松島へは、多島港を出てから二十分ほどで到着した。

船着き場がない島に警察用船舶を横付けするのは難しいため、船に積載されているゴムボートに分乗して上陸する。

木村薫の供述に基づき、苗代たちが向かったとされる一本松のあたりを重点的に捜索する方針は、昨夜のうちに決定されていた。

群生しているハマボウフウを捜索棒でかき分け、日岡たちは島の斜面を上っていった。

一本松へたどり着き、周辺の捜索を開始する。ほどなく、一頭の警察犬が猛々《たけだけ》しい吠《ほ》え声をあげた。一本松から西に三メートルほど離れた地面を、前脚で必死に掘ろうとしている。

犬が強い関心を示した場所を、応援の地域課職員たちがスコップで掘りはじめた。かなり興奮しているのだろう。犬は鑑識課の捜査員の脇で、低い唸り声をあげている。

地域課職員に交じってスコップを動かしていた日岡は、穴が三十センチほどの深さになったあたりで異臭を感じ、顔を顰めた。

真夏の炎天下に、肉を何日も放置したような饐《す》えた悪臭が漂う。車に轢《ひ》かれた野兎《のうさぎ》の死骸《しがい》を見たことがある。あのときと同じ、肉の腐った臭い——紛れもない死臭だった。

穴が深くなるにつれ、臭いは強くなった。どこから集まったのか、あたりを無数の銀蠅《ぎんばえ》が飛びまわる。周囲の緊迫した空気から、この場にいる誰もが、穴のなかに凄惨《せいさん》ななにかが埋まっている、と確信していることが窺えた。

口を利くものは誰もいない。耳に聞こえるのは、頭上で鳴くウミネコの声と、スコップを振るう捜査員の荒い息遣い、掻き出される土の音だけだ。

穴を五十センチほど掘り進めたとき、ひとりの捜査員が動かしていた手を止めた。なにか手ごたえを感じたようだ。後ろを振り返り、目で大上に伝える。日岡も、スコップの先に異物を感じて、手を休めた。

大上は、作業をそのまま進めるよう目で促した。

捜査員はそれぞれの目を見つめて肯くと、スコップの動きを緩め、共同作業で、慎重に掘り進める。穴のなかに埋められている異物を覆う、最後の土を浚《さら》ったとき、強烈な死臭とともに、なかからものすごい数の蛆虫《うじむし》が湧き出てきた。捜査員が、声をあげて一斉に穴から離れる。日岡も、這《ほ》う這《ほ》うの体で穴から出た。

尻《しり》をついて上体を手で支える日岡の横を通り、大上は穴に近づいた。あたりを飛び交う銀蠅をパナマ帽で払い除《の》けながら、その場にしゃがみ込む。

日岡は大上の後ろから、身を起こして穴のなかを見た。衣服が破れ、ガスでぱんぱんに膨れ上がった死体から、無数の蛆が湧き出している。足先と思われる部分からは、肉片を纏《まと》った白い骨が突き出していた。裸足《はだし》で埋められたのだ。首のあたりはぐしゃぐしゃに肉が崩れ、白っぽい蛆が蠢《うごめ》いている。

堪《こら》えても堪えても、吐き気が込み上げてくる。唾を何度も飲み込んだ。

応援の地域課職員の何人かが、その場を離れ、後ろ向きで嘔吐《えず》いているのが見える。

おそらくは、はじめて目にする人間の死体——それも首なしの腐乱死体だ。嘔吐くのも無理はない。

腐乱死体の死臭は、何度洗濯しても、落ちないという。先輩刑事が話を盛っているのだと思っていたが、この強烈な死臭の前には、日岡も納得するしかない。いま着ている服は、下着も含めて処分するしかなさそうだ。

日岡の後ろで突然、署員が嘔吐《おうと》した。つられて吐きそうになる。尻ポケットからハンカチを取り出し口に当て、懸命に耐えた。

大上は穴を覗き込みながら、唇を微《かす》かに歪めた。渋面のつもりだろうが、日岡には笑っているようにしか見えなかった。

「ついに出たのう。これで加古村に、引導を渡しちゃれる」

つぶやくような声だが、高揚が感じられた。やはり、笑っていたのだ。

鑑識課員がカメラを構えて近づいてくる。捜査記録を残すためだ。角度を変えて、何枚も写真が撮られた。

現場撮影が終わると、遺体を毛布で包んで引き上げ、六人がかりでビニールシートの上に載せた。毛布を広げて遺体を露《あらわ》にし、鑑識課員が刷毛《はけ》で土片と蛆を払い落す。ここでも何枚か写真が撮られた。そのあいだ用意した線香に大上が火をつけ、全員で手を合わせる。

合掌が終わると大上は、警察犬担当者に声をかけた。

「苗代たちが運び込んだ布団袋にゃァ、サッカーボールみとうな丸いもんが入っとったげな。胴体がここに埋まっちょるいうことは、頭も近くに埋められとる可能性が高い。犬にのう、もういっぺん、一本松の周りを調べさせてくれい」

担当者は肯くと、待機させていた犬を立ち上がらせた。

捜索を再開してから十分後、こんどは一本松の北側五メートル付近で、犬が唸り声をあげた。掘り返すと、地中七十センチの深さから、人間の頭部らしきものが出てきた。顔面だったと思《おぼ》しき皮膚は腐り、髪が生えている頭部の一部はすでに頭蓋骨《ずがいこつ》が見えている。まだ成虫になっていない蛆が、腐った肉を食《は》みながら蠢いていた。

「これでようやっと、仏も浮かばれる」

大上が誰にともなく、つぶやくように言った。

現場撮影が終わると、慎重に掘り起こした頭部を、捜査員が小振りの毛布に包んでビニールシートの上に置いた。これもまた、鑑識課員が刷毛で土片と蛆虫を払い除けていく。作業を眺めながら、日岡は大上に訊ねた。

「頭を切り落とした理由は、組長の加古村に見せるためだったとしても、どうして、頭部と身体を別々に埋めたんでしょう。穴をふたつ掘るよりも、一カ所にそのまま埋めたほうが、時間も労力もかかりません」

大上は島の先端に立つと、遠くに見える水平線を眺めながら煙草をふかした。

「万が一、骨になった胴体が発見されても、首がなかったら身元が特定できん思うたんじゃろ」

たしかに、人骨から身元を特定しようと思えば、歯形の照合くらいしかない。欧米に続き、日本でもようやく遺伝子によるＤＮＡ型鑑定が犯罪捜査に応用されはじめたが、未発達の段階だ。

それにのう――と、大上は日岡に目を向け、さも可笑《おか》しそうに笑った。

「前にも、犯人が遺体の首を切って、胴と別々のところに埋めた事件があってよ。なんでばらばらに埋めたんじゃ、いうて訊いたら、一緒に埋めたら首と胴がくっついて生き返るんじゃないか思うた、言うて震えとった。人殺しいうんはのう、案外、迷信深いもんよ」

三流のホラー映画じゃあるまいし、首と胴体を切り離した人間が生き返るはずがない。そう思う一方で、人を殺したあとの心理として、どことなくわかるような気もした。

「大上班長、結果が出ました！」

頭部を調べていた鑑識課員が、振り返って叫んだ。発見された頭部の口腔《こうこう》と上早稲の歯形の照合を行っていた者だ。

大上は煙草を地面に投げ捨てると、鑑識課員のもとへ駆け寄った。

「どうじゃ」

大上が訊ねる。鑑識課員は昂奮《こうふん》を抑えるかのように、声を落として言った。

「事前に入手していた上早稲の歯形と、地中から発見された頭部の歯形が一致しました。この頭部は上早稲本人のものと、ほぼ断定できます」

「よし！」

大上は叫ぶと、傍《そば》にいた捜査員に指示を出した。

「本部へすぐ連絡入れい。上早稲の仏が出た、いうての」

命じられた捜査員が、急いで島の斜面を駆け下りていく。

警察無線で、上早稲の遺体発見、との一報を受けた県警刑事部長は、呉原東署に県警捜査一課と合同で「呉原市金融会社社員頭部切断殺害事件」の特別捜査本部を立ち上げるよう指示を出した。

「捜査員が署に戻り次第、合同捜査会議を開くとのことでした」

報告を受けた大上は、腐乱した頭部を見ながら、宣言するように言った。

「お前の首で、加古村の首をきっと取っちゃるけ。成仏してくれい。のう、上早稲」

（三）

遺体の収容を終え、赤松島から多島港へ着いたのは、午後三時を回るころだった。船内で用意された弁当が配られたが、死臭が凄《すさ》まじく、箸《はし》をつける者は誰もいなかった。

大上班はすぐさま東署へ戻り、上早稲殺害事件の合同捜査会議に参加した。

殺人事件であろうと、通常、被疑者の特定が容易な事件では捜査本部は立たない。が、今回の案件は、罪もない一般の市民が暴力団に拉致《らち》され、リンチのうえ惨殺されるという凄絶な事件だ。警察庁および県警本部が、社会的影響を重く見たからこその、特別捜査本部なのだろう。

上早稲殺害事件の指揮を執ることになった県警捜査一課長・陣内博之《じんないひろゆき》は、会議の席上、略取誘拐および傷害の容疑ですでに指名手配をしていた苗代たち四名に対し、殺人と死体損壊、同遺棄の容疑を加え、早急に全国へ特別指名手配する方針を発表した。

「一刻も早い被疑者の逮捕を目指せ。県警は今後、加古村組組長・加古村猛に対し慎重に捜査を進め、殺人および死体損壊、遺棄の共謀共同正犯容疑で逮捕する方針だ。各自そのつもりで、捜査に当たってくれ」

陣内は会議室に居並ぶ捜査員にそう告げると、一回目の会議を終えた。

東署を出た大上班は、署の風呂場でシャワーを浴びたあと服を着替え、「富美《ふみ》」へ向かった。

東署二課の刑事は、非常事態に備え、個人のロッカーにみな着替えを置いている。

富美は、二課御用達《ごようたし》の大衆居酒屋だ。遺体発見に至るまでの労苦に報いるため、大上の音頭で急遽《きゅうきょ》、慰労会を行うことが決まった。

昼間の炎天下での作業の疲れと、石鹸《せっけん》で洗っても落ちない身体へ染みついた死臭に、みな辟易《へきえき》しているのだろう。二階の八畳間で会がはじまっても、誰もが料理に箸をつけず、ひたすらビールを呷《あお》っていた。

場が盛り上がってきたのは、酒がビールから日本酒へ変わり、冷やの二合徳利が五、六本、テーブルに並んだあたりからだった。

酒がまわり顔を赤らめた柴浦が、隣にいる大上に酒を注《つ》ぎながら言う。

「苗代らが逮捕されて事件が解決した暁には、本部長表彰どころか、長官賞まであるんじゃないですかね」

向かいの席から、瀬内が身を乗り出した。

「ほうじゃ、ほうじゃ。なんじゃ言うても、半分は班長の独自捜査みとうなもんじゃけん、長官賞も夢じゃないで」

大上はつまみのアタリメを噛みながら、上機嫌で一同を見回した。

「今回はわし個人いうより、班みんなの手柄じゃけ。表彰されるんじゃったら、全員一緒よ」

重要度にもよるが、警察表彰の数や手柄は、基本給の号級に影響する。年齢と階級が同じでも、手柄の数が多ければ、それだけ給料が増えるというわけだ。現金もその都度、支給され、本部長表彰なら千円、警察庁長官表彰なら一万円といった具合に本人の懐へ入る。日岡はこれまで、交番勤務のとき空き巣を緊急逮捕で捕まえ、本部長賞を受けたことがある。そのときにもらったのは、千円札一枚と表彰状だった。

大上は懐から煙草を取り出す。日岡がライターを取り出す前に、柴浦が素早くマッチで火をつけた。

大上は大きく吸い込むと、豪快に紫煙を吐き出した。

「事件が事件じゃけ、今回の上早稲の件は、捜査費も国費になる。苦虫を噛み潰《つぶ》しとった若の機嫌も、これでようよう直ろうて」

若というのは、署長の毛利克志《もうりかつし》のことだ。キャリアの警視正で三十代半ばと歳も若い。安芸を治めていた毛利家とはなんの関係もないとの話だが、地元の殿様と同じ苗字《みょうじ》であることから、就任以来、陰では若殿と呼ばれてきた。いまではそれが縮まって、若、と呼ばれている。このところ毛利は、東署管内で事件が立て続けに起こり、捜査費用が嵩《かさ》むことに頭を痛めていた。

捜査費は一般的に、あらかじめ決められた地方自治体の警察予算から出る。しかし、重大な案件となれば、国費で賄う場合もある。皇室や政治家に関係する事件や、他府県にまたがる凶悪犯罪などがこれに当たるが、今回の上早稲の事件は、すぐさま特別捜査本部が設置されたように、極めて重大かつ深刻な事案だ。暴力団員の被疑者四名は逃亡中だし、追い詰められればなにを仕出かすかわからない。特別捜査本部が設置されれば国費捜査になる。

そうなれば毛利も、予算の心配をしなくて済む。そもそも、捜査費の一部は裏金に回され、幹部の飲食や接待、異動の際の送別金に充てられている。限られた予算はますますタイトになり、捜査のための交通費も、自腹で賄っている刑事が少なくない。だからこそ、捜査に自腹で大金を使う大上の大盤振る舞いには、目を瞠《みは》らされるのだ。

大上と暴力団との癒着をマスコミが嗅《か》ぎつければ、県警は大きな爆弾を抱えることになる。噂によると大上は、上司の醜聞を暴力団から入手し、気に食わない指示や命令、束縛があると、やんわりとそれをちらつかせるらしい。晶子から仕入れた情報だった。

——じゃけえ、あの人には上も厳しゅうは迫れんのよ。

そう言えば、と高塚が、口元に持っていきかけた盃《さかずき》の手を止めた。

「若のところに新聞記者が、班長の件でインタビューを申し込んできとるいう話、聞かれとってですか」

大上の眉《まゆ》がぴくりと跳ねた。

瀬内は驚いた様子で、高塚に訊ねた。

「こんなァ、耳が早いのう。どこの記者ない」

「安芸新聞の次長じゃいう話です。表彰もんの仕事したんじゃけ、きっとすごい持ち上げ記事が載るんじゃないんかね、と広報課の女の子が言うとったんを、耳に挟んだもんですけ」

安芸新聞の次長——このあいだ志乃で会った高坂だ。日岡の胸に、嫌な予感が広がる。

「そりゃァ、めでたいのう。乾杯じゃ、乾杯」

瀬内がはしゃいだ声を上げたとき、いつものように友竹が遅れてやってきた。

座敷の襖《ふすま》を開けた友竹の顔を見た班員たちは、一斉に口を噤《つぐ》んだ。見るからに友竹が、厳しい顔つきをしていたからだ。眉間に皺を寄せ、苦いものでも呑み込んだように唇を歪めている。自分の部下が事件解決への手柄を立てたのだ。喜びこそすれ、機嫌が悪くなる理由がわからない。その場にいる誰もが、日岡と同じように感じたらしく、不思議そうな顔で友竹を見つめている。

友竹は大股《おおまた》で上座に近づくと、立ち膝で腰を落とし大上の耳元で囁いた。隣に座る日岡にも、ようやく聞き取れるくらいの小声だ。

「若が呼んどられる。明日の朝、一番で署長室に顔を出してくれや」

それだけ言うと、友竹は不機嫌な表情のまま、座敷を後にした。

みな唖然《あぜん》として、友竹が閉めた襖を見つめている。

いい話なら、みなに聞こえるよう言うはずだ。声を潜めたということは、その逆——大上にとってまずい話だ。

座が一気に、白ける。

柴浦が大上の顔色を窺いながら、遠慮がちに訊ねた。

「なんぞ、あったんですか。係長から、なんか言われたんすか」

大上は座卓の上に置いていた煙草に手を伸ばし、なかから一本抜き出した。今度は柴浦に負けないよう、素早く火をつける。

紫煙を吐きながら、大上は宙を見やった。

「今日はご苦労さん、だとよ」

それが嘘だということは、その場の、誰もがわかっていた。労《ねぎら》いの言葉なら、小声で言う必要はない。

言いたくない――いや、言えない話なのだと察したのだろう。課員たちは、それ以上なにも聞かず、無言で猪口《ちょこ》を口に運んだ。

鼻先に、上早稲の死臭がふと、蘇《よみがえ》った。身体に染みついた死臭――洗っても洗っても消えない、死の臭い。

臭いを消し去るように、日岡は目を瞑り、一息で猪口を呷った。

九　章

——日誌。

昭和六十三年七月十五日。

午前二時。五十子会幹部・吉原圭輔《よしわらけいすけ》、赤石通りの路上で被弾。五十子会組員により上尾《かみお》病院に搬送されるも、意識不明の重体。

午前四時。呉原東署、事件認知。

午前四時半。友竹係長より、ただちに上尾病院に向かえとの指示。

午前五時。現場に居合わせた五十子会組員から事情聴取。

午前八時。銃撃を受けて「呉原市暴力団特別捜査本部」捜査会議。

午後四時。裁判所より、尾谷組関連各所の捜索令状下りる。二課、一斉捜索の打ち合わせ会議。

午後六時。自宅謹慎中の大上班長と面談。

[redacted]（三行削除）

（一）

夜が明けきらぬ国道を、日岡は全力で駆けた。

空は白みはじめている。だが街は、夜のしじまに沈んだままだ。国道に行き交う車はなく、家々は寝静まっている。

アスファルトを蹴《け》る日岡の両足は、すでに限界に近づいていた。ふくらはぎの筋肉が攣《つ》り、こむら返りを起こしそうだ。全身には、汗が噴き出していた。息が上がり、喉《のど》に血の味がする。

こんなに全力で走ったのは、交番時代に引ったくりを取り押さえて以来だった。あのときは、せいぜい百メートルの全力疾走ですんだ。

だが今回は、目的地まで一キロの距離がある。アパートを出てから、まだ半分の距離を駆けたに過ぎない。体力に自信はあるが、残り五百メートルをいまのペースで走るのはさすがに無理だ。少し速度を緩め、呼吸を調整する。

目印として教えられていたレストランの角を曲がると、急勾配《こうばい》の坂があった。この道の上に、目指している上尾病院がある。大正初期に開業した個人病院で、いまの院長は四代目と聞いている。

坂の上に覗《のぞ》いている尖《とが》った三角屋根の上に、風見鶏《どり》が見えた。沖から吹く風を受け、尾がゆらゆらと揺れている。風見鶏の後方には山々が連なる。呉原の東端を囲むように聳《そび》える東妙山《とうみょう》だ。夜明け前の中腹は灰色に霞《かす》んでいるが、頂のあたりは仄《ほの》かな朱色に染まっている。

日岡は残った体力を振り絞り、坂を駆け上がった。足は鉛のように重く、胸は張り裂けんばかりに痛んだ。心臓なのか、肺なのか――あるいは両方なのか、臓器が悲鳴をあげている。

駆けながら、苦痛を紛らわすため腕時計に目をやった。午前五時、もうすぐ夜明けだ。

係長の友竹から電話で起こされたのは、四時半近くだった。

布団のなかから手を伸ばし電話を受けた日岡の耳に、友竹の切迫した声が聞こえた。

「五十子の吉原が撃たれた」

目がいっぺんに覚めた。

五十子の吉原とは、五十子会の幹部、吉原圭輔のことだ。東署に一報が入ったのは、三十分ほど前らしい。吉原は現場から近い上尾病院へ、組員の手で運び込まれた。詳しい容態はわからないが、現在、吉原は意識不明の重体で、五十子会関係者が病院に押しかけ、物々しい雰囲気になっているという。

「唐津たちには、すでに伝えてある。お前もただちに、上尾病院へ向かえ」

友竹が電話を切る気配がして、日岡は慌てて引き止めた。

「あの――」

友竹が苦々しい声で答える。

「なんじゃ」

この忙しいときになんだ、と言いたいのだろう。日岡は喉まで出かかった問いを、ぐっと呑《の》み込んだ。

「いえ、ただちに上尾病院へ向かいます」

「急げ。五十子会のやつら頭に血が上っとるけん。これ以上、騒動にならんように抑えろ」

電話を切る間際、友竹の愚痴が聞こえた。

「まったく、こんなときに」

電話が切れ、受話口からプープーという話中音が流れる。

友竹が口にした、こんなとき、にはふたつの意味が込められている。上早稲事件の解決の目《め》途《ど》がつき、加古村を潰《つぶ》せる算段がついた途端、新たな抗争事件の火種が発生したこと。もうひとつは、大上の不在だ。


赤松島で上早稲の遺体が発見され、大上班が慰労会と称し酒盛りをした翌日の七月十二日、二課に衝撃が走った。署長から大上が、自宅待機を命じられたのだ。

署長室から課に戻ってきた大上を取り囲み、なんの話だったのかと訊《たず》ねる班員たちに、大上はひと言だけ、自宅待機じゃ、とつぶやくように言った。

自宅待機――事実上の謹慎だ。

前日、大上の独自捜査ともいえる調べで、上早稲拉致《らち》殺害事件は解決に向かって大きく前進した。一番の功労者を謹慎に処するなどあり得ない。

班員たちはこぞって理由を訊ねた。大上は答えなかった。眉間《みけん》に深い皺《しわ》を寄せただけだ。班員たちは斎宮に目を向けた。課長ならば大上の謹慎理由を知っているはずだ。班員たちが目で問いかける。しかし、斎宮はその目を無視した。言えない事情があるのだろう。眼鏡を鼻先にひっかけて、新聞の朝刊を黙って眺めている。

よほど納得がいかなかったらしく、唐津は斎宮の前に行くと、机に両手をついて身を乗り出した。

「いったいどういうことですか。表彰されるならまだしも、なんでうちの班長がこんな仕打ち、喰《く》らわにゃいかんのですか！」

斎宮は唐津の剣幕など気にも留めない風情で、右手の小指で耳の穴をほじりながら答えた。

「ガミは忙し過ぎじゃ。身体が壊れる前に、ちいと休ませよう、いう上の判断じゃ」

「そんな子供騙《だま》しで、わしらが納得すると思うちょるんですか。班長の謹慎理由をちゃんと説明してください！」

「やめい！」

怒声にも似た大上の声が響いた。部屋のなかが静まり返る。

「ですが、ガミさん――」

振り上げた拳《こぶし》の下ろしどころを失った唐津が、困惑した顔で大上を見る。

大上は自分の席に置いていたパナマ帽を、斜めに被《かぶ》った。

「ガタガタ騒ぐな。わしがおらんあいだ、班の指揮は係長がとる。係長の指示に従え」

話はこれで打ちきりだ、大上のドスの利いた声がそう言っていた。

大上は釘《くぎ》を刺すように、班員の顔を一人ひとり舐《な》め回すように凝視すると、それ以上なにも言わず、大股《おおまた》で部屋を出ていった。

唐津は舌打ちをくれると、やっとられんわ、と悪態を吐《つ》き、乱暴に椅子に座った。

その日の夜、日岡は仕事を終えると、志乃へ向かった。

暖簾《のれん》をくぐり引き戸を開けると、いつもと変わらない晶子の声が出迎えた。

「いらっしゃい」

カウンターのいつもの席に大上がいた。顔を日岡に向けると、軽く手をあげる。

「呼び出して悪かったのう」

言葉は神妙だが、その実、すまなそうな表情はどこにもなかった。謹慎処分を喰らったというのに、落ち込んだ雰囲気は微塵《みじん》もない。まるで、これからいたずらの相談をするガキ大将のような顔つきだった。

七時過ぎ、晶子から二課に電話がかかってきた。受けたのは、課で一番下っ端の日岡だ。

「たぶん秀ちゃんが出るんじゃないか、思うた」

晶子は嬉《うれ》しそうにそう言うと、手早く用件を伝えた。

「ガミさんがねえ、今日、仕事が終わったらひとりで店に来い、言うとるの」

ひとりということは、誰にも知られずに来い、ということだ。日岡はあたりに目を配りながら、わかりました、とだけ答えて電話を切った。

私用の電話だと察したらしく、土井が小指を立てながら、コレからか、と訊ねた。日岡は、ええまあ、と曖昧《あいまい》にはぐらかし、釣り船屋の店主、平出の供述書をまとめる作業を続けた。書類仕事が一段落し、署を出たのは八時過ぎだ。

「遅くなってすみません」

大上の隣に腰を下ろし、日岡は詫《わ》びた。

午後八時半。電話をもらってから一時間半が経っている。

大上が晶子に、日岡に猪口《ちょこ》を出してくれ、と頼む。ビールではなくいきなり日本酒——前菜を楽しんでいる時間はない。いきなり主菜を出してくれ、という意味か。

晶子がカウンター越しに、日岡の前に猪口を置く。大上はカウンターに置いていた徳利を手にして日岡の猪口を酒で満たすと、自分の猪口にも酒を注《つ》ぎ足した。

「お前、今日のわしの処分をどう思う」

やはり大上は、前置きなしに本題に入った。

どう思うと訊《き》かれても、謹慎を言い渡された理由がわからないのでは答えようがない。

大上は煙草の煙を大きく吐き出しつぶやいた。

「謹慎の理由は、例の五百万じゃ」

日岡はぎょっとして大上を見た。

例の五百万とは、元尾谷組の野津が、一之瀬に陣中見舞いに渡そうとしたものだ。いくら叔父貴分《おじきぶん》とはいえ、引退した堅気の野津から金は受け取れないと意地を通す一之瀬と、受けた恩義に報いるため引くに引けない野津の間で宙ぶらりんになり、大上が預かった金だ。その五百万で、大上は加古村組の吉田を懐柔し、上早稲拉致事件の顚末《てんまつ》を吐かせた。もしかして一連の経緯が、警察上層部の耳に入ったということか。

日岡の心中を悟って、大上が肯《うなず》く。

「五百万の件を、高坂にちくったやつがおる」

署長の耳に入れたのは、安芸新聞社の高坂だ。署長の毛利にインタビューを申し込んでいたのは、大上の疑惑をぶつけるためだったのか。

――若が呼んどられる。明日の朝、一番で署長室に顔を出してくれや。

友竹の囁《ささや》きが脳裏に蘇《よみがえ》る。

「誰かが高坂のけつ掻《か》いとるんじゃ。五百万の件だけじゃのうて、チャンギンとこの賭場《とば》のあがりやらなんやら、他にも仰山、言うとったらしいが、毛利も証拠がないけん、とりあえず自宅待機を命じるしかなかった。じゃが、このままほっといたら監察が動き出す」

監察――

日岡は息を呑んだ。手にしていた猪口の酒を、一口で飲み干す。勢い余って気管に入りむせた。晶子が慌てておしぼりを差し出す。

少なくとも五百万の件を知っているのは、ここにいる三人を除いたら、金を受け取った吉田と、現場にいた尾谷組関係者だけだ。

大上本人はもちろん、金を手に入れた吉田が密告するはずはない。大上と昵懇《じっこん》の晶子にしてもそうだ。残るは尾谷組関係者だが、身内同然の大上にとって不利な情報を、新聞記者に流すとは思えない。

では、いったい誰が――

「日岡」

名前を呼ばれて我に返る。返事をする日岡に、大上は前を向いたまま命じた。

「この状況じゃァ、さすがにわしも動けん。お前が探りを入れてみい」

探れと言われても、どこから調べればいいのか見当がつかない。

唾《つば》を飲み込む日岡を見て、大上は高坂を当たるよう指示を出した。

「どの口から漏れたか。それを知っとるんはやつじゃ。そこから攻めるんが道理じゃろう」

一週間近く前の夜、このカウンターで大上の隣に座っていた高坂を思い出す。大上と真っ向から対峙《たいじ》できる男だ。誰がタレ込んだのか直当《じか》たりしたところで、素直に答えるとは思えない。しかし、ほかに情報の出処を探る方法が見つからないいま、大上の指示に従うしかない。

日岡は、わかりました、と答えて大上から注がれた酒を口にした。

わかりました、と返事をしたはいいが、調べはまったく進まなかった。秘密裏に探らなければいけないため、勤務時間内は動けない。となると、高坂を当たれるのは、仕事が終わったあとしかない。しかし、高坂は捕まらなかった。広島市内の自宅に帰っている様子はなく、高坂が呉原で活動拠点にしている、安芸新聞支局の社宅にも行ってみたが、別にねぐらを持っているのか、部屋にあかりが灯《とも》ることはなかった。

大上になにひとつ報告ができないまま、三日が経った。そして、今回の発砲事件だ。

吉原が銃で撃たれたと友竹から聞いたとき、真っ先に浮かんだのは大上のことだった。吉原が撃たれた事実は、一之瀬もしくは組関係者から、すでに大上の耳に入っているかもしれない。もしそうだとすれば、大上はさぞや、もどかしい思いをしていることだろう。

なにより、五十子会の幹部が銃撃されたことを、大上はどう感じているのか。大上の妻子の交通事故に、五十子会が絡んでいるらしき噂を、日岡は晶子から聞いている。仇敵《きゅうてき》の災厄に高笑いをしているのか。それとも、私情を挟まず、どうしたら抗争事件を未然に防げるか思案しているのか。

友竹からの電話を切った日岡は、頭を切り替えた。考えていても仕方がない。いまはまず上尾病院へ向かうことが先決だ。様子を見て、大上に連絡をとればいい。

身支度を整えながら、頭のなかで上尾病院の位置を思い出す。日岡のアパートは、東署と上尾病院の中間地点にある。いまから署に出向いて車を調達するより、足を使った方が早い。

ドアに施錠すると、日岡は上尾病院へ向かって駆け出した。

（二）

一キロの道を走り続けたあと、急勾配の坂を一気に駆け上がるのは拷問に等しかった。倒れそうになる直前に、坂を上り切れた。肩で息をしながら、目の前にある建物を見上げる。

五階建ての建物は洋館風で、正面玄関や階段の踊り場の窓に施されたステンドグラスは、どことなく修道院を思わせた。

正門の前には、すでに数台の警察車両が停まっている。黒塗りの高級外車も見える。おそらく、幹部や組長クラスの乗用車だろう。脇道には、四、五台の乗用車と、その周りに屯《たむろ》する十数名の男たちの姿があった。五十子会の組員たちだ。

古めかしい車寄せの両側に、交番から駆けつけた制服警官ふたりが立ち番を務めている。日岡は彼らに向かって警察手帳をかざした。

ふたりは姿勢を正すと、建物の西側に夜間緊急用の裏口があると日岡に伝えた。

建物を回り込み裏口へ急ぐ、古びたドアの前に制服姿の警察官が立っていた。再度、警察手帳をかざし、まだ整わない息の合間に言葉を発した。

「お疲れ、様です。被害者は、何階ですか」

「五階の手術室です」

敬礼を返しながら制服警官が言う。

日岡は建物に入ると、すぐ横にあるエレベーターで五階にあがった。

五階に着くと、薄暗い廊下の突き当たりに手術室があった。手術中の赤いランプは灯っていない。すでに手術は終わったということか。吉原は生きて手術室を出たのか、それとも――

手術室の手前にあるナースセンターでは、すでに現着していた土井班の捜査員たちが、病院関係者から事情を聴いていた。

廊下の隅には、友竹の姿があった。難しい顔で腕を組み、壁に背を預けている。

日岡に気づいた友竹は、組んでいた腕を解き、足早に近づいてきた。

「早かったのう。大上班の者はまだ誰も来とらん」

「吉原の、容態は……」

日岡は荒い息で訊ねた。

友竹は肩越しに手術室を振り返ると、重い溜《た》め息をついた。

「いましがた手術が終わってのう。腹から背中にかけて、弾が抜けとるげな。命は助かりそうじゃが、出血が酷《ひど》いけ、予断は許さんと医者は言うとる」

「やったんは、どこの者かわかりましたか」

友竹は手術室の向かいにあるドアに目を向けた。ドアの上に、付添人控室というプレートが張られている。

「いま土井と栗田《くりた》がなかで、現場におった五十子会の組員から事情を聴いとる」

栗田は土井班に所属している最古参の刑事だ。

友竹は忌々しげに顔を歪《ゆが》めた。

「まだはっきりとは分からんが、撃ったんは尾谷組の者らしい。なんでも、路上で口論になって、突発的に弾《はじ》いたようじゃ」

日岡の背中に、過度の運動からくるものではない、嫌な汗がどっと噴き出した。

もし本当に、尾谷組組員が撃ったのだとしたら、やっと抑える目途が立った加古村組と尾谷組の抗争に、新たな火種が加わってしまう。恐れていた五十子会の全面参戦が、現実のものとなる可能性が高い。そうなれば、血で血を洗う殺し合いになる。

現状を大上に伝えなければ——

日岡が病院内にある公衆電話を探そうとしたとき、付添人控室の扉が開き、栗田が出てきた。

急いで栗田に駆け寄る。

友竹は栗田の前に立つと、意気込んで訊ねた。

「どうじゃった。犯人は割れたか」

栗田は肯いて友竹に顔を向けた。

「昔のヤクザァ、喧嘩《けんか》相手の名前は死んでも謳《うた》わんもんじゃったが、きょう日のヤクザはまァ、ぺらぺらぺらぺら喋《しゃべ》りおります」

「誰ですか」

気が急《せ》き、つい友竹を差し置いて訊ねる。

栗田は日岡を見た。

「やったんは、尾谷組の永川恭二《ながかわきょうじ》じゃ」

永川——尾谷組の事務所で何度か会った、坊主頭の若者だ。

栗田の話によると、事件のきっかけは、肩が触れた触れないの、ほんの些細《ささい》なことだった。

深夜二時ごろ、五十子会の吉原と舎弟の長瀬《ながせ》、尾谷組幹部の立入豪太《たちいりごうた》と永川が、路上で口論となり、酔った勢いで喧嘩になった。その最中の出来事らしい。

「で、立入と永川はいまどこにおるんじゃ」

栗田は苦い顔をして五分刈りの頭を掻いた。

「ふたりは吉原が銃弾に倒れたあと、現場から逃走しちょうります」

友竹は舌打ちをくれた。

「三時間半も前じゃァ、緊急配備かけても間に合わんのう。とりあえず、すぐ住居《ヤサ》を当たらせる」

栗田は立てた親指で付添人控室を指しながら、友竹に言った。

「わしァ、これから中におる長瀬を連れて署に戻りますけん。詳しい情報は調書を取ったあとで報告します」

友竹は強い目で栗田を見た。

「御苦労じゃが頼むわい」

栗田が付添人控室から長瀬を連れて出てきたとき、唐津と瀬内が遅れてやってきた。

友竹が勢い込んで言う。

「おお、ちょうどええときに来た。吉原を撃ったんは尾谷組の永川恭二じゃ。幹部の立入豪太も嚙《か》んじょる。すぐ、住居《ヤサ》を当たるよう、機捜と連絡を取ってくれ」

「尾谷組が、ですか――」

驚いた声で、唐津が唸《うな》るように言った。

「突発的な喧嘩らしい」

友竹が補足する。

「わかりました」

上擦った声で瀬内が答え、降りたばかりのエレベーターのボタンを押す。

長瀬と栗田も同乗し、四人がエレベーターに姿を消すと同時に、付添人控室のドアが開いて、友竹を呼ぶ声がした。土井だった。

「係長。五十子が係長と話をしたい、言うとるんですが」

「五十子が？」

友竹が怪訝《けげん》な顔をする。友竹は少しのあいだ、なにか考え込むように宙を見やっていたが、機敏な動きで日岡に顔を向けた。

「日岡。お前もこい」

日岡は戸惑った。

普段、管理職が暴力団の幹部クラスとの話し合いの場に、日岡のような新米を同席させることはない。室内にはベテランの土井がいるのだ。自分が同行する理由がない。土井も訝《いぶか》しげな顔をしている。

日岡の返事を待たず、友竹は部屋に入っていく。友竹の真意が測れないまま、日岡は友竹のあとを追った。

部屋は病室に喩《たと》えるならばふたり部屋ほどの広さで、背もたれを倒せば簡易ベッドになる長椅子が、テーブルを挟んでふたつ置かれていた。

入って右側の椅子に、男がふたり座っている。大きく前へせり出した腹を強調するように椅子へふんぞり返り、鼻の下に生やした口髭《くちひげ》を手で撫《な》でているのが、五十子会会長の五十子正平だ。六十代半ばのはずだが、染めているのか、あるいは鬘《かつら》なのか、髪は黒々としている。が、顔に浮き出た染みと刻まれた皺は隠せず、年相応に見える。

戦後の混乱期、呉原に根を張る博徒・井伊塚茂《いいづかしげる》の盃《さかずき》を貰《もら》い、暴力世界に身を投じた五十子は、権謀術数に長《た》け、めきめきと頭角を現して一家を成した。武闘派として鳴らし、尾谷憲次率いる尾谷組と、二度にわたる抗争事件を引き起こしている。その豊富な資金にものを言わせ、広島仁正会の副会長に納まるなど、呉原市最大の暴力団として君臨している大組長だ。

隣に座っているのは、若頭の浅沼真治だ。五十代前半だが、頭髪を剃《そ》りあげた額には、割れたような縦皺が何本も刻まれている。眉毛《まゆげ》を剃り落とした顔は、凶悪そのものに見えた。加古村とは、五分の盃を交わした兄弟分だ。

長椅子の後ろには、五十子と浅沼を守るようにふたりの若者が立っていた。友竹と日岡を威嚇するように睨《にら》みつける。会長のボディガードだろう。

五十子と浅沼の向かいに腰を下ろすと、友竹は感情のない声で言った。

「今回はえらい災難じゃったのう」

心のこもらない社交辞令を、五十子は鼻で笑った。

「友竹係長。じゃったはないじゃろ、じゃったは。災難はのう、まだ続いとるんで。吉原はいま三途《さんず》の川を渡るか渡らんかの瀬戸際じゃ。犯人もまだ捕まっとりゃァせん。すべてはこれからよ、のう」

五十子の言うことはもっともだと思ったのだろう。友竹はばつが悪そうに咳《せき》払いをした。

浅沼が首を小さく回しながら、怒気を含んだ声で凄《すご》んだ。

「うちの若い者がやられたんじゃけん。おお、警察はどう恰好《かっこう》つけてくれるんなら」

友竹は浅沼と張り合うように、力を込めた声で言い返した。

「あんたらに四の五の言われんでも、犯人はきっちり挙げちゃる。あんたらは若い者が先走らんよう、しっかり抑えとったらええんじゃ」

「きっちり挙げちゃる――?」

五十子は意味ありげに友竹の言葉を繰り返すと、背もたれから身を起こし、友竹を斜《はす》に見た。

「信用できんのう」

「なんじゃと」

部屋の空気が張りつめる。

「東署は尾谷のけつ持ちしちょる、いう噂があるが、ほんまのとこはどうなんの」

五十子は小馬鹿にするように、友竹へ鼻面を向けた。

友竹は五十子の問い掛けを、一笑に付した。

「馬鹿なこと言いなや。あるわけなかろうが、そがなこと」

浅沼が追い打ちをかける。

「東署は尾谷にゃァ、甘いけん。一之瀬みとうな外道に甘い顔しよったら、あとで泣きを見るんど、泣きを」

黙って聞いていた土井が、浅沼を一喝した。

「浅沼、口が過ぎるど！」

土井は県警本部時代、仁正会を担当し、五十子会との繋《つな》がりは深い。浅沼とも長い付き合いだ。

浅沼は口を窄《すぼ》めると、何も言わず、首を大きく回してそっぽを向いた。

遣《や》り取りを聞きながら、日岡は俯《うつむ》いて唇を嚙んだ。今回の事件が、五十子と尾谷とのぶつかり合いに留《とど》まらず、大上と一之瀬の関係にまで飛び火してくるとは思わなかった。犯人を逮捕し相応の処分が下ったとしても、五十子は大上と一之瀬の関係を持ち出し、警察は特定の暴力団組織にだけ温情をかける、と難癖をつけないとも限らない。大上と一之瀬だけの問題ではなく、警察組織全体の信用に関わってくる可能性がある。

誰も口を開かない。

沈黙を捉《とら》えて、五十子が芝居がかった口調で言った。

「そういやァ、大上班長の顔が見えんのう。いつもは真っ先に駆けつける男がおらんっちゅうんは、どうしたんない」

友竹が言葉に詰まった。

浅沼が目の端で五十子を見る。

「そう言ゃァ、そうですのう。まあ、普段は殺しても死なんような刑事さんじゃが、腹でも壊したんですかのう」

浅沼の声には、明らかにこの場を面白がっている響きが含まれていた。

ふたりは大上の謹慎処分を知っているのだ。

——もしかして、例の五百万円の件を高坂に流したのは五十子だろうか。どこからか情報を入手し、尾谷の後ろ盾になっている大上を失脚させようとしているのか。

友竹は悔しそうに唇を真一文字に結ぶと、長椅子から勢いよく立ち上がった。

「とにかく、さっきわしが言うたとおり、報復などという馬鹿なことは考えるな。警察に任せちょれ」

友竹は五十子の返事を聞かず、ドアに向かう。あとを追う土井に続き、日岡も部屋を出た。


上尾病院を出たら、大上に公衆電話から連絡を取ろう。現時点における状況を伝え、どう動くべきか指示を仰ごう。そう考えていた日岡だったが、大上に連絡を入れることはかなわなかった。

友竹とともに、上尾病院から署まで交番勤務のミニパトに送り届けてもらったあと、すぐに課の捜査会議が開かれた。

課長の斎宮は冒頭、抗争勃発《ぼっぱつ》を防ぐには加害者である尾谷組組員の身柄確保は絶対条件だ、と宣言した。

「一刻も早くふたりを逮捕し、五十子会報復の機先を制する。もし、立入と永川の命が取られるようなことがあったら、警察の面目は丸潰れじゃ。小便しとる暇もないぞ。すぐ事に当たってくれ」

機捜からの報告では、立入と永川は住居に帰っていない、とのことだった。尾谷組の幹部も、軒並み姿を消しているようだ。

友竹から振り分けられた日岡の役割は、瀬内と組んで、現場の地取りをすることだった。

瀬内とともに、赤石通りの現場周辺の聞き込みを行っているあいだ、二回ほど大上に電話をかける機会があった。一度目は瀬内が手洗いに行ったとき。二度目は、自分が手洗いに行ったときだ。隙を見て大上のアパートへ電話をかけたが留守なのか出ない。

事件発生が、人が寝静まる深夜という時間帯だったことと、現場が人通りの少ない裏路地だったことから、有力な目撃情報はなかなか出てこなかった。

夕方の四時を回ったころ、捜査の現状を友竹に伝えるため、覆面の警察車両に戻った。連絡を入れるため無線の通話機を手にしたと同時に、署の方から無線が入った。友竹だった。今しがた、裁判所へ申請していた尾谷組関連各所への捜索令状が下りた。これから、一斉捜索に入るから、一度署へ戻れとのことだった。

「ということじゃ。いまから署に戻れ」

助手席で瀬内が、運転席にいる日岡に命じる。

ハンドルを握る日岡は、眉間に皺を寄せて唇を真一文字に結んだ。一斉捜索をかけても、銃撃犯の永川と共犯容疑の立入の潜伏先がすぐに割れるとは思えない。尾谷組の一之瀬や幹部の備前らも、行方をくらましていた。事務所には、バッジをもらってまだ浅い若造しかいないはずだ。そんな下っ端が、若頭や幹部連の居所を知っているはずもなく、一斉捜索をかけてもすぐに事は動かないことは目に見えている。

抗争の導火線には、すでに火がついている。時間が過ぎれば過ぎるほど、導火線は短くなっていく。爆発するのは時間の問題だ。

抗争の火蓋《ひぶた》が切られたら、多くの死傷者が出る。怪我人が出た五十子会はもちろん、これまでの経緯から両組の組員たちは頭に血が上っている。筋も道理もない。市民が巻き添えになる可能性もある。

このまま車を大上のアパートへ回したくなる衝動を抑え、日岡はアクセルを踏んだ。

署に戻ると、課の捜査員たちもほとんど顔をそろえていた。

ただちに会議が開かれ、一斉捜索の役割分担の確認が行われる。ほかに地取りや鑑取りを行った捜査員たちからも、現時点では尾谷組幹部らや、立入と永川の逃走に関する有力な情報は出て来なかった。斎宮はどんな些細な情報も見逃すな、裏路地の野良猫にも聞き込みをするくらいの気構えで捜査に当たれ、と発破をかけた。

一斉捜索は明朝、午前八時よりと決まった。

会議が終わり廊下に出ると、自分の後ろに友竹がすっと寄ってきた。小声で、廊下の突き当たりにこい、と言う。そこは備品が入った段ボールが置かれている奥まったスペースで、あたりからは死角になっていた。

周囲に人影がなくなったときを見計らって、日岡は友竹のもとへ向かった。

友竹は物置の壁へ背を預ける形で、腕を組んでいた。日岡が隣に立つと、ぼそりとつぶやく。

「わしがこれから話すことは独り言じゃ」

捜査二課暴力団係係長という立場ではなく、私人としての発言ということか。

日岡は友竹にわずかに身を寄せると、耳を向けた。

「このままほっといたら、呉原は大事になる。上早稲の件で加古村が実質的な解散に追い込まれそうになっとる現状を、加古村の後ろにおる五十子は、歯ぎしりする思いで見とったじゃろう。尖兵部隊《せんぺい》の加古村が潰れれば、呉原を手に入れることは難しくなる。そこに今回の銃撃事件じゃ。五十子のやつ、子分の安否をさも心配そうにしとったが、腹んなかじゃァ、尾谷と戦争をはじめる大義名分ができたと、ほくそ笑んどったじゃろう」

付添人控室に座る五十子の顔は、たしかに親が子の命を案ずるような深刻なものではなかった。

友竹は声を潜めながら独り言を続ける。

「尾谷と加古村の戦争に五十子が参戦したら、尾谷組と近い関係にある神戸の明石組も、黙っとらんじゃろ。そうなりゃァ、広島の仁正会も出張ってくる。五十子は仁正会の副会長じゃ。仁正会が出るとなりゃあ、友誼《ゆうぎ》団体の関西十二日会《じゅうににち》も、義理にかけて動かんわけにゃァいかんじゃろう。広島代理戦争の蒸し返しじゃ」

日岡の頭に、路上で銃撃音が鳴り響く呉原の街が浮かぶ。事務所をはじめとする各暴力団の関連施設や、系列の店が襲撃され、組員だけではなく、なんの罪もない市民の血が流れる。

友竹は足元に落としていた視線をあげると、声に力を込めた。

「それだきゃァ、なんとしてでも避けにゃァいけん。尾谷憲次と広島仁正会の筋に話を持っていって、手打ちにするしかない。じゃが、その役割は誰もができるもんじゃない。名のある親分でも難しかろう。早急にそれができるんは――」

友竹はそこで言葉を区切ると、鋭い目で日岡を見た。

「大上だけじゃ」

やはり――日岡は大きく息を吸った。

尾谷と腹を割って話ができ、かつ仁正会に、瀧井という強力な援軍を持つ大上なら、可能性はある。

友竹はしばらくなにかを訴えるように日岡の目を見据えていたが、視線を下に戻すと、もとの低い声でぼそりと言った。

「時間がないんじゃ、時間が。ここに大上がおってくれたらのう」

言いたいことはわかった。肯く。

「病院のなかで五十子が言うとったこと、あれも情報のひとつよ、のう」

友竹が五十子との話し合いの場に自分を同席させたのは、大上に今の状況を伝えるためだったのか。最初から友竹は、謹慎中の大上を使う腹だったのだ。

日岡は姿勢を正すと、一礼して踵《きびす》を返した。

署を出ると、覆面の警察車両に乗り込みエンジンをかけた。アクセルを踏み、車を発進させる。大上のアパートへ車を走らせる日岡の耳に、頼んだぞ、という友竹の声が聞こえたような気がした。

（三）

空き地に車を停めて外に出ると、日岡は目の前にある建物を見上げた。大上が住む二階建ての古いアパートだ。

大上の部屋は、二階の突き当たりだった。赤錆《さび》が浮いている階段を駆け上がり、通路のどん詰まりにある部屋の前に立つ。

急く気持ちを抑え、乱れた息を整えながら、色褪《あ》せたスチール製のドアを叩《たた》く。

「大上さん」

返事はない。一度目より強くドアを叩く。

「大上さん、日岡です。いたら開けてください」

少しの間のあと、なかから大上の声がした。

「鍵《かぎ》はかかっちょらん。入れ」

寝起きなのか、だるそうな声だ。

日岡は、失礼します、と言いながらドアを開けた。

なかに入ったとたん、強いアルコールの臭いがした。思わず顔を顰《しか》める。

狭い玄関の先に台所があり、奥に六畳間があった。そこに大上がいた。窓から差し込む西日を受けながら、立ち膝《ひざ》の姿勢で壁にもたれている。手に、ウイスキーと思《おぼ》しき琥珀《こはく》色の液体が入ったコップを持っていた。

日岡は靴を脱いで、部屋にあがった。台所の床や部屋の畳の上に、空になった酒瓶やつまみの空き袋、汚れた服が散乱している。それらを踏まないように避けながら、日岡は大上の傍《そば》へ行くと、膝をついた。

万年床のそばに、脚が折り畳み式の小さなテーブルがある。大上はその上にあったウイスキーの角瓶を手にすると、日岡に向かって差し出した。

「駆けつけ三杯じゃ。そのへんにコップがあるじゃろう」

日岡は大上の酒を、丁重に断った。まだ勤務時間だ。それに、車で来ている。

さすがに飲酒運転はまずいと思ったのだろう。大上は酒ではなくつまみのスルメを勧めると、自分が使っていたコップにウイスキーを注ぎ足した。

大上は、味わうというより、ただ喉へ流し込むように酒を飲んだ。

日岡は身を乗り出した。

「大上さんは、五十子会の吉原が撃たれた件をご存じですか」

大上はなにも答えない。驚かないということは、すでに知っているということだ。

日岡は事件の現状を伝えた。

「呉原は一触即発の状態です。このままでは、抗争事件が勃発します。係長は、尾谷憲次と仁正会に話を持っていって、手打ちにできないか、と言っています。それができるのは、大上さんしかいないと――」

膝を擦り、大上に詰め寄った。

「なんとかしてください。大上さん」

斜めに差し込む西日が、ウイスキーが入ったコップに反射する。

日岡の話を黙って聞いていた大上が、ゆっくりと口を開いた。

「一之瀬から電話があってよ。もう収まりがつかん、言うとる」

息を呑んだ。

「全面戦争になる、いうことですか」

「ほっといたら、のう。そうなるじゃろ」

他人事《ひとごと》のように突き放した言い方だ。日岡は動揺した。もう大上は、抗争を止めることを諦《あきら》めているのだろうか。言い換えるなら、大上でも止めることはできないということか。

「そんな――」

大上は手にしているコップを、ゆっくりと揺らした。

「肩が触れたじゃなんじゃ言うとるらしいが、ほんまはのう、吉原の挑発がきっかけじゃ。道端で鉢合わせしたとき、酔うとる立入に吉原が言うたげな。親分は鳥取で臭い飯ィ食うとるいうのに、子分は飲み歩きか、ええ身分じゃのう、言うてのう。それで喧嘩になったんじゃが、揉《も》みおうとるうちに、吉原の子分の長瀬が、永川の胸に付いとったバッジを剝《は》ぎとってよ。こがあな糞《くそ》バッジ、言うて投げ捨てたらしい。それで頭に血が上って、ズドン――よ」

そんな経緯があったのか。

前に大上が、尾谷組は少数精鋭だ、と言っていたことを思い出す。尾谷組はなによりも、組の面子《メンツ》を重んじる。代紋に唾を吐かれた永川の怒りがどれほどのものか、想像はつく。

「どがな理由があれ、自分とこの組員を撃たれた五十子も怒りが収まらんじゃろうが、尾谷も尾谷でコケにされとるけ。戦争、上等じゃろう」

日岡は自分の膝がしらを強く摑《つか》み、手元に落としていた視線を大上に向けた。

「なんとか、ならんのですか」

大上は部屋の一点を見つめたままなにも言わない。無言でコップを揺らしている。

もう収まりがつかない、と一之瀬から言われている以上、大上にも打つ手はないのだろう。日岡に泣きつかれても困るだけだ。

わかってはいるが、日岡も引けなかった。友竹の言うとおり、この抗争を止めることができるのは、大上しかいない。大上に縋《すが》るしかないのだ。

「五十子は大上さんの謹慎を知ってるみたいでした。もしかしたら、高坂に入れ知恵したのは、五十子かもしれません」

大上の片眉がぴくりと動いた。が、言葉は発せず、無言を通す。

大上と向き合ったまま、時間が過ぎていく。

西日がだいぶ傾き、畳に落ちるふたりの影が延びたころ、大上がコップをテーブルの上に置いた。

「五十子と会《お》うてくる」

日岡は驚いて、伏せていた顔をあげた。耳を疑う。五十子に会いに行くと聞こえたが、一之瀬に会いに行くの聞き間違いではないのか。啞然《あぜん》としながら訊ねる。

「五十子にですか」

大上は無表情のままひと言、そうじゃ、と答えた。

日岡は動揺した。

五十子は大上の妻子の命を奪った敵かもしれない。五十子会にとってもまた、大上は仇敵ではないのか。両者が顔を合わせて、無事に済むとは思えない。

表情から、日岡の不安を察したのだろう。大上はわずかに口角をあげた。

「安心せい。お前はわしを五十子の事務所まで送るだけでええ。あとはわしがひとりで行く」

いつもと変わらない、大上の不敵な笑みだった。日岡は激しく首を左右に振った。

「いえ、自分はどこまでも大上さんについていきます。それが、俺の役目です」

日岡が口にした役目という言葉に、大上は忘れていたなにかを思い出したような顔をした。

ズボンのポケットに手を入れ、なかから何かを取り出し、日岡に放った。

「それ、預かっといてくれ」

狼の絵柄が彫られたジッポーのライターだった。上早稲拉致事件の捜査のために訪れていた多島港から、瀧井の事務所へ向かう途中に立ち寄った煙草屋で大上が買ったものだ。

受け取った日岡の背に、震えが走った。胸騒ぎがする。

日岡は首を振った。

「いや、これはご自分で持っていてください」

ジッポーを差し出す。

が、大上は受け取ろうとしない。

「それを使うんは、こんなの役目じゃ。こんなが持っとれ」

大上は大儀そうに立ち上がると、玄関に向かった。壁のフックに掛けてあるパナマ帽を阿弥陀《あみだ》に被る。靴を履くと、両手をズボンのポケットに突っ込み、六畳間に座り込んだままの日岡を振り返った。

「なにぼさっとしとるんじゃ。さっさとこんかい」

逆光で大上の顔がよく見えない。パナマ帽の白さだけが、やけに目につく。

なぜだか、胸が熱くなった。

奥歯を嚙みしめ、畳から立ち上がる。ポケットのなかで握り締めたジッポーのライターは、汗でじっとりと湿っていた。

十　章

——日誌。

昭和六十三年七月十八日。

午前十一時半。上早稲二郎殺害事件で全国指名手配中の被疑者、加古村組組員・苗代広行の身柄を四国高松市内にて確保。移送のため、大上班の唐津巡査長ほか捜査員一名が高松署に急行。

午後四時。尾谷組組員、永川恭二、吉原圭輔銃撃事件の被疑者として、呉原東署へ出頭。

午後四時二十分より、栗田巡査長とともに、永川の事情聴取。午後七時終了。

午後七時半。「小料理や　志乃」。

[redacted]（三行削除）

（一）

日岡は東署の出入り口に立ち、敷地の前を通る国道を見やっていた。行き交う車に、目を光らせる。

目当ては、徐行して東署の門を入ってくるタクシーだ。汗で粘つく腕時計を見る。午後三時五十五分。約束の時間は四時だ。さっき時計を覗《のぞ》いてから、まだ五分しか経っていない。

顔は動かさず、目だけ横に向ける。隣には栗田がいた。出入り口の階段に座り、無言で前方を見つめている。顔は道路に向いているが、日岡のように、車を目で追っているわけではない。ゴマ塩頭からこめかみに伝う汗を拭《ぬぐ》うこともせず、何事か考えるように、じっと遠くを見ている。

東署の出入り口は、車寄せの庇《ひさし》があるため日陰になっている。が、日差しが長く影を落とすこの時間でも、陽の当たる場所は三十度を優に超えていそうだ。真夏の陽光はぎらぎらと、アスファルトに照り返していた。陽炎《かげろう》が立ち、道路の反対車線が揺れて見える。

日岡と栗田は、もう三十分も前から、一台のタクシーを待っていた。五十子会幹部吉原圭輔を撃った尾谷組組員、永川恭二が乗っているはずだった。

再び時計に目をやる。三時五十七分。

日岡は堪《たま》らず、栗田に訊《たず》ねた。

「本当に、永川は出頭してくるでしょうか」

不安を口にしたとき、目の前を大型トラックが通過した。山から切り崩した石材を、荷台に山積みにしている。轟音《ごうおん》と振動が、腹に響く。

日岡の声が聞こえなかったのか、聞こえないふりをしているのか、栗田はなにも答えなかった。置物のように、ただ前を見据えている。

時計の秒針は、刻々と時を刻む。

三時五十八分。

永川は本当にやってくるのだろうか。もしや、急に事情が変わり、出頭を取りやめたのではないか。

いくら考えても、自分にはなにもできない。待つしかない。

宙を見上げて奥歯を噛《か》んだとき、一台のタクシーが徐行しながら敷地内に入ってきた。

日岡は、階段を駆け下りた。栗田もあとに続く。

タクシーが玄関の前につき、後部座席のドアが開いた。

坊主頭の若い男が降りてきた。この暑いのに、足首まであるチノパンと、長袖《そで》のシャツを身に着けている。おそらく、刺青《いれずみ》を入れているのだろう。身体の前で手を組み、不安気な顔で、日岡と栗田を交互に見ている。

日岡は、いま一度、男の顔を見た。

間違いない。永川だ。永川とは何度か、尾谷組の事務所で会っている。

タクシーが去ると、栗田が本人確認を行った。

「永川恭二だな」

「はい。よろしゅう、お願いします」

永川は深呼吸をひとつすると、中腰で両膝《ひざ》に手を置き、深々と頭を下げた。


今朝、日岡が出勤すると、すでに友竹が自分の席に着いていた。不機嫌そうな顔で、椅子の背にもたれている。部屋に立ち込める重い空気を少しでも軽くするため、日岡は努めて明るく朝の挨拶《あいさつ》をした。逆にその声が癇《かん》に障ったらしく、友竹は椅子の上で目を細く尖《とが》らせ、日岡を睨《にら》んだ。

「えらい機嫌がええのう。なんぞええことでもあったんか。羨《うらや》ましいのう、若い者は気楽で」

友竹の嫌みに内心むっとしたが、曖昧《あいまい》に笑顔を作り、黙って席に着く。

吉原が撃たれてから、三日が経っていた。

友竹の機嫌は、日を追うごとに悪くなっていく。二日前の土曜日に決行された尾谷組関連施設への一斉捜索は、空振りに終わった。予見していたのだろう。事務所にいたのは下っ端の兵隊だけで、押収物はなにひとつ挙がらず、捜査員たちは空手で事務所をあとにするしかなかった。

吉原に銃弾を撃ち込んだ永川の所在も、不明のままだった。事件が起きたとき、現場から一緒に逃亡した立入豪太も同じだ。依然として、行方が摑《つか》めていない。

吉原の身体には二発の弾が撃ち込まれていた。一発は腹から背中に抜けたが、もう一発は体内に留《とど》まったままだ。弾は臓器の微妙な箇所にあり、いつ大動脈を破るかわからない、と医者は言っている。命は助かったが、再手術までしばらくは、絶対安静が続きそうだ。

上尾病院の付添人控室で友竹は、組の幹部を撃たれ憤っている五十子と浅沼に、犯人をきっちり挙げると言い切った。その手前、犯人が割れていながらもいまだ逮捕できずにいる現状を、恥辱と感じているのだろう。

上司の機嫌は部下に浸透する。日岡のあとから出勤してきた捜査員たちも、友竹の顔を見ると目を合わせないようにして、そそくさと席に着いた。

いつもの業務連絡の朝礼を終えたあとも、口を利くものは誰もいない。大上班の柴浦と瀬内は、永川たちの居所を突き止めるため鑑取りに向かった。土井班の捜査員も、半分ほどが外へ出ている。二課には、日岡を含めた暴力団係の班員と、知能犯係の捜査員ほか、幹部を含め十三名が残っていた。

重々しい空気を一変させたのは、昼前にかかってきた一本の電話だった。

日岡は鑑識からあがってきた資料をもとに、上早稲の遺体を運んだ翔進丸の検査報告書をまとめていた。大上の睨んだとおり、船からは苗代ら実行犯の指紋と、わずかながらルミノール反応が出ていた。死体遺棄に使われた船なのは間違いなかった。清書が終わり、お茶を淹《い》れようと給湯室に向かいかけたとき、警電が鳴った。

電話を受けるのは、下っ端の役目だ。急いで席に戻り受話器を取ろうとしたが、電話の前にいた高塚が、俺が受ける、というように日岡を手で制し、先に受話器をあげた。

警電が鳴るのはなにも緊急事態のときとは限らない。いやむしろ、他の府県や所轄からのちょっとした問い合わせの方が、多いくらいだ。

気だるそうに電話の対応をしていた高塚は、目を見開くと、いきなり椅子から立ち上がった。

「本当ですか！」

部屋にいる全員の目が、一斉に高塚へ向けられる。

電話の相手に短く返事をする高塚の顔が、見る見る紅潮してくる。高塚は、ありがとうございます、と電話の前で頭をさげて受話器を置くと、斎宮に顔を向けて叫んだ。

「広島県警捜査四課の津本《つもと》課長からの電話です。たったいま、四国の高松署から県警に連絡が入り、手配中の苗代が、高松市内で身柄を確保されたとのことです！」

「そりゃ本当か！」

驚きに身体が反応したのだろう。友竹も弾《はじ》かれたように椅子から立ち上がる。日岡も詳しい話を聞くため、高塚のもとへ駆け寄った。

今日の午前十時。巡回中の高松署署員が、高松市内のパチンコ屋で指名手配書の写真に似た男を店内で目撃し、無線で署に連絡をした。駆けつけた暴力団係の捜査員が職務質問したところ、男はいきなり逃亡。店から三百メートルほど走ったところで、追いついた捜査員に取り押さえられた。公務執行妨害の現行犯逮捕だった。

男はパトカーに乗り込むときも、両手を振り回して暴れ悪態をついたが、署の取調室に入ると、一転して口を噤《つぐ》んだ。男はしばらく黙秘を続けたが、採取した指紋が苗代のものと一致したことを、取り調べの刑事が告げると、やっと本人であると認めた。

「津本課長いわく、苗代の身柄引き渡しのために、所轄から高松署へ捜査員を急派しろとのことです」

隣で目を輝かせ、高塚の報告を聞いていた唐津が、声を張った。

「わしが行きます。高塚、お前も来い」

友竹の返事を待たず、唐津と高塚が椅子の背にかけていた上着を手に取り、出口へ向かう。

「頼んだぞ」

友竹は慌てて、ふたりの背中に声をかけた。

日岡の横を通り過ぎるとき、残念そうな声で唐津がつぶやいた。

「ガミさんがおったら、今日は祝勝会じゃったんじゃが……」

大上の話をしないことは、班では暗黙の約束事になっていた。

唐津と高塚が部屋を出ていくと、二課の刑事部屋はさらなる歓声に包まれた。知能犯係の捜査員までもが、友竹たち幹部に声をかけ、笑顔を向けている。

苗代逮捕の連絡を受けて、二課の暴力団係が抱えていた事案——上早稲拉致《らち》殺害事件、柳田殺害事件、要町での発砲に端を発した一連の銃撃事件、そして、三日前に起きた吉原銃撃事件のうち、未解決なのは、吉原銃撃事件のみとなった。

東署捜査本部は、吉原が撃たれたあと、一之瀬から事情を聴取する目的で居所を捜した。しかし、一之瀬は行方をくらましていた。事務所にも姿を見せず、自宅にもいなかった。雲隠れしたのは、一之瀬だけではなかった。幹部の備前や矢島も、姿を消していた。

その後の調べで、吉原が撃たれたあと、一之瀬が鳥取へ飛んだことがわかった。鳥取刑務所に服役している、尾谷憲次に面会にいったのだ。もしやと思い友竹が鳥取刑務所に問い合わせると、吉原が撃たれた翌日の面会開始時間ちょうどに、一之瀬が尾谷との面会を申し入れていた。鳥取刑務所の職員の話では、一之瀬は三十分ほど尾谷と話したあと、午前十一時に面会を切り上げ、若い者の運転する車で刑務所を出ていったという。

立ち会った刑務官の話では、体調や出所後の相談といった、日常の会話しかしていなかったそうだ。とはいえ、裏に手を回してひととき、刑務官を遠ざけふたりだけで会話していた可能性もある。ヤクザの面会では、よくある手口だ。

そこまではわかっているのだが、その後の足取りが摑めていなかった。呉原に戻ったあとどこに向かったのか。あるいは、呉原を出てどこかに潜伏しているのか。県警の捜査四課にも照会をかけているが、一之瀬の目撃情報はあがっていなかった。

吉原銃撃事件解決には、時間を要するかもしれない。上早稲の事件が解決に向かったからといって──加古村組壊滅へ向けて道が開かれたとはいえ──呉原を舞台にした暴力団抗争事件の芽がなくなったわけではない。むしろ、吉原の事件で、新たな火種が燃えはじめた。それは、課員の誰もがわかっている。だが、苗代の逮捕により、火種のひとつは、明らかに鎮火の兆しを見せはじめている。加古村組は助っ人《すけと》に払う経費が嵩《かさ》み、徐々に応援の組員を帰しているようだ。

とりあえずの喜びと安堵《あんど》感に、捜査員たちは浸っていた。

日岡に電話が入ったときも、刑事部屋は苗代逮捕の余韻にまだざわめいていた。

大上班のシマの電話が鳴り、受話器をあげた。

「呉原東署捜査二課です」

日岡はまわりの歓声に掻《か》き消されないよう、いつもより少しだけ声を張った。

受話器から、戸惑いがちに訊ねる若い女の声がした。

「あの……日岡さんおってでしょうか」

声に聞き覚えはない。自分です、と日岡が応《こた》えると受話器の向こうから、ほっとしたように吐《は》く息遣いが聞こえた。

「いま、代わりますけえ」

女が受話器を手放す気配がする。

いったい誰と代わるというのか。

一瞬、大上の顔が頭に浮かんだ。受話器を握る手に力がこもる。

「日岡さんですか。わしです」

声を聞いた瞬間、日岡には電話の相手がだれかわかった。

一之瀬だ。一之瀬の声には特徴がある。低いバリトンだが、煙草の吸いすぎでかなりかすれている。それでいて、声はよく通った。

苗代に続き、警察が血眼になって捜している男からの連絡に、日岡は驚き狼狽《ろうばい》した。

「日岡さん。あんたに折り入って、頼みがあるんじゃが――」

いきなり本題を切り出そうとする一之瀬を、日岡は慌てて止めた。送話口を手で押さえ、周囲を見渡す。大上班のシマには自分ひとりしかいない。ほかの課員たちは、苗代逮捕の一報にまだ酔っている。日岡にかかってきた電話のことなど誰も気にしていないようだ。

日岡は課員たちに背を向けると、送話口を手で覆いながら、周囲に声が漏れないよう小声で訊ねた。

「いま、どこにおってですか。警察は、全力であんたを捜しとるんですよ」

日岡の問いに、一之瀬は答えなかった。

「居所は勘弁してつかい。わしゃァいま、表に出るわけにゃァいかん身体ですけ」

電話の背後から、微《かす》かにテレビの音がする。女の部屋か、それともホテルの一室か。おそらく前者だろう。ホテルや連れ込み宿などの宿泊施設には、警察が網を張っている。いくら女連れで目をくらまそうとしても、ホテルに滞在するのは危険すぎる。

一之瀬が表に出てこない真意はどこにあるのか。日岡は探りを入れた。

「相手の目から逃れるためですか」

この場合の相手とは、五十子会のことだ。周囲を気にして名前は出さなかった。

警察だけではなく、自分のところの組員を撃たれた五十子も、一之瀬を躍起になって捜しているだろう。

電話口で、一之瀬が小さく笑った。なにかを楽しんでいるような、それでいてどこか嘲《あざけ》るような、不敵な笑い声だった。

一之瀬は、日岡に言い聞かせるような口調で言葉を続けた。

「極道は喧嘩《けんか》が商売ですけ。喧嘩相手に逃げも隠れもせんですが、警察は別じゃ。いま身柄を捕られたら、しばらく外に出れんかもしれん。ガミさんがおりゃァ別じゃろうが、いまは土井の旦那《だんな》が仕切っとるけェ、逮捕状が出る可能性もある。いま警察に身柄を預けるいうんは、一か八《ばち》かの勝負みとうなもんじゃ」

一之瀬はそこで言葉を切ると、ひとつ息を吐いた。語気を強めて続ける。

「いまわしゃァ、賭《か》けに出るわけにゃァ、いかんのですよ。今度のいざこざが片付くまで、なんとしてでも娑婆《しゃば》に留まっとらにゃァいけん身体ですけ」

尾谷組は、組員の柳田を殺され、幹部である備前が経営するクラブからホステスを引き抜かれている。備前の自宅に銃弾も撃ち込まれた。今回、五十子会の吉原が銃撃されたが、事の発端はすべて加古村組の――その裏にいる五十子会の、嫌がらせによるものだ。親分の留守を預かる若頭の自分が逮捕されたら、なにもかも五十子や加古村の思惑通りになってしまう。せめて、組長の尾谷が出所してくるまでのあと二カ月、身を潜めて組を束ねる算段だろう。

一之瀬の立場と気持ちは理解できる。だが、刑事として、警察が行方を追っている者を、このまま見逃すわけにはいかない。日岡は小声で、出頭するよう説得を試みた。

「苗代が、捕まりました」

電話の向こうで、息を吞《の》む気配がする。

日岡は手短に、苗代の身柄を確保するに至った経緯を説明した。

「いま、うちの捜査員が高松へ向かっています。苗代が逮捕されたことで、加古村組の組員は芋づる式に捕まるでしょう。応援の兵隊も、金銭的な負担が応えておいおい帰しているそうです。大上さんが言っていたとおり、事実上、加古村組は解散です」

日岡は受話器を強く握りしめた。

「もうじき、加古村組との抗争は終結します。どうか、出頭してください」

少しの間を置いて、一之瀬がぽつりと言った。

「加古村が潰《つぶ》れても、五十子がおるでしょ」

日岡の脳裏に、病院の椅子でふんぞり返る五十子の姿が蘇《よみがえ》る。

戦後の混乱期に頭角を現し、金と地位に貪欲《どんよく》で権謀術数に長《た》けたあの男が、このまま引き下がるとは思えない。吉原事件でついたばかりの火種を、いまごろ大切に育てているところだろう。

言葉に詰まる日岡の耳に、いつもの一之瀬の声がした。

「それはそうと、さっき言うた頼みの件じゃが——永川を出頭させますけ、日岡さん、出迎えてやってもらえんですか」

日岡は耳を疑った。吉原を撃った永川の行方は、現在、東署二課における最大の懸案事項だ。拳銃《けんじゆう》を持ったまま逃走する実行犯の身柄確保は、一之瀬の出頭以上に、喫緊の問題だった。

銃撃に至った経緯は、吉原側にも非はある。堅気の者からすれば小さなバッジでも、ヤクザにとっては重みが違う。組の代紋を模《かたど》ったバッジは、自分の命を張ってでも守るべきものだ。己の命そのもの、と言っても過言ではない。その命を、吉原の子分の長瀬が罵声《ばせい》とともに投げ捨てている。永川にとっては、許しがたい暴挙のはずだ。

尾谷組にも言い分がある。抗争事件の最中、組員をひとりといえども、手放すのは惜しいはずだ。いま出頭させることは、ヤクザ社会の道理に適《かな》っているとは思えない。

なぜ、いま永川を出頭させるつもりになったのか。

一之瀬は短く答えた。

「親父の命令です」

「尾谷組長の？」

鳥取刑務所で面会したとき、やはり尾谷に事情を話し、指示を仰いだのだ。

「事情はどうあれ、手を出したんはうちの者じゃ。世間様に向けて、恰好《かっこう》だけはつけんといけん。こっちの世界での後始末は、その後じゃ——そう、親父は言われてです。うちの親父はあいう人ですけ、けじめにはうるさいんですよ」

日岡は昂奮《こうふん》を抑えきれずにいた。前のめりに訊ねる。

「わかりました。で、時間は」

一之瀬は、午後四時、と答えた。タクシーで向かわせると言う。

「あれを、どうかひとつ、よろしゅうお願いします」

「わかりました——」

唾《つば》を飲み込みながら応じた。

電話を切った日岡は、すぐ友竹の席に向かった。課長の斎宮は会議で席を外している。

「係長。一之瀬から電話がありました」

友竹の目が大きく見開かれる。

「なんじゃ言うて」

訝《いぶか》しげに訊《き》く声が、上擦っていた。

「永川を出頭させるそうです」

「そりゃ、ほんまか!」

狐に撮《つま》まれたような顔だ。

「はい。四時に、タクシーで署に向かわせるそうです」

日岡は、電話の一部始終を友竹に報告した。

「間違いないんじゃの」

語気が鋭くなる。

日岡は即座に肯《うなず》いた。

「はい。間違いなく、本人の声でした。真剣な声から考えて、嘘ではないと思われます。それに、一之瀬がわざわざ電話をかけてきて、嘘を言う理由は見当たりません」

友竹の頬が紅潮している。

「ほいで、一之瀬はどこにおるんない」

急《せ》くように訊く。

「それは言いませんでした。まだ本人は出頭するつもりがないようです」

ううむ――と形ばかり唇を歪《ゆが》めると、たちまち口元を緩め、大声で課の全員に告げる。

「みんな。永川が出頭するそうじゃ。いま一之瀬から電話があった」

部屋は一瞬、沈黙に支配された。が、たちまち歓声が湧き上がった。今日、二度目の朗報だ。

捜査員が肩を叩《たた》き合っている。

「すぐ課長に報告せにゃァのう」

我に返ったように友竹はそう言うと、土井班のシマに向かって声を張った。

「栗田」

栗田巡査長が、黙って友竹に目を向けた。

「日岡と一緒に、永川を出迎えい。永川がやってきたら、お前と日岡で事情聴取をやれ」

尾谷組は大上班の担当だ。が、いま刑事部屋にいるのは日岡だけだった。ほかの班員は出払っている。大規模な抗争に発展しかねない重要事件の犯人の事情聴取を、若い日岡ひとりには任せられないと思ったのだろう。

栗田の二課歴は、二十年ほどになる。長いあいだ極道と渡り合ってきた栗田は、ヤクザを落とすことにかけては、大上に引けを取らないほど優れていた。

栗田は五分刈りの頭を前から後ろへ撫《な》でつけると、椅子に座ったまま、はい、と小さく頭を下げた。

（二）

東署へ出頭した永川は、栗田によって、そのまま取調室へ連れていかれた。

取調室に入るのは、はじめてではないのだろう。窓には鉄格子が嵌《は》められ、備品はスチール机と椅子だけの、殺風景で陰鬱《いんうつ》とした部屋を見ても、永川は顔色ひとつ変えなかった。

「じゃあ、はじめるかいのう」

永川を窓側の椅子に座らせると、栗田は向かいの椅子に腰かけた。取調官の椅子には背もたれがあるが、被疑者の椅子は背もたれのないパイプ椅子だ。

日岡は小机と椅子を用意し、ドアを背中に座った。記録するため、ノートを広げる。

栗田は永川の人定質問を終えると、事件に至った経緯を訊ねた。

永川は、国語の教科書を朗読するかのように、吉原を銃で撃つに至った流れを語った。

内容は、大上から聞いたものとほぼ同じだった。

永川の自供が、吉原が銃弾に倒れたところまでたどり着くと、栗田は発砲の動機を確認した。

「組のバッジを投げ捨てられて、かっとなってやった、いうことで、間違いないんじゃの」

「間違いないです」

栗田の目を見て永川が言う。

栗田はしばらく視線を宙に向けていたが、やがて納得したように肯いた。

吉原が撃たれたとき一緒にいた五十子会組員の供述を思い出し、どちらの言い分に理があるか考えていたのだろう。

日岡は自分の腕時計を、ちらりと見た。まもなく五時半だ。

被疑者が黙秘していたり、容疑を否認している場合、調書は取れない。本人が署名捺印《なついん》しないからだ。

が、永川の場合は自ら出頭し、進んで供述している。間もなく調書を巻けるだろう。

これでまたひとつ、片がつく。そっと安堵の息を吐いたとき、栗田がいままで聞いたことがない柔らかい声音で言った。

「――ところで」

声の変調に、永川も気づいたのだろう。いまからなにを訊かれるのか不安げな表情で、向かいに座る栗田を見た。

「お前、呉原が地元じゃのう」

本籍や現住所は、事情聴取をはじめるまえの人定で確認を取っている。わかりきっていることを今さらなぜ訊くのか。

永川も同じように思ったのだろう。はい、まあ、と歯切れの悪い返答をする。

栗田はもたれていた椅子の背から身を起こすと、組んだ腕を机に置き、永川の顔を上目遣いに覗き込んだ。

「おふくろさん、どうしょうるん？」

思いがけなく出た言葉に、永川の顔色が変わった。驚きと困惑が混在している。母親は今回の事件に関係ない。

「おふくろさんが勤めとった工場、名前なんっちゅうたかのう。ほれ、坂目川の下流にある古い被服工場」

栗田が母親の話題を出した理由はわからないが、訊かれたことには答えなければならないと思ったのだろう。首を傾げながら工場の名前をひねり出そうとしている栗田に、永川がぽつりと答えた。

「――中浦《なかうら》被服工場」

栗田は、腕を解くと自分の膝を叩いた。

「おう、そうじゃったそうじゃった。中浦被服工場じゃ。おふくろさん、まだそこで働いとられるんか」

永川は黙って肯いた。

栗田は顎《あご》を手でさすりながら、なにか考え込むように遠くを見やった。

「こんなァいま、二十八じゃろ。おふくろさんは五十過ぎっちゅうところか。はァ若《わこ》うないようのう。無理が祟《たた》って、どっか身体でも悪うしとられるんじゃないんか」

記録によると、永川の両親は永川が二歳のときに離婚している。その後、母親は再婚せず、女手ひとつで永川を育ててきた。

母親の話になった途端、永川の口が重くなった。極道になったといっても、息子にとって母親の話は、いつの時代も応えるものなのだろう。

神妙な面持ちで俯《うつむ》いた永川に、栗田は優しく声をかけた。

「のう、永川。お前はまだわからんかもしれんが、親っちゅうのは馬鹿なもんでのう。賢かろうがぼんくらじゃろうが、自分の子はなんぼになっても可愛いもんよ」

栗田は、我が子への思いを重ねているのか、いかに親が子を慈しんでいるかを語る。

「いま、こうしとるときも、おふくろさんはお前の身を案じとられる。今回はお前が引き金を引いたが、極道しとりゃァ、いつ自分の息子が撃たれるとも限らん。きっと飯も喉《のど》に通らんほど心配して、毎日、馬鹿息子の夢を見とるはずじゃ」

二十代の若さで、親のありがたさを身に染みて感じる者は少ない。多くは、自分が親になるか、親ほどの歳にならなければわからないものだ。だが、永川は違った。安っぽく聞こえなくもないお涙頂戴《ちょうだい》話に、目を潤ませている。よほど母親に苦労をかけたのだろう。

「今回、こんなが起こした事件を知ったら、おふくろさん、泣くじゃろうのう」

追い打ちをかけるように、栗田が嘆息する。

永川はがっくりと肩を落とした。肩が微かに震えている。

栗田は斜《はす》に構えると、片腕を机に置き、永川へ身を乗り出した。子守唄《うた》を唄うような声で言う。

「こんなァ、おふくろさんが大事か」

永川が肯く。

「こがあなことしでかして、おふくろさんに悪い思わんか」

永川がさらに深く肯く。

「おふくろさんに、詫《わ》びたいじゃろ」

永川は肩を落としたまま、何度も肯いた。

「ほうか、じゃったら——」

柔らかだった栗田の声が、ドスが利いたものになる。

「ほんまのことを吐けや」

驚いたように永川が顔をあげる。自分は嘘をついていない。なんのことを言われているのかわからないといった表情だ。日岡も同様だった。永川が嘘を言っているとは思わない。

突然、栗田は机を叩き、怒声を張り上げた。

「おどりゃァ！　ほんまは一之瀬に命令されたんじゃないんか！　五十子の者なら誰でもええけん、殺《や》っちゃれ、言われとったんじゃないんか！」

永川は呆然《ぼうぜん》と口を開けたまま、首を何度も振った。

「若頭《カシラ》は関係ないです。頭に血が上って、わしが勝手にやったことですけ」

「じゃったら、立入の命令か。現場に一緒におったあれが、殺れい、言うたんか！」

永川はさらに激しく首を振る。

「違います！　兄貴は、かーっとなったわしを、押さえとったんです。じゃが、わしが辛抱できんで、気がついたら無我夢中で弾いとりました。それだけですけ。ほんまです！」

必死の形相に、永川の言葉に嘘はないと感じたのか、栗田は少し声を落とした。

「一緒に逃走した立入は、どこにおるんなら」

永川は項垂《うなだ》れた。

「知らんです。あのあと、ほとぼりが冷めるまでお互い連絡せんようにしょう、言うて別々に逃げましたけえ」

「吉原を撃った拳銃は、どっから手に入れた」

永川の顔から怯《おび》えが消え、腹を括《くく》ったような覚悟が浮かぶ。

「覚えちょりません」

「自分が持っとった拳銃をどこで手に入れたかわからんのか。おかしいじゃろう」

永川は頑《かたく》なに、覚えていないと繰り返す。

栗田が再び、声を荒らげた。

「一之瀬から渡されたんじゃないんか！　これで五十子のやつを殺れい言われて、受け取ったんじゃないんか、おお！」

最初の怒声には動じたが、二度目はたじろがなかった。冷静な声で永川が否定する。

「違います。どっから手に入れたんか、ほんまに覚えとらんのです」

栗田は食い下がる。

「そがあな言い訳が、検事の前で通る思うちょるんか！」

「そう言われても、ほんまのことですけ。覚えておらんことを話すことはできません。それともなんですか、わしに嘘をつけ言うんですか」

永川が開き直る。

栗田は押し黙った。

取調室に沈黙が広がる。

永川を睨んでいた栗田は、ふと表情を緩めると、いつもの声に戻って言った。

「ええじゃろう。これなら、検事の前に出せる」

栗田は日岡を振り返ると、いまの内容で永川の供述調書をまとめろ、と命じた。調書が出来上がったら、永川に指印をさせて検察へ送致するという。

事情聴取が終わると、永川は腰紐《こしひも》をつけたまま、留置管理課の職員に連れていかれた。

栗田とともに取調室を出たときは、七時になっていた。栗田が問い詰めたおかげで考えていたより取り調べが長引いた。たしかに銃の出処は大事だが、相手は極道だ。組に迷惑がかかる供述を、するわけがない。

五十子の組員を殺れ、という一之瀬の命令があったのかどうかは、はっきりとしない。しかし、日岡には、永川が嘘をついたとは思えなかった。今回の発砲事件は、供述どおり永川の一時的な感情から発生したものだろう。

一之瀬がどのような男か、栗田もわかっているはずだ。なぜ、永川をあれだけ執拗《しつよう》に攻めたのか。

自分を見つめる視線から、日岡が抱いている疑問を察したのだろう。栗田は隣を歩く日岡に顔を向けると、にやりと笑った。

「尾谷んところは、躾《しつけ》ができとるのう。組に迷惑かけんと、必死に踏ん張りよった。あれくらい根性がありゃァ、検事の取り調べも知らぬ存ぜぬで押し切れるじゃろう」

日岡は驚いて栗田を見た。永川への恫喝《どうかつ》は、検察の取り調べに耐えられるかどうか確かめる、栗田の演技だったのか。

栗田は前を向くと、ズボンのポケットに両手を突っ込み、遠くを眺めた。

「二課の刑事はのう、自供を引き出すだけじゃァ勤まらん。極道は、いつ供述を翻すかわからんけえの。きょう日のヤクザは根性がないけん、検事のたったひと言の怒声で、自供を覆すやつもおる。そいつがどれだけ根性があるか確かめるんも、わしらの仕事よ」

栗田の話を聞きながら、日岡は大上を思い出していた。永川の取り調べを大上がしていたら、きっと栗田と同じようなやり方を見せただろう。

日岡はズボンのポケットから、ライターを取り出した。大上が日岡に預けた狼の絵柄が刻まれているジッポーだ。

日岡は奥歯を噛みしめると、ライターを強く握りしめた。

（三）

永川の事情聴取を終えたあと、日岡は業務を済ませ署を出た。上着を肩にかけ、足早に繁華街へ向かう。

賑《にぎ》やかな通りを抜けて脇道に入った。目指すのは志乃だ。

細い路地の奥にある店の引き戸を開けると、カウンターのなかにいる晶子が日岡に顔を向けた。嬉《うれ》しそうに笑う。

「秀ちゃん、いらっしゃい」

店に入り後ろ手に戸を閉める。

カウンターの隅に大上がいた。猪口《ちょこ》を日岡に向けて掲げ、おう、と日岡に声をかける。

「今日のお勤め、ご苦労さんじゃったのう」

日岡が大上の隣に座ると、晶子はカウンターを出て店の暖簾《のれん》をしまった。

大上から日岡に電話があったのは、昨夜のことだった。明日、仕事が終わったら志乃へ来い、と言う。

日岡が、なるべく早く伺います、というと大上は、まあ何時でもええがの、と含み笑いを漏らした。

店を閉めた晶子は、カウンターの内側に戻ると、向かいから日岡に猪口を渡した。大上は日岡に銚子《ちょうし》を差し出しながら訊ねる。

「どうじゃった。今日は忙しかったか」

日岡は酌を受けながら、深い息を吐いた。

「忙しいもなにも、二課は大騒ぎでしたよ。嬉しいのと驚いたので、大混乱でした」

ほう、と大上は声をあげた。

「いったい、なにがあったんじゃ」

驚いて見せてはいるが、顔に浮かんでいる余裕の笑みから、演技であることは明白だった。掌《てのひら》の上で転がされているような気がして、日岡は声を尖らせた。

「とぼけんでください。苗代が高松市内で逮捕されたことも、今日、永川が出頭してきたことも、すでに知っとられるんでしょ。あらゆるところに張り巡らされているヤクザ組織の情報網は、警察並みです。苗代の逮捕は呉原の組織だけではなく、広島の組中にすぐに広まったはずだ。当然、瀧井の耳にも入ったでしょう。肝胆あい照らす仲の大上さんに、瀧井が知らせないはずがありません」

大上は面白そうに、日岡の推察を聞いている。

「永川の出頭に関して言うなら、大上さんは昨日から、今日、出頭するとわかっていたんでしょう。今日、電話で一之瀬は俺に言いませんでしたが、大上さんが尾谷に、一之瀬に永川を出頭させるよう命じてくれ、と頼んだんでしょう。一之瀬は電話で、吉原が撃たれてすぐに鳥取に飛んで、尾谷から永川を出頭させるよう言われたと話していました。でも、永川が出頭してきたのは、二日経った今日です。大上さんは三日前に、このカウンターで、一之瀬に永川の出頭を勧めたが首を縦に振らなかったと言いました。大上さん以外で、一之瀬を説得できる人物は尾谷しかいません。大上さんは尾谷に面会に行くか、なにかしらの方法で連絡をとって、一之瀬を説得してくれるよう頼んだ。そして尾谷は一之瀬に指示を出した。それがおそらく昨日のことでしょう。だから、大上さんは昨夜、俺に電話をしてきて、明日、仕事が終わったら志乃へ来いと言ったんです。出頭した永川の話を聞こうと思ってのことじゃないですか」

一気にまくしたてた日岡は、喉の渇きを覚え、ひと息に猪口を呷《あお》った。

「今日はよう、しゃべるのう」

大上が呆《あき》れたように笑う。日岡に酒を注《つ》ぎながら言った。

「お前、欲求不満が溜《た》まっちょるんじゃないんか。下の方のよ」

黙って聞いていた晶子が、形だけ大上を睨みつけ、頬を緩めた。

「もう、ガミさん。やめんさい――」


大上が謹慎を命じられた日の夜、日岡は大上を車に乗せ、五十子会の事務所へ向かった。ハンドルを握りながら日岡は、大上と一緒に、五十子会の事務所へ乗り込む腹を括っていた。だが、大上は日岡を同行させなかった。五十子会の事務所から一キロほど離れた十字路の電話ボックスの前で、車を停めさせた。

大上は車を降りると助手席の窓を開けさせ、外から車中へ首を半分突っ込み日岡に言った。

「わしゃァここから、ひとりで行く。公衆電話から五十子へ連絡して、組の者に迎えに来させるけ、お前は志乃で待っとれ」

日岡は運転席から助手席へ身を乗り出し、決意を込めて大上に頼んだ。

「俺も一緒につれてってください」

大上はわずかに口角をあげると、頭に載せていたパナマ帽を深く被《かぶ》り直した。

「五十子の事務所周辺は、警察《カイシャ》が警備に当たっとる。独断専行を署の者に見られたら、始末書もんじゃ」

それは大上も同じだ。謹慎中の身で抗争事件の火元になるやもしれぬ五十子と接触したことがばれたら、戒告処分は確実だ。

日岡がそう言うと大上は、ヤクザが所有している車はたいていスモークガラスになってるから、後部座席で身を伏せていれば見つかることはない、と言った。

ならば自分も大上と同じ方法で潜り込む、そう訴える日岡の言葉を最後まで聞かず、大上は車の窓を離れた。

「ええけん、お前は大人しく志乃で待っとれ。もし、日付が変わってもわしが現れんかったら、友竹係長に連絡をつけい。事情を伝えて、機捜を五十子の事務所へ出場させるよう頼め」

日岡は息を呑んだ。

大上が志乃へ現れなかったとき——それは、大上の身になにか起こったときだ。

「ええの、これは命令じゃ」

念を押すと大上は、車を離れて少し先の電話ボックスへ向かった。

なにを言っても、大上の意志は変わりそうにない。自分ひとりで五十子と話をつけるつもりだ。

日岡は大上に同行することを諦《あきら》めて、車を電話ボックスから少し離れた路肩へ停めた。運転席のシートに深く身を沈め、十字路に立つ大上の様子を窺《うかが》う。

十分ほど経ったとき、一台の車がゆっくりと大上のもとへ近づいた。黒のベンツだ。

ベンツは大上の横で止まった。大上が後部座席のドアを開け、車に乗り込む。大上を拾ったベンツは、滑るように走り出し、すぐに見えなくなった。

もう事は動きだした。なにもできない自分は、志乃で待つしかない。

車のキーを回すと、アクセルを踏んだ。

志乃に着いたときは、夜の七時を過ぎていた。

店に客はいなかった。まだ宵の口だ。来るとしたらこれからだろう。

日岡は晶子へ、手早く事情を伝えた。ここで大上を待たせてほしいと頼む。

話を聞いた晶子の顔から、血の気が引いた。店の二階で加古村組の吉田を締める大上に、階下から包丁を持ってきた気の強い女の姿は、そこにはなかった。

「ほうね。わかった。今日はもう、店を閉めるけ、ゆっくりここで待ちんさい」

晶子は急いで店の暖簾をしまった。

カウンターに戻ると、晶子はあるもので手早くどんぶりを作ると、日岡に差し出した。三つ葉を散らした、親子丼だった。

「男はね、いつなにがあるかわからんけ。摂《と》れるときに食事は摂っとくんよ」

食欲などなかった。しかし、晶子の心遣いを無駄にするのも気が引けて、無理やり胃に詰め込んだ。気丈に振る舞おうとしているが、どんぶりを差し出す晶子の手は、微かに震えていた。大上の身をひどく案じているようだ。

時間は刻々と過ぎていく。

時計の針は十一時を回った。

気を紛らわすため、それまでどうでもいい世間話をしていた晶子も、口を開かなくなった。日岡とのあいだにひとつ席を空けてカウンターに座り、組んだ手に顎を乗せたまま遠くを見ている。

誰も口を利く者がいない店のなかに、柱時計の振り子の音だけが響く。

十一時五十分になっても、引き戸が開く気配はない。

居ても立ってもいられなくなり、日岡は電話の傍《そば》へ席を移した。置かれている丸椅子に座り、腕時計と電話を交互に睨みつける。

零時になった。

柱時計の鐘がなる。

カウンターで組んだ手に顔を埋《うず》めていた晶子が、いまにも泣きそうな顔で日岡を見た。

日岡は電話の受話器をあげた。手帳を取り出し、友竹の自宅の番号を回す。

最後のダイヤルを回そうとしたとき、店の引き戸が開いた。

日岡は手を止め、入り口を見やった。

大上だった。

「待たせたの」

大上は普段と変わらない飄々《ひょうひょう》とした態度で、店に入ってきた。どこにも怪我はないようだ。

「ガミさん――」

日岡と晶子の声が重なった。

こっちがどれだけ心配していたか気にも留めていない素振りに、ほっとしたような、気が抜けたような、複雑な思いが湧いてくる。しかし晶子は、そんな大上に怒りを覚えたようだった。頬を膨らませ大上を睨み、乱暴におしぼりを差し出す。

「ビールくれや」

悪びれた様子もなく、大上が晶子に声をかける。

晶子は口を尖らせ、音を立てて大上の前にビール瓶とグラスを置いた。

日岡は席に戻ると、安堵の息を吐きながら言った。

「あと少し遅かったら、係長へ電話をしていました。どうでしたか、五十子との話は」

「まあ落ち着けや」

大上はそう言ってグラスに注いだビールを、喉を鳴らして飲んだ。

大上の話によると、五十子が尾谷との手打ちについて出した条件は、吉原を撃った永川の指、見舞金の一千万、組長尾谷憲次の引退だった。

日岡は納得がいかなかった。たしかに結果だけ見れば、尾谷組が加害者で被害者は五十子会だ。しかし、永川が発砲した理由や、加古村組の連中を使って前々から嫌がらせをしていた経緯を考えれば、度が過ぎた条件のように思う。

日岡が自分の考えを口にすると、大上はぽつりと言った。

「まだある」

日岡は呻《うめ》いた。これ以上、まだ条件をつけたというのか。

「一之瀬の破門じゃ」

我慢の限界だったのだろう。黙って話を聞いていた晶子が口を挟んだ。

「組長の引退に若頭の破門じゃなんて、尾谷組に解散しろって言うとるようなもんじゃない！」

晶子はカウンターから出てくると、大上を挟むように隣に座った。

「ガミさん。あんた、そんな条件を吞んだんじゃなかろうね」

自分を睨みつける晶子を、大上は鼻先で往《い》なした。

「そがあな条件、呑むわけあるまァが」

晶子は大上の方へ乗り出していた身を引くと、ほっとしたように息を吐いた。

大上が出した手打ちの条件は、永川の出頭と五十子が提示した額の見舞金、そして尾谷の引退だった。

大上が尾谷の引退を呑んだのは意外だった。永川出頭は筋としてわかる。不自由な生活を余儀なくされるであろう吉原への見舞金も、わからなくはない。だが、あとわずかで出所してくる尾谷に引導を渡すのは、大上らしくない。所帯は小さいが、尾谷憲次は極道の世界で一目も二目も置かれる存在だ。第一、尾谷が素直に引退を呑むとは思えない。なによりも一之瀬が、諒《りょう》としないだろう。

日岡が疑念を口にすると、大上は肯いた。

「ほんまならのう……尾谷が他人から言われて引退するなんぞ、あり得ん」

グラスに残ったビールをひと息で飲み干し、大上は続けた。

「じゃがのう、御大ももう歳じゃ。今回のことがのうても、引退はそう遠くはない。じゃったらここは、一之瀬のためにひと肌脱いでもろうた方がええ。一之瀬のためなら、御大は四の五の言わずに肯くはずじゃ。むしろ、喜んで身を引くじゃろ」

大上の言うとおりかもしれない。一度しか会ったことはないが、面会室の椅子に座る尾谷の姿からは、地位や金に執着する醜さはまったく感じられなかった。むしろ、身を引くことの潔さを心得ている人物のように思えた。とはいえ、堅気だろうが極道だろうが、現役を退くときの淋《さび》しさに変わりはない。役目を終えた安堵とともに、前線から退く老兵のような侘《わ》びしさを感じるのではないだろうか。

なんにせよ、ひとまずこれで事は収まる。

「よかったですね、難役、お疲れ様でした」

日岡がそう言ってグラスを掲げると、大上はぽつりとつぶやいた。

「話はこれで終わりじゃない」

まだなにか問題があるというのか。

日岡は大上を見た。

「五十子はのう、一之瀬の破門だけは、どうしても取り下げん言うとる」

焦点は一之瀬の破門ひとつに絞られた。五十子も大上も一歩も譲らず、それで話が長引いたという。

「それで、どうなったんですか」

日岡は大上に詰め寄った。大上は唇を窄《すぼ》め、しばらく前方を睨んでいた。

「五十子が、吐いた唾ァ飲まんといけんよう、手を打った」

「なんね、それは」

早く結論が知りたくて仕方がないのだろう。晶子が話の先を急かす。

「五十子はのう、組が大きゅうなるまでに、ありとあらゆる悪行に手を染めてきとる。傷害、恐喝、詐欺、密輸、シャブ、殺し、やったことがない罪をあげる方が簡単なくらいじゃ。じゃがのう、そんなんは、どこの組も似たり寄ったりよ。多かれ少なかれ、あくどい真似をしとる」

そこで言葉を切ると、大上は日岡に顔を向けた。

「日岡。お前、極道が一番恐れとるのがなにか、知っとるか」

病、死、愛《いと》しいものとの別れなどが頭に浮かぶ。だが、それは極道に限ったことではない。大上が、極道と括ったからには、極道にしかわからない恐ろしいものがあるのだろう。少し考えて首を振る。わからない。

大上はグラスに自分のビールを注ぐと、答えを口にした。

「極道が一番恐れるんは、極道の世界で生きていけんようになることじゃ」

日岡は勢い込んで訊いた。

「それは、表沙汰《ざた》になると五十子が、仁正会から絶縁処分を喰《く》らう、いうことですか」

破門と絶縁は違う。ヤクザの世界で最も重い処罰は絶縁だ。破門は、親分に許されて元の組織に復帰することも可能だが、絶縁処分は二度と復帰を許さず、その者と関係した組織は敵対したと看做《みな》される。つまりは、ヤクザ社会における死刑判決だ。

「まあ、そういうことよ。わしはのう、五十子が極道の世界で生きられんようになるネタを持っとるんじゃ」

ぎょっとして大上を見る。晶子も大上の隣で息を呑んでいる。

「わしは暴力団係になって長い。いままで、極道がらみのいろんな事件を扱《あつこ》うてきた。なかには、証拠がのうて、犯人がわかっとるのに逮捕できんかったやつもおる。五十子もそのうちのひとりじゃ」

五十子は昔、兄貴分だった自分の組の若頭を消している、と大上は説明した。自分が代わって権力の座に就くためだ。その若頭は磯釣りをしている最中、高波に呑まれて事故死したことになっているが、実際のところは五十子が睡眠薬を飲ませ海に放り込んでいる。

「親殺しや兄貴殺しは、極道の世界でも、最も忌むべき所業じゃ。わかったらただじゃすまん」

大上がコップを強く握りしめた。

「わしァ以前、ある筋からそのネタを仕込んでのう。時がくるのを待っとったんじゃ。ほいでかましたんよ、五十子に。一之瀬の破門を引っ込めんと、おどれが一番知られとうないネタをばら撒《ま》く言うての」

警察は証拠がなければ、逮捕できない。検察も同様に、証拠がなければ事件として立件できない。だが、極道の世界は違う。その筋の確かな証人がいて、噂が広まるだけでも、致命傷になる。

「わしが昔のネタをちらつかせると、五十子の顔色が変わってのう。今日のところは、永川の出頭と見舞金で、殺気立っている若い衆を抑える。一之瀬の件は、週明けまで待ってくれ、と結論を延ばした。すぐ一之瀬に連絡して、永川を出頭させるよう言うたが、一之瀬は首を縦に振らなんだ。五十子には、近いうちにわしが一之瀬を説得する言うて、今日のところは引き揚げたんじゃ」

息詰まる話が終わり、日岡は身体にどっと疲れを感じた。晶子も同じらしく、額に手を当てて、大きく息を吐いている。

両脇にいるふたりを見ながら、大上は首の後ろに手を当て、頭をぐるりと回した。

「まあ、正直、わしもこがあに疲れたんは久しぶりじゃ。電話の様子じゃ、いま連絡しても一之瀬を説得することはできんじゃろう。一之瀬への電話は明日にして、今日はひとまず終《しま》いじゃ」

大上は晶子に、冷酒を頼んだ。

話がまとまる方向が見えたことで、安心したのだろう。晶子は目を細めて笑うと、席を立ちカウンターの内側に回った。

それが三日前のことだ。


ところで、と日岡は本題を切り出した。

「五十子から、なにか連絡がありましたか。一之瀬の破門の件、どうなりました」

大上は首を振った。

「まだじゃ。なんの連絡もない」

約束の週明けは今日だ。いったい、なにをもたもたしているのか。焦《じ》れる日岡を、大上は宥《なだ》めるように言った。

「一番目障りな敵を潰せるか、自分の首を取られるかの瀬戸際じゃ。やつも、そう簡単には答えを出せんでおるんじゃろう」

まあ、と大上は自嘲《じちよう》気味に笑った。

「五十子にとって、一之瀬と同じくらい目障りなんは、わしじゃろうがの」

含みのある声音に、日岡は眉《まゆ》を顰《ひそ》めた。

「なにかあったんですか」

大上は真顔になった。

「高坂に五百万の件をチクったんは、五十子んとこの者じゃ」

声に確信がこもっている。

「どうしてわかったんですか」

日岡は急《せ》いて訊ねた。

大上の話によると、日岡に高坂の周辺を探れと命じているあいだに、ネタがどこから漏れたのか、自分でも探りを入れてみたという。

五百万の件を知っているのは、大上本人と日岡、晶子を除けば、五百万で上早稲事件の顚末《てんまつ》を語って逃亡した吉田、それに尾谷組の者しかいない。尾谷の者が、高坂に話を漏らすとは思えない。しかし、悪意がなかった場合、話は違ってくる。組の若い者は、組内の自慢話をよくしたがる。うちの親父は懐が広いとか、叔父貴《おじき》は根性が据わっているなどと、身内の武勇伝を自分のことのように語る。

「一之瀬んとこの若い者がよう出入りしとる店に当たると、思うたとおりじゃった。引退した野津が五百万という大金を、昔受けた恩を返すためにぽんと差し出したっちゅう話を、店のホステスに若い者が自慢しとったげな」

その店には、五十子会の組員も出入りしていると言う。

「おおかた、野津が差し出した五百万がわしに渡った話を、五十子の若い者が聞きつけて、自分とこの幹部に伝えたんじゃろう。それが五十子の耳に入り、目障りなわしを追い落とそうとして、高坂を使って若の耳に入れた。枝葉は別にして、幹はそがなところじゃろう」

証拠はないが、説得力はある。

ほかにも、と大上は言葉を続ける。

「わしのことが煙たいやつは仰山おる。それも身内にのう」

身内ということは、警察内部の人間ということか。

訊ねると、大上は前を見据えたまま、ぼそりと言った。

「監察が動いとる」

心臓が跳ね上がった。手に汗が滲《にじ》む。

大上は吉原が撃たれた翌日、仁正会の瀧井に電話をして、適当なところで尾谷組と手を打つよう五十子を説得してくれ、と頼んだ。瀧井はやってみる、と承諾したが、電話口で改めて大上に忠告した。前にも言ったが監察が本格的に動いているようだ、と大上の身辺を心配したという。

「チャンギンの情報が違《ちご》うとったことはない。監察が本気でわしを調べとるいうんは、たぶんほんまじゃろう」

カウンターのなかで、煮つけを鍋《なべ》から皿に盛りつけていた晶子が、心配そうに大上を見た。

晶子の視線に気づいた大上は、声の調子を変えておどけて見せた。

「ええ男には敵が多いと、相場は決まっとるんじゃ。あっちこっちから目の敵にされるんは、わしの宿命じゃろうよ」

晶子が呆れたように、小さく笑う。

大上はカウンターに置いていた煙草を手にすると、一本抜いて口にくわえた。ズボンのポケットからライターを取り出し、日岡は素早く火をつけた。大上から預かっているジッポーだ。

大上はライターを眺めながら、満足そうに言った。

「使い勝手がよさそうじゃのう」

大上の言うとおり、狼のライターは扱いやすかった。やり方が下手なのか、百円ライターでは上手《うま》く火がつけられなかったが、このライターは違う。一度でしっかりと着火した。

手のなかでライターの蓋《ふた》を開け閉めしていると、大上が顔を寄せた。目は、晶子が引っ込んだカウンターの奥を見ている。いなくなるのを見計らっていたようだ。

晶子に聞こえないように気を遣っているのだろう。大上は日岡の耳元で、小さく言った。

「五十子からは今晩中に返事があるはずじゃ。たぶん五十子は、一之瀬の破門より、自分が生き残る道を選ぶじゃろう。じゃが人生にゃァ、まさかの坂がそこらじゅうに転がっとる。万が一のときは――日岡、頼むど」

声が真剣だ。万が一というのは、五十子が条件を呑まず、手打ちが失敗に終わった場合を指しているのだろう。そうなれば、呉原は暴力団抗争の戦場になる。

しかし、と日岡は思った。自分に託すとはどういう意味だろう。

大上に意味を訊ねようとしたとき、晶子が奥から出てきた。

「あら、ふたりとも深刻な顔をして、なんの話しとったん？」

返答に困っていると、大上が日岡の肩に手を回し、強く引き寄せた。

「こいつに気になる女がおるらしいんじゃが、根性なしでのう。どう口説《くど》いてええんかわからん言うとるけん、いま女の落とし方を教えとったところじゃ」

日岡は慌てて否定しようとして、思い留まった。本当のことを話して、晶子を不安にさせることはない。自分が少し、ばつの悪い思いをすればいいだけのことだ。

さて、と言って、大上は椅子から立ち上がった。

「そろそろ行くわ」

「もう帰るん？」

晶子が訊ねる。十時半。普段の大上にとっては、まだ宵の口だ。

大上はカウンターに置いていたパナマ帽を斜に被り、悪戯《いたずら》っぽく笑った。

「わしァ謹慎中じゃが、息子は謹慎中じゃないけえ。ちいと遊ばせてくるわい」

犬を散歩に連れていくような口調で言う。日岡には、大上がまっすぐねぐらに帰り、五十子からの電話を待つつもりであることはわかっていた。緊迫したいまの状況下で、女遊びをするはずがない。

「暴れ過ぎんようにね」

晶子が笑いながら、軽く睨む。

大上は入り口の引き戸を開けると、いつものように背を向けたまま手を振り、店を出ていった。

十一章

——日誌。

昭和六十三年七月二十三日。

午前九時。斎宮課長から呼び出し。

午後三時四十分。瀧井組組長、瀧井銀次より電話。

午後四時。赤石通り「コスモス」で瀧井と面談。

[redacted]（一行削除）

午後八時過ぎ。「志乃」で瀧井組長と合流。

[redacted]（三行削除）

（一）

日岡は部屋の前に立つと、ドアをノックした。

返事はない。

二度目のノックをする。今度は、部屋の主《あるじ》の名を呼びながら叩《たた》く。

「大上さん、俺です。日岡です」

やはり返事はない。

ドアノブに手を伸ばす。相変わらず鍵《かぎ》はかかっていない。スチール製のドアを、ゆっくり開けた。

座敷が見える。万年床が敷かれ、脱ぎ散らかした衣服が散らばっていた。テーブルの上には、飲みかけのウイスキーのグラスが、そのままの状態で置かれている。四日前の朝、日岡が訪れたときと同じだ。大上が戻った様子はない。

——こんな朝早く、なんの用じゃ。わしァ今しがた寝たばかりじゃ。

そんな怒声が返ってくることを願いながらドアを開けた日岡の淡い期待は、空しく萎《しぼ》んだ。

代わりに不安が胸に広がる。

五十子から今晩中に連絡が入る、そう言い残して大上が志乃を出た日から、五日が過ぎた。大上とは、あの夜を境に連絡が取れていない。

七月十八日の深夜、大上は志乃を出たあと五十子と会っている。日岡は確信していた。事は一刻を争う。悠長に構えている時間は、どちらにもないはずだった。

呉原での暴力団抗争の拡大を未然に防ぐため、大上は五十子へ切り札を切っている。五十子の極道としての立場が危うくなるような大ネタだ。五十子が一之瀬の破門を選ぶか、保身を取るか。大上と五十子のあいだで、結論が出たに違いない。

日岡は翌十九日、出勤する前に大上のアパートを訪ねた。朝の六時半という時間は、普段の大上にとっては深夜にあたる。起きるのは大概、昼前ごろと決まっていた。しかも、昨夜は五十子と会っていることを考えれば、まだ寝ているのは必至だった。疲れて寝ているところを起こすのは気が咎《とが》めたが、五十子がどちらの答えを選んだのか、どうしても気になり、訪ねずにはいられなかった。電話をかけることも考えたが、それは止めた。電話で訊《たず》ねるような軽い内容ではないし、どうせ叱り飛ばされるなら、面と向かって怒られた方がいいと思った。

日岡が直接、大上の部屋に行ってみようと思った理由は、もうひとつあった。

朝方に見た夢だ。

夢のなかで目が覚め、時計を見ると昼近かった。慌てて着替え、部屋を出ようとした。ドアを閉めかけたとき、忘れ物に気づいた。大上から預かっている、ジッポーのライターだ。いつも入れているはずの、ズボンのポケットにない。シャツや背広のポケットをまさぐるが、やはりなかった。

部屋に戻り、隅々まで捜した。テーブルの下にも、布団の間にもない。どこにも見当たらなかった。どうしよう——気が急《せ》いた。あのライターを、大上はいたく気に入っていた。失くしたと知ったらどれほど怒るだろう。焦って捜そうとするが、身体が思うように動かない。まるで水のなかを動いているように、手足の動きがゆっくりになる。焦燥が極限まで高まり、息が詰まる。夢から覚めたときは、びっしょり汗を掻《か》いていた。

ライターが見つからない。言うなればそれだけの夢だ。しかし、夢のなかで感じた不安と焦りは、目が覚めたあとも消えなかった。水を飲んでも落ち着かず、汗でぐっしょりと濡《ぬ》れた肌着を脱ぎ、急いで身支度を済ませると、大上のもとへ向かった。

ドアをノックしても、返事はなかった。ドアノブを回すと、鍵はかかっていない。酔いつぶれていて、ノックの音に気がつかないのかもしれないと思い、ドアの隙間からなかを覗《のぞ》いた。

大上はいなかった。

急いで飛び出していったかのように、万年床の布団が捲《めく》れたままになっている。それを除いては、以前と同じ部屋だ。変わった様子はない。夢の不安は、いつの間にか消えていた。五十子との話し合いが首尾よく運び、祝杯をあげて女の家にでも泊まっているのだろう。そう思い、部屋をあとにした。

午前中の仕事を済ませ、昼飯を食べたあと、大上に電話を入れた。この時間なら、部屋に戻っているだろうと思った。しかし、電話は繋《つな》がらなかった。ここにきて、不安がふたたび頭を擡《もた》げた。

いくら酒を飲みすぎたとしても、大上が五十子との折衝の結果を、日岡に知らせないはずはない。むしろ大上ならば、上手《うま》く事が運んだ話を早く伝えたくて、明け方でもかまわず連絡を取ってくるだろう。そう思うと、矢も盾も堪《たま》らなくなった。

日岡はすぐに、大上のポケベルへ電話を入れた。何度試しても、折り返しはかかってこなかった。

その日、仕事を終えたあとも、日岡は大上のアパートを訪ねた。部屋に灯《あか》りはついていない。やはり大上は不在だった。

日岡が大上の下について、ひと月半近くになる。そのあいだ、居場所が摑《つか》めないことはあっても、連絡が取れないことはなかった。部屋の黒電話が繋がらなくても、ポケベルを鳴らせば、ほどなく大上から電話が入る。

日岡は大上のアパートから近い、電話ボックスに入った。

手帳を開き、友竹の自宅の番号を回す。

課長の斎宮には、謹慎を命じられている大上が自宅にいない、とは言えない。だが、友竹になら、伝えてもいい、いや、伝えるべきだと思った。

大上は、大きな仕事を終え、女のもとで羽を伸ばしているのかもしれない。だとしたら、一日連絡が取れないくらいで騒いだことを、あとで叱られるだろう。だが、責められる怖さより、案じる気持ちが強かった。

加古村組の尾谷組への嫌がらせに端を発した一連の事件は、広島県下の暴力団を巻き込んだ抗争に発展する可能性を秘めている。敵対する組のあいだを取り持ち、事を収められるのは大上しかいない、と友竹は言った。日岡を使って暗に、謹慎中の大上に動け、と命じたのは友竹自身だ。命を下した上司には、現状を伝えるべきだと判断した。

電話に出た友竹は、日岡から事のあらましを聞くと、少し考え、もうしばらく様子を見ろ、と答えた。

「たしかに連絡がつかんのは気になるが、いまは下手に動かん方がええ。五十子との話が拗《こじ》れた、っちゅうこともあり得るけんのう。もしかしたら、事を収めるために動き回っとる最中で、電話をかける暇もないんかもしれん。謹慎中いうこともあるし、上に話を持っていくこともできんしのう」

友竹の言い分には、多分に保身が入っていた。謹慎中の大上を独断で走らせたことを、上に知られたくないのだ。

黙り込んでいる日岡から、払拭《ふっしょく》しきれない心の不安を察したのだろう。友竹はことさら明るい声で言った。

「海千山千のやつのことじゃ。心配するな。そのうち、ひょっこり姿を現すけ」

電話ボックスを出ると、日岡は大上のアパートへ戻った。下から二階にある大上の部屋を見上げる。やはり灯りはついていない。友竹の、心配するな、という言葉を信じるよう自分を説得して、日岡はその場を立ち去った。

しかし、大上は翌日も、翌々日も姿を現さなかった。

日岡は日に何度も大上の部屋を訪れてみたが、大上がアパートに戻った様子はなく、ポケベルでの連絡もつかなかった。

我慢も限界を超え、ひと気のない廊下の隅で、日岡は友竹に告げた。

いまだに連絡が途絶えたままだと聞いた友竹は、さすがに顔色を変えた。

「事情を説明して、課長に伝えんといけんのう」

斎宮への説明には、日岡を使って自分が大上を走らせたことは、伏せられるのだろう。いまの日岡には、どうでもいいことだった。そんなことより、大上の安否の方が重要だ。

「大上さんに、なにがあったんでしょう」

訊《き》いても、友竹にも答えようがない。わかっていても、訊かずにはいられなかった。

「わからん」

友竹は怒ったように言葉を吐くと、自分はこれから課長に報告する、今後の方針が決まったら伝えるからお前はもう帰れ、と言った。ちょうど、終業時刻を過ぎた時間だった。

東署二課では、苗代の取り調べが続けられていた。上早稲略取誘拐容疑で送検し、いまは殺人、死体損壊、遺棄容疑で再逮捕されている苗代を、土井と栗田が中心になって、徹底的に叩いている。具体的な供述が得られるまで、大上班は手隙の状態だった。

「今後の方針が出るまで、課に残っとります」

日岡が主張すると、友竹は呆《あき》れたように言った。

「お前。自分の顔、鏡で見たか。いますぐ病院に担ぎ込まれそうな顔しよって。ろくに物も食べんうえに、夜も寝とらんのじゃろう」

日岡は、顔を両手で擦《こす》った。伸びかけた髭《ひげ》の、ざらりとした感触が手にあたる。触れてわかるほど、頬も痩《こ》けていた。大上と連絡が取れなくなってから、まともな食事もせず、睡眠も明け方に、二、三時間まどろむ程度だった。風呂《ふろ》に入るのも忘れて、大上がいそうな場所を捜し歩いていた。

「大上班長の不在中に、部下のお前にまで倒れられたらこっちが困る。今日は自宅へ帰って休め。これは命令じゃ」

命令と言われては、なにも言い返せない。元気づけるように日岡の肩を叩いて、友竹はその場を立ち去った。

それが昨日の夜だ。

大上の部屋のドアを閉め、日岡は署へ向かった。

朝の雑務を済ませて席に着くと、机の上に積まれた書類を処理するため、ファイルを開いた。目で文字を追っていても、頭に去来するのは、大上のことばかりだった。

昨日、友竹は斎宮に報告すると言った。斎宮は大上と連絡が取れない状況を、どのように受け止めたのか。そればかりが気にかかり、案件の処理は捗《はかど》らなかった。

課員が出勤し、始業時間になった。

朝礼が済むと、友竹が近づいてきた。第一会議室に来い、と耳元で囁《ささや》く。

大上の件だ。友竹の緊迫した表情から、そう察した。

作業中のファイルを閉じ、席を立った。

会議室に入ると、友竹と斎宮がいた。斎宮は苦虫を嚙《か》み潰《つぶ》したような顔をしている。

部屋には、会議机がコの字に置かれている。上座の席に、ふたりは座っていた。

日岡は命じられるまま、向かいの席に腰を下ろした。

机に肘《ひじ》をつき、手を顔の前で組んだ斎宮は、日岡を睨《にら》むように見た。

「友竹から、事情は聴いた。ガミと連絡が取れんらしいな」

日岡は視線を机に落とした。

「今日で五日目になります。今朝もアパートに行ってみましたが、不在でした」

すでに言葉を用意していたらしく、斎宮は書類を読み上げるような口調で言った。

「尾谷組と五十子会の戦争を止めるために奔走していた渦中で、大上との連絡が五日も途絶えている。なにかしらトラブルに巻き込まれたと考えて間違いない」

トラブル——上早稲が監禁されていた埠頭《ふとう》の倉庫が頭に浮かぶ。コンクリートの床で、血だらけの大上が倒れている姿を想像した。

日岡は息を荒らげて、斎宮に訴えた。

「すぐに動いてください。早く捜査網を敷いて、大上さんを捜し出してください」

「それはできん」

斎宮の突き放すような言葉に、日岡は耳を疑った。

自分の部下が行方不明になっているのに、動けないとはどういうことか。

斎宮が説明する。

昨日、友竹から話を聞き、すぐ県警本部と連絡を取った。刑事部長の長良崎《ならざき》は、会って話すべきと判断して、友竹と一緒に本部に来るよう指示を出した。

県警の会議室で、斎宮と友竹、刑事部長と捜査一課長、四課長と管理官を交え、会談がもたれた。長時間にわたる話し合いの末、大上の失踪《しっそう》は公にできない、と判断された。

「公にできないって、表立って捜査しないということですか。緊急配備も検問も、五十子会への捜索も、しないということですか！」

頭に血が上った。椅子から立ち上がり、相手が上司ということも忘れて声を荒らげる。大上を見捨てるような上層部の判断に、怒りを抑えられなかった。

「落ち着け、日岡！」

友竹が叫ぶ。

日岡は友竹を睨んだ。日岡の視線を、友竹が真正面から受け止めた。双眸《そうぼう》には、有無をいわせぬ強さがあった。

ここで声を張り上げても、なんの解決にもならない。憤りを抑え、椅子に腰を戻す。

日岡の剣幕にたじろぐわけでもなく、斎宮はいつもと変わらない口調で訊ねた。

「昨日の安芸新聞の記事、見たか」

頭に、夕刊のコラムが蘇《よみがえ》る。数人の記者が匿名で記事を書いている「清風涼風」というコーナーだ。

昨日の記事は、二課でもちょっとした騒ぎになった。コラムの内容は、山本周五郎《しゅうごろう》の「不断草」という短編を引用したものだった。「豆腐をかためるにはにがりが必要だ」からはじまり「にがりをいれると、豆腐になるべき物とそうでない物とがはっきり別れる」と続いている。その文章を前振りに、警察と暴力団の癒着を俎上《そじょう》に載せ、捜査機関のなかにいる暴力団と密接な繋がりを持つ者を、にがりを落とすことによって暴き出さなければならない、という趣旨のことが書かれていた。

暴力団と密接な繋がりを持つ者——名前と所属はぼかされているが、読む者が読めば、経歴や扱ってきた事件などから、大上だとすぐにわかるものだった。

記事を書いたのは、おそらく高坂だ。高坂の後ろで糸を引いている五十子の顔が、記事を読んですぐ頭に浮かんだ。五十子が高坂のけつを叩いて、世間の批判が県警に、そして警察内部の粛正が大上ひとりに向くよう仕向けたのだ。日岡にはそう思えた。

五十子の思惑どおり、東署にも市民から苦情の電話が入った。市民のなかには、警察マニアと呼ばれる者がいる。彼らは独自のネットワークを持っていて、警察の内部事情をどこからか入手している。記事を読んで、大上のことを指しているとすぐに察したのだろう。電話のうち数件は、大上を名指しして処分を迫るものだった。

「あんな記事が載ってすぐに大掛かりな捜索をすれば、警察と暴力団の癒着を暴こうと躍起になっとるマスコミを、喜ばすだけじゃ。ガミの件を、暴力団との癒着がばれることを恐れて雲隠れした、と書きかねん。記事を鵜呑《うの》みにする市民もおる。これ以上、マスコミの連中に騒がれては困る」

斎宮の話が途切れたところを見計らうように、友竹が口を挟んだ。

「それにのう、大上はいま、謹慎中じゃ。それが知れたら、マスコミは早晩、理由も嗅《か》ぎつけるじゃろ。こっちも辛《つら》いところで」

署長から命じられた自宅待機の原因は、尾谷組から預かった五百万円の絡みだ。

「どのような理由であれ、暴力団から大上に金が流れていたことが知られたら、言い逃れはできん。大上だけでなく、警察組織全体の信頼を揺るがすことになる」

言い分はわかる。大上の失踪は、大上個人の問題ではなく、警察組織全体の問題なのだ。しかし、だからといって、行方不明の大上を見殺しにすることはできない。

大上を利用するだけ利用し、火の粉が降りかかりそうになると頬かむりするのか。非情な上層部の決断に、日岡は激しい憤りと嫌気を覚えた。

「俺は、納得できません」

異議を唱えるのがやっとだった。組織として守らなければならないものがあることはわかる。

冷静を装ってはいるが、斎宮と友竹の言葉の端々に、隠そうとしても隠し切れない忸怩《じくじ》たる思いがこもっていることも、日岡は感じ取っていた。この場にいる誰もが、納得できずにいる。しかし東署としては、どうすることもできないのだ。

救いの手を伸べるように、斎宮は声を落として言った。

「公の捜査は無理だが、県警は昨日、会議が終わった時点で、内々に県内の所轄に大上の行方不明情報を流した。表立って動いてはいないが、いま、県内の警察官の多くが、大上の存在に留意しているはずだ」

留意──積極的に、捜してはいないということだ。

「五十子会の事務所や関連施設を、別件で捜索することはできないんですか」

名分の立つ容疑さえあれば、大上の失踪をマスコミに気づかれることはない。

日岡の提案を、友竹は即座に却下した。

「拉致《らち》られとる可能性もあるんで。なんもわかっとらんうちに捜索《ガサ》かけて警戒させたら、それこそ大上の身が危のうなる」

もはや、言い返す手立てがなかった。

「ほんまに、昔から面倒《めんどう》ばかり起こすやつじゃ」

溜《た》め息をつき、斎宮が席を立つ。

憎まれ口を叩いてはいるが、声に大上を批判する響きはなかった。

「話は、以上じゃ」

つぶやくように言い残して、斎宮は会議室をあとにした。

（二）

署の近くにあるスーパーで弁当を買い込み、公園へ向かった。

署から歩いて五分ほどのところにある児童公園は、強い夏の日に照らされていた。地下の食堂ならば、空調が効いて涼しいだろうが、日岡は独りになりたかった。

日陰のベンチに座り、しゃけ弁当を取り出す。腹は減っているのに、美味《うま》いと思えない。半分以上残して、ゴミ箱に捨てた。

署に戻り書類仕事をしていると、目の前の電話が鳴った。手を伸ばし、受話器をあげる。

「日岡さんはおってかのう」

声に聞き覚えがあった。かすれ気味の低い声、瀧井組の組長、瀧井銀次だ。

「日岡です」

勢い込んで答える。おそらく大上の件だ。日岡は直感した。

瀧井は、近くにいるからどこかで会えないか、と訊ねた。

「章ちゃんのことじゃ」

やはり——瀧井は大上の失踪をどこからか耳にして、日岡に事情を聴きに呉原までやってきたのだ。

腕時計を見た。三時四十分。赤石通りの喫茶店コスモスまでは、車で十分もあれば着く。

通話口を手で押さえ、声を潜めた。

「赤石通りのコスモスは知っとられますか。そこで四時に」

わかった、と電話の向こうで瀧井が了承した。

日岡は、上早稲の件で確認したいことがあるので、釣り船屋の親父に会ってきます、と友竹に断り東署を出た。

車を近くのコインパーキングに停め、歩いてコスモスに向かった。店のドアに手をかけたとき、少し離れた脇道に若い男がふたり立っているのが見えた。目つきが鋭い。おそらく瀧井組の若い者だろう。

ドアを開けると、店の一番奥のテーブルに瀧井がいた。ほかに客はいない。

カウンターのなかで新聞を読んでいるマスターにコーヒーを頼み、日岡は瀧井の向かいに腰を下ろした。

テーブルの上の灰皿には、吸い殻が溢《あふ》れていた。どれも、二、三口吸っただけで揉《も》み消されている。長い吸い殻の山が、瀧井の苛《いら》立《だ》ちを物語っていた。

日岡が椅子に座ると、瀧井はいきなり話を切り出した。

「章ちゃんに、なにがあったんや」

組の者から、県内の所轄に大上の行方不明情報が流れている話を聞いたという。

「表立って警察が動いとる気配はない。内密に行方不明情報を流すとなりゃァ、よほどのことじゃ。章ちゃんの身に、なにかあったんか――」

柔らかい語調だが、目は底光りしている。知っていることは全部、吐いてもらう。そんな目つきだ。

日岡は迷った。

大上と瀧井が、義兄弟同然の間柄であることは知っている。しかし瀧井は、五十子が副会長の座についている仁正会の幹事長だった。極道はどこまでいっても極道だ。大上の身を案じながらも、事と次第によっては掌《てのひら》を返し、五十子につくかもしれない。どこまで信用していいか、日岡にはわからなかった。

口を閉ざしたままなにも言わない日岡の態度から、内心を悟ったのだろう。

瀧井はいきなり立ち上がると、ものすごい力で日岡の胸ぐらを摑みあげた。

「おどりゃあ、なにもたもたしとるんじゃ！　こうしとるあいだにも、章ちゃんの命が危ないかもしれんのど！　なにがあったか、さっさと言わんかい！」

首が絞まり、声が出せない。瀧井の手を外そうと足掻《あが》いた。

怒声が聞こえたのだろう。外にいた若い者が、血相を変えて店に入ってきた。

瀧井は目を細めてふたりを睨み、怒鳴りつけた。

「おどれら、誰に呼ばれて入ってきたんない！　黙って外ォ見張っとれ！」

ふたりは慌てて頭を下げると、逃げるように店外へ消えた。

瀧井は胸ぐらから手を離し、突き放すように日岡を押した。椅子ごとひっくり返る。

荒い息の下で、身を起こした。

マスターが、何事もなかったように、トレイにコーヒーを載せて運んでくる。倒れた椅子を立てると、コーヒーを置いてカウンターに戻っていった。

椅子に尻《しり》を戻す。

瀧井は落ち着いた様子で煙草をくわえ、席に座った。火をつけ、日岡にコーヒーを勧める。

「まあ、飲まんかい」

瀧井に邪心がないことはわかった。純粋に大上の身を案じているのだ。

日岡はコーヒーを一口啜《すす》ると、加古村組の総領が尾谷組の柳田を殺害した事件から五十子会の吉原が銃撃されるまでの経緯を、改めて瀧井に伝えた。

「このままでは、第四次広島抗争が勃発《ぼっぱつ》します。それを食い止めるために、大上さんは五十子に手打ちを求めた。そこで五十子が出した条件は、一方的なものでした。大上さんはひとつを除いて、すべて呑みました」

日岡は大上が呑んだ条件を伝えた。

「その、呑まんかったひとつっちゅうのは、なんなら」

灰皿で煙草を揉み消し、瀧井が先を急かす。

日岡は瀧井の目を見て答えた。

「一之瀬の破門です」

瀧井の顔色が変わった。

「あん外道、尾谷の引退だけじゃのうて、一之瀬の破門まで持ち出したんか」

日岡は肯《うなず》いた。

「大上さんはもちろん突っぱねました。でも、五十子は頑強に、一之瀬の破門にこだわった。大上さんは、破門を引っ込めないとあるネタをばらす、と五十子に逆《さか》ねじを食わしたんです」

「あるネタとは」

大上の了解も得ず、瀧井にすべてを晒《さら》すわけにはいかない。日岡は最低限の答えに留《とど》めた。

「五十子が、極道を引退しなきゃならないようなネタです」

瀧井ははっとして、目を見開いた。思い当たる節があるらしい。

「で、五十子はどうした」

日岡は唇を嚙んで、視線を落とした。

「その場では答えが出ず、五十子は週明けまで考えさせてくれと言ったそうです。返事をよこすといった期限が、今週の月曜日でした。俺は大上さんと志乃で飲んでいましたが、十時半を回ったころ、五十子の返事を家で待つつもりらしく、大上さんは店を出ていきました。それから連絡が取れていません」

瀧井は日岡を睨みながら訊ねた。

「一度もか」

日岡は、はい、と答える。

「部屋にもおらんのか。ポケベルは」

「連絡がありません」

顔を伏せたまま答えた。

瀧井の言葉が、胸に突き刺さる。なぜ部下のお前がついていかなかった、そう責められているように感じる。

脳裏に、ひと気のない大上の部屋が浮かぶ。

瀧井は大きく息を吐き出すと、隣の椅子に置いていたセカンドバッグから携帯電話を取り出した。肩掛けがついている。トランシーバーくらいの大きさだ。両手で操作し、プッシュボタンを押した。

どこへ電話をかけているのか。

考えていると瀧井が声をあげた。

「副会長ですか。瀧井です。急な話じゃが、いまから会えんですか」

日岡はぎょっとした。副会長とは仁正会の副会長、五十子のことだ。

警察が叩けずにいる五十子の屋敷の扉を、瀧井は正面から叩いた。

「そう、呉原におります。まあ、そう言わんでつかい。時間は取らせんけん。用が済んだらすぐ引き揚げますよ。はい、それでええです」

通話が終わると瀧井は、携帯を肩に掛け席を立った。

「聞いたじゃろう。わしはいまから五十子に会《お》うてくる。話が終わったら志乃へ行くけん、お前もあとから店へ来い。ママにゃァわしから連絡しとく」

瀧井は返事も聞かず、ドアへ向かった。ドアノブに手をかけて、なにか思い出したように店内へ引き返す。ズボンの尻ポケットから、銀色のマネークリップで綴《と》じている万札の束を取り出し、マスターがいるカウンターの上に一枚置いた。

「騒がした詫《わ》びじゃ」

マスターは読んでいた新聞から目だけを覗かせ、無言で瀧井に頭を下げた。

今度こそ店を出ようとした瀧井の足を、鳴り出した携帯が止めた。

瀧井は舌打ちをくれると、その場で携帯に出た。

「いま立て込んどるんじゃ！」

相手を確認もせず、怒鳴りつけるように言う。

携帯を耳に押し付け、そのまま店の外に出た。

ドアの外で、瀧井のしゃべり声が続く。

日岡はコーヒーを飲み干し、椅子から立ち上がった。

ドアに向かいかけたとき、瀧井が店内に戻ってきた。表情が少し緩んでいる。

「一之瀬から電話があった。お前を探しとったど」

なぜ、一之瀬が自分を探しているのだろう。

訊ねると瀧井は、険しい表情に戻り日岡に言った。

「守孝もわしと同じよ。章ちゃんが行方不明になったと知って、わしに電話してきたんじゃ。お前にも電話したらしいが、署におらなんだ、言うとった。お前から聞いた話を教えたら、鶏冠《とさか》にきたみたいでのう。ガミさんにもしなんかあったら、五十子会の外道ども一匹残らずぶち殺しちゃる、いうて息巻いとったわい」

顔から血の気が引いていくのが、自分でもわかる。

瀧井は斜《はす》に構えると、吐き捨てるように言った。

「章ちゃんになにかあったら、呉原は戦争じゃ。もう止まらん。お前も、腹ァ括《くく》っとけ」

瀧井は乱暴にドアを閉め、店をあとにした。

鳴り響くドアベルの音が、戦争の始まりを告げる合図のように聞こえた。

瀧井が志乃に現れたのは、夜の八時を回ったころだった。

カウンターに座り、焦《じ》れながら待っていた日岡は、店の引き戸が開いた途端、思わず中腰になった。

瀧井はひとりだった。昼間の若い者は、今度も外に待機させているのだろう。

晶子は椅子から立ち上がると、瀧井に駆け寄った。

「どうでした。なんぞ、わかりましたか」

瀧井は晶子の問いに答えず、ごつい携帯を椅子に置くと、その隣に腰かけた。

「ビール、くれんか」

はぐらかされた晶子は、戸惑いながらも急いでカウンターのなかに入った。冷えたビールとグラスを、瀧井の前に置く。

酌をしようとする晶子を手で制し、瀧井は手酌でグラスにビールを注《つ》いだ。喉《のど》が渇いていたのだろう。一気に飲み干す。

空のグラスをカウンターに置き、瀧井は隣の日岡を目の端で見た。だるそうに訊ねる。

「いつ来たんない」

一時間ほど前です、と日岡は答えた。

晶子が瀧井のグラスにビールを注ごうとする。今度は止めなかった。注がれたビールに口をつけ、また一息に呷《あお》った。

瀧井の喉が潤ったころあいを見計らって、日岡は訊ねた。

「なにか、わかりましたか」

瀧井はなにも答えない。優れない表情から、状況はかなり厳しいことが窺《うかが》える。晶子は胸の前で祈るように手を組み、瀧井の返事を待っていた。

瀧井は煙草を一本吸うと、おもむろに口を開いた。

「あれから五十子の事務所へ行って、やつと会うてのう。さりげのう、章ちゃんの話を持ち出したんじゃが、あのタヌキ、顔色ひとつ変えず、そういやァ最近会うとらんのう、いうて吐《ぬ》かしやがった」

「そんな——」

日岡は堪らず椅子から立ち上がった。語気を強めて言う。

「嘘です！　現に一週間前にも、大上さんは五十子と会っている。やつは月曜日にも、ここを出た大上さんと、話したはずです。五十子は嘘を吐《つ》いている！」

瀧井は日岡の肩を摑むと、力ずくで椅子に押し戻した。

「お前に言われんでも、そがあなこたァわかっとる」

瀧井と五十子の付き合いは長い。五十子のふてぶてしさは、自分より瀧井の方がはるかに知っている。

ばつが悪くなり、瀧井から顔を背けながら、日岡は尻を椅子に戻した。

瀧井は懐から煙草を取り出すと、晶子がカウンター越しに差し出したライターで火をつけ、話を続けた。

「わしは、ある筋から聞いた話として、五十子にぶつけたんじゃ。大上が数日前から行方不明になっとる。連絡を絶つ前の日の夜、あんたと会うとったいう人がおるんじゃが、知らんか、いうてのう。五十子の外道、ほう、誰が言うたか知らんが、身に覚えがないのう、いうて涼しい顔して受け流しやがった」

瀧井が、苦いものでも呑みこんだような顔で続ける。

「章ちゃんの件にあれが噛んどるんは、間違いない。五十子のやつ、帰りがけに言いやがった。幹事長ともあろうもんが、上の人間に向こうてあれこれ探りを入れるいうんは、どういうこっちゃ。立場をわきまえんと、お前の首くらい、いつでもすげ替えちゃってくれるんど、いうてのう。まるで、仁正会の跡目を継いだような口振りじゃ。痛い腹ァ探られたもんじゃけん、牽《クン》制《ロク》いれてきたんじゃろ。あん外道、舐《な》めた口、利きやがって」

最後は吐き捨てるような言い方だった。

「なんとか、ならんのですか」

晶子が口を挟む。声が震えていた。

「瀧井さんの力で、五十子に、話をつけてもらえんでしょうか」

瀧井は晶子をじっと見やると、大きく息を吐いた。

「仮にも五十子は、仁正会の副会長じゃ。わしが軽率に動いたら、会は大事になる。下手したら内部分裂で戦争じゃ。もしものことが章ちゃんにあったら――わしも腹ァ括る。戦争、上等じゃ。どのみち五十子の外道とは、どっかで決着つけにゃあいけん運命よ。じゃがいまは、章ちゃんの居所を捜すことが先決じゃ」

瀧井の視線が、日岡に向けられた。

「わしもできるだけ情報を集めるけ、あんたら警察でわかったことがあったら、すぐ知らせてくれいや」

瀧井は晶子からメモとペンを借りると、紙に数字を書き記し、日岡に渡した。

「わしの携帯の番号じゃ。朝でも夜でもかまわん。なんぞわかったら、ここに電話せい」

日岡はメモを受け取り、大きく肯いた。

十二章

——日誌。

昭和六十三年七月二十五日。
午前八時。多島港埠《ふ》頭《とう》にて、身元不明男性の遺体があがる。
午前十一時。遺体の身元判明。
[redacted]（一行削除）
午後六時。「志乃」。
[redacted]（三行削除）

（一）

道は混んでいた。信号が青に変わる時間がもどかしい。日岡は堪《たま》らず、赤色灯を覆面車両の屋根に置き、サイレンを鳴らした。

黄色信号が点灯する交差点に、徐行しながら入る。スピードを緩めた車の間を縫うように右折した。

多島港の埠頭から、男性の水死体があがったという一報が入ったのは、朝礼の最中だった。しらす漁を行っていた漁船が、網のなかに、大量のしらすにまじり人の形をしたものがかかっているのを見つけた。最初は廃棄されたマネキンかと思ったが、あげてみたところ、人間の死体であることがわかった。船長はすぐに無線で警察へ通報。近くの交番の警察官と管区の機捜が、いま現場へ向かっているとのことだった。

知らせを聞いた斎宮は、その場ですぐ、多島港を所轄する呉原西署へ連絡を入れた。電話を受けた西署の刑事課長は、まだ詳しい状況がわからず、水死体の身元は判明していない、と答えた。

大上の失踪《しっそう》がなければ、他人事《ひとごと》に思えた情報だった。しかし、大上の身が案じられるいま、日岡は遺体を一刻も早く、確認せずにいられなかった。

日岡は友竹に、水死体があがった多島港へ急行する許可を求めた。大上のことは、あえて口にしなかった。言葉にしなくても、わかると思った。友竹は日岡の予想どおり、迷いなく許可を出した。

埠頭に着いた日岡は、慌ただしく車のドアをロックすると、赤色灯が回っているパトカーへ向かって駆け出した。二台のパトカーと一台の覆面車両の間に、港で働いている関係者と思《おぼ》しき者たちの輪ができていた。日岡は人の輪を肩でこじ開けると、やじうま整理をしている制服警官へ警察手帳をかざし、遺体へ駆け寄った。

遺体に被《かぶ》せてあるブルーシートの傍《そば》に、年配の捜査員が片膝《ひざ》をついていた。ブルーシートをじっと眺めている。日岡に気づくと、男は地面から立ち上がり、西署の今藤《こんどう》と名乗った。

日岡は荒い息を整えながら、所属と名前を告げた。

「身元は……遺体の身元は割れたんですか」

日岡の問いに今藤はなにも答えず、ブルーシートに目を落とした。自分で確かめろと言っているのだ。

日岡は動悸《どうき》を抑えながら地面に膝をつき、ブルーシートを捲《めく》った。

動悸が一瞬で止まった。

――大上だ。

長いこと海水に浸《つ》かっていたため、顔は膨れあがり、脂が浮いて黄色くなっている。

調べを終えた捜査員が気を利かせたのか、発見されたままの状態なのかはわからないが、膨れた瞼《まぶた》は閉じていた。

波に持っていかれたらしく、衣服はなにも身に着けていない。海底に擦《こす》られたときについたものなのか、暴行によってできたものなのか、全身の皮膚は痣《あざ》と擦り傷に覆われていた。

変わり果てた容姿に、付き合いが浅い者であれば、この水死体が大上だとはわからないだろう。だが、この一カ月あまりのあいだ、朝から晩まで、ほぼ毎日ともにいた日岡には、目の前の遺体が大上だとすぐにわかった。形が変わった顔に、生前の大上の顔がぴたりと重なる。学生時代の柔道で潰《つぶ》れた耳も、同じだった。

遺体を見つめたまま動かない日岡に、今藤が声をかける。

「東署の二課といえば、大上巡査部長が数日前から行方不明になっとる、と聞いとるが……」

それ以上は口にしなかったが、今藤が続けたい言葉がなにか日岡にはわかっていた。

——遺体は、大上さんかね。

咄嗟《とっさ》に言葉が、出てこない。相手も気遣っているのか、なにも言わなかった。今藤との間に沈黙が流れる。

ふと、頭に浮かんだことを、そのまま口にする。

「帽子は見つかっていませんか。白いパナマ帽です」

大上がパナマ帽を愛用していたことを、今藤は知らないのだろう。不思議な表情をしながら答えた。

「いや、そんなもんは発見されとらんが、それがなにか……」

大上は下着一枚身に着けていないのだ。帽子が発見されるはずがない。

わかり切った質問だった。日岡は自分が、激しく動揺していることに気づいた。

暑さのせいか、軽い眩暈《めまい》を覚えた。

日岡はブルーシートを元に戻すと、自分が乗ってきた覆面車両に戻った。無線のスイッチを入れ、署へ連絡を取る。

「車両二〇一より本部どうぞ。こちら日岡。現在、多島港の埠頭にて、身元不明の水死体を確認。これから検視が行われますが、自分が確認したところ、水死体は今月十八日に確認されて以降行方がわからなくなっている大上巡査部長と思われます」

それだけ言うと、日岡は無線の通話機を置いた。

運転席のシートにもたれ、港を見つめる。

埠頭の騒ぎをよそに、港の景色はいつもと変わらなかった。ウミネコが甲高い鳴き声をあげながら空を飛び、海は夏の日差しを受けて、波が白くさざめいている。

なにも変わらないのに、大上だけがいない。

日岡は助手席をぼんやり見やった。

パナマ帽を斜《はす》に被りながら、煙草をふかす大上の姿が目に浮かぶ。

無線から、友竹の声が聞こえた。

「こちら友竹。日岡、詳しく説明しろ。埠頭からあがった遺体は本当にガミさんなのか。なにか確証になるものは見つかったのか。おい日岡、なんとか言え、日岡！」

友竹の声は次第に、怒声へと変わっていく。

日岡は、がなり立てる無線を無視した。

いまは、ウミネコの声だけを聞いていたかった。


遺体があがってから三時間後、検視の結果、水死体の身元が判明した。歯形を照合した結果、呉原東署巡査部長、大上章吾のものと一致した。呉原西署は水死体を、大上と断定した。

大上の死は、すぐにマスコミの知れるところとなった。所轄の西署と大上が所属する東署には、テレビ局の報道スタッフや新聞記者が詰めかけた。

暴力団との癒着を疑われ、失踪していた刑事の死——事が知れるにつれマスコミは、砂糖に群がる蟻のように東署に押し寄せた。入り口に陣取る報道関係者の、怒声にも似た甲張《かんば》り声は、刑事課がある二階にまで聞こえてくる。

遺体が大上と判明したあと、二課の暴力団係大上班では、緊急の会議が開かれた。

斎宮が神妙な面持ちで告げる。

「現在、西署は事件と事故の両方で捜査しているが、いまわかっている情報によると、事故の可能性が高いらしい。血中から大量のアルコールと、強力な睡眠成分である塩酸クロルプロマジン、その睡眠作用を増加させるバルビツール酸系の成分が検出された。西署の鑑識は、検視結果を含めて、大上に自殺の理由が見当たらないことから、飲酒後、多量の睡眠薬と鎮静剤を服用し、出かけた多島港で足を滑らせて転落。海で溺死《できし》したとの方向で捜査を進めている。西署の捜査員が大上の部屋を調べたところ、強力な睡眠薬であるベゲタミンと、鎮静薬であるフェノバルビタールがテーブルの上にあったとのことだ」

日岡は異議を唱える気力もなく、椅子の上で項垂《うなだ》れていた。

いままで日岡は、何度も大上の部屋に入っている。大上が薬を服用しているところを見たこともなければ、部屋で薬らしきものを見たこともない。大上の失踪後は玄関先からなかを覗《のぞ》いただけだから気づかなかったが、誰かが事故死に見せかけるため、わざと置いたに決まっている。その誰かとは、おそらく五十子会の関係者だ。

睡眠薬を飲ませて海に放り込む。かつて自分の組の若頭を手にかけたときと、同じ手法だ。

五十子は一之瀬の破門を譲らなかった。いや、話し合いの場では、もしかしたら譲ったのかもしれない。手打ちに託《かこつ》けて睡眠薬入りの酒を飲ませ、意識を奪った可能性もある。だが、いずれにせよ、自分の生殺与奪の権を握ったに等しい大上を、五十子は生かしておくつもりはなかった。

第一、大上は睡眠薬に頼るようなタマではない。これは間違いなく殺しだ。

日岡と同じ思いは、会議に出席している大上班員全員が持っているらしかった。斎宮の報告に誰も言葉を返さず、日岡と同じように、口を固く閉ざし俯《うつむ》いている。班員たちの顔には、悲しみよりも、大上の死を事故死として片づけ、警察と暴力団の癒着をうやむやにしてしまおうという上層部のやり方に対する怒りが、強く滲《にじ》んでいた。

斎宮は報告を終えると、おもむろに席を立った。

「会議はこれで終《しま》いじゃ。またなにか新しい情報が入り次第、報告する。わしはいまから、ガミがおる西署の遺体安置所へ行ってくる」

お供します、と言って友竹も席を立った。

ふたりが部屋を出ていくと、唐津は席を立ち、自分が座っていたパイプ椅子を力任せに蹴《け》りつけた。椅子が音を立てて壁にぶつかる。

唐津は何も言わず、部屋を出ていく。柴浦も瀬内も高塚も、無言で後に続いた。

独り残された日岡は、ゆっくりと席から立ち上がった。ズボンのポケットに手を突っ込み、大上が遺《のこ》したジッポーの感触を確かめる。強く握りしめると、部屋を出た。

午後はどんな仕事をしたのか、よく覚えていない。ただ機械的に、職務をこなした。

覚えているのは、広報課の人間が何度も二課を訪れ、マスコミに対してどんなコメントを返せばいいのか、課員に指示を仰いでいた姿だ。詳細がわかるまでコメントは出せないと答える課員に、広報課の女性が取り乱しながら、ヒステリックな声でなにか言い返していた。

終業時間になると、大上班の人間は、遺体が収容されている西署の遺体安置所へ向かった。このあたりでは、通夜を行い、そのあと葬儀を営み火葬にする。しかし、大上の場合、遺体の腐敗が進んでいるため明日の朝早くに火葬を済ませ、それから通夜と葬儀を執り行うという。

日岡は西署には行かなかった。

大上には埠頭でもう会っている。外せない所用があるからと、唐津の誘いを断った。

（二）

東署を出ると、日岡は志乃へ向かった。

大上の訃報《ふほう》を、自分の口で晶子へ知らせなければいけない、と思った。

午後六時。いつもなら表のあかりが灯《とも》り、暖簾《のれん》がかかっている時間だが、店は暗く暖簾も出ていなかった。

日岡は引き戸に手をかけた。鍵はかかっていない。

引き戸をゆっくりと開けると、薄暗い店のなかで、晶子がカウンターの隅に座っていた。顔を上げず、俯いたまま背中越しに訊《たず》ねる。

「秀ちゃん?」

日岡は、はい、と答えた。

晶子は顔を覆っていた手をのけると、後ろを振り返った。幽鬼のように青白く、目に生気がない。

店に一歩入り、後ろ手に引き戸を閉めた。

「今日は、大上さんの件で来ました」

晶子が絞り出すように、声を発する。

「さっき、瀧井さんから、電話があった。守ちゃんからも。全部、聞いた」

言葉が見つからない日岡に、晶子が眉《まゆ》を下げる。泣き笑いのような顔だ。

「そんなとこに突っ立っとらんで、こっちに来て座りんさい」

肯《うなず》き、黙ってカウンターに座る。

晶子はカウンターのなかへ入り、日岡の前に一升瓶を置いた。店の灯《あか》りはつけず、カウンターの隅にある、行灯《あんどん》の形をした間接照明のスイッチを入れる。店のなかが、橙色《だいだいいろ》に染まった。

湯呑《ゆの》みに日本酒を注《つ》ぎながら言う。

「今日はこっちの方がええよねえ」

自分の湯呑みにも酒を注ぎ、晶子は一息に呷《あお》った。大きく息を吐き出す。

「こういうときこそ、いつもどおりにしとらんといけんのんよ。泣いたり狼狽《うろた》えたりしちゃァいけん。そんなことしたって、死んだもんは還《かえ》らんのじゃけ」

言葉の最後は、自分に言い聞かせるような口調だった。

日岡は湯呑みに口をつけ、息を止めて酒を飲み干した。

アルコールが食道を焼き、胃の中で熱を発する。胃壁に染みていく感覚が、いつもよりはっきりとわかった。

カウンターの向かいから、晶子がもうひとつ湯呑みを取り出し日岡の隣に置いた。いつも大上が座る席だ。酒を注ぐと、震える声でつぶやく。

「あんたも、好きなだけ飲みんさい」

懸命に、涙を堪《こら》えている顔だ。

日岡は静かに言った。

「泣かんのですか」

瞼は腫《は》れ、目は赤かったが、晶子は涙を流していなかった。

晶子は力なく笑った。日岡の湯呑みに酒を足しながら言う。

「うちゃァ、亭主が死んでから、人前じゃァ泣かんと決めたんよ。それに、極道の世界に関わっとる人は、長生きできんとわかっとるからね。覚悟はできとる」

でも、と晶子は睫毛《まつげ》を伏せた。

「ガミさんが、こがあに早う逝《い》ってしまうとは思わんかった。秀ちゃんとこうして飲んどると、いまにもあそこから顔を出しそう」

あそこ、と言いながら、晶子は店の入り口に目を向けた。日岡も引き戸を見る。晶子の言うとおり、いまにも戸が開いて大上が入ってきそうだ。

日岡は入り口から顔を背け、ズボンのポケットに片手を入れた。ポケットのなかで、ジッポーの蓋《ふた》を開け閉めする。

晶子は二杯目の日本酒を飲み干すと、ぽつりと言った。

「秀ちゃん。悪いけど、入り口の鍵、かけてくれん？」

もう今夜は、誰も店に入れる気はないのだろう。

日岡は椅子から立ち上がると、引き戸の鍵をかけた。

湯呑みに残っている酒を飲んだら帰ろう。晶子をひとりにして、思い切り泣かせてあげたい、そう思った。

椅子に戻り湯呑みを手にした日岡を、晶子はカウンターのなかから呼んだ。

「ちょっとこっちへ、来んさい」

カウンターのなかへ来い、ということか。

理由がわからないまま、晶子に従い、なかに入った。

晶子はカウンターの脇から、裏口へ続いている通路に歩を進める。日岡もあとに続いた。

裸電球がひとつだけ灯る薄暗い通路に、冷蔵庫が置かれていた。ドアがひとつしかない、旧式のものだ。

晶子は腰をかがめると、両手で冷蔵庫を抱え力を入れた。冷蔵庫の下についているキャスターが軋《きし》んで動き、壁から離れた。

冷蔵庫の後ろの壁には、四角い穴が開いていた。小さめの冷蔵庫の裏に、すっぽりと隠れるくらいの大きさだ。なかが黒く汚れている。どうやら、昔、炭を入れていた場所らしい。

晶子はその場にしゃがむと、穴の奥に手を入れ、なかからなにかを取り出した。

唐草模様の風呂敷《ふろしき》包みだった。炭と埃《ほこり》で汚れている。風呂敷の汚れを晶子は軽く手で払うと、日岡に差し出した。

「これは？」

晶子は日岡を、怖いくらい真剣な目で見た。

「ガミさんから、万が一、自分になにかあったら、あんたに渡してくれって頼まれとったもの」

日岡は息を呑んだ。

――万が一のときは、頼むど。

生前の姿を見かけた最後の夜、志乃のカウンターで日岡に言った大上の言葉が、耳の奥で蘇《よみがえ》る。

日岡は風呂敷包みを受け取り地面に置くと、もどかしく結び目を解いた。

中身を見た日岡は、言葉を失った。レンガほどの厚みの、ラップで巻かれた札束が四つと、大学ノートが一冊あった。

ラップのなかには、帯封でまとめられた百万円が五つ入っている。五百万のレンガが四つ。しめて二千万の金だった。

これはいったい――

日岡は口を開けたまま、呆然《ぼうぜん》と晶子を見上げた。

立っていた晶子は日岡の隣にしゃがむと、ラップで巻かれた札束をひとつ手に取り、溜《た》め息を吐《つ》きながら眺めた。

「このお金はねえ、ガミさんが極道の上前を撥《は》ねて貯めたもんなんよ」

いつぞや瀧井組を訪れたとき、大上が瀧井から封筒のようなものを受け取っていた光景が、日岡の頭に浮かぶ。

晶子の話によると、この金を大上は、捜査費用に充てていたという。大上が飼っていたエスへの謝礼や、大上班の宴会費用は、この金のなかから出ていたのだろう。

「女や車と同じで、ほんまもんを手に入れよう思うたら、ようけ金がいる。情報も同じじゃ。ガミさんはよう、そう言うとった」

余った金はすべて自分に預けていた、と晶子は言った。

でもね、と晶子は、怖い顔で日岡を見据えた。

「ガミさんがあんたに渡したかったんは、お金よりもこっちの方——」

こっち、と言いながら晶子は、風呂敷の上の大学ノートに手を添えた。

日岡はノートを手に取ると、表紙を捲った。

ページを繰るうち、手が震えてきた。

これは——

日岡は背後の晶子を、勢いよく振り返った。

強い眼差《まなざ》しをした晶子が、日岡の目を見ながら肯く。

ノートには、大上が長年集めた、警察の不祥事や警察上層部の醜聞、事件の揉《も》み消しといった汚行が綴《つづ》られていた。

裏金作りの証拠となる通帳の銀行口座、所轄の署長が異動になる際パチンコ屋や暴力団から受け取った餞別《せんべつ》の金額などが、詳細に記されている。

県警幹部の女性関係も書かれている。県警交通部の課長が風俗で女を買って問題を起こし、暴力団に脅された事件や、所轄の警部が未成年者を買春した事実も記されている。誰が撮ったものか――おそらく暴力団関係者が密《ひそ》かに撮影したのだろうが――件《くだん》の警部が、少女を連れてホテルの入り口をくぐっている写真も貼られていた。

ノートのなかに知っている人間の名前を見つけ、日岡は思わず声をあげそうになった。嵯峨《さが》大輔《だいすけ》――日岡の機動隊時代の上司で、いまは県警監察官室に籍を置く警視だ。流通りにあるバー「カサブランカ」のホステス、瞳《ひとみ》と懇ろになり、子供を堕胎させる、と書かれている。

警察組織にとってこのノートは、災厄の詰まったパンドラの箱だ。違いは、最後に希望すら残されていないことだろう。

日岡は確信した。

――このノートがあったから、県警幹部は大上に手を出せなかった。

上層部からすれば、暴力団と気脈を通じているうえ、組織に従わず、問題を起こしてはマスコミや世間からバッシングを浴びる大上は、厄介者だった。なにかしらの理由をこじつけて、懲戒処分とまではいかなくとも、捜査の一線から退かせたかったはずだ。それができなかったのは、警察組織を揺るがすパンドラの箱を、大上が持っていると知っていたからだ。

このノートは、大上が警察組織で生き残るための切り札だった。

夢中でノートを読み込む日岡の手に、晶子が触れた。

我に返り、晶子を見る。

晶子はまっすぐな視線で、日岡を見つめていた。

日岡の手に自分の手を重ね、ノートを包み込む。

「ガミさんの形見じゃけ、あんたがしっかり使いんさい」

唾《つば》を飲み込む。返事をしなかった。言葉が見つからない。

二千万円の金とノートを風呂敷で包み、穴のなかへ戻すと、日岡は冷蔵庫を元あった場所に動かした。

「秀ちゃん」

晶子が日岡を呼ぶ。縋《すが》るような声だ。

日岡は黙って頭を下げると、裏口から店を出た。

通りに出て大きく息を吐き、ズボンのポケットに片手を突っ込んだ。ジッポーを手で弄《もてあそ》ぶ。

自分に訊《き》いた。

——俺はこれから、どうすればいい。

十三章

――日誌。

昭和六十三年七月二十七日。

午後一時。広島市内、然臨寺《ぜんりんじ》にて大上章吾巡査部長葬儀。

午後八時。広島県警監察官室出頭。

（一）

大上の葬儀は、妻子の遺骨が眠る大上家の菩提《ぼだい》寺、然臨寺で執り行われた。然臨寺は広島市の東端に位置する。呉原からは、車で三十分くらいの距離だ。

寺の本堂は、葬儀の参列者で埋め尽くされていた。なかに入り切れない者が、濡《ぬ》れ縁にまで溢《あふ》れている。

最前列には喪主である大上の姉、高城秀子《たかしろひでこ》とその家族、続いて県警副本部長以下、警察の幹部が陣取り、その後ろに呉原東署の職員たちが膝《ひざ》を揃えていた。日岡が座っているのは、警察関係者の末席だ。

濡れ縁に座る参列者には、女性の姿が目立った。晶子や瀧井の妻、洋子も顔を見せている。ほかにも暴力団関係者の妻や広島市内のホステスが焼香に訪れていた。黒い着物姿の大半はヤクザの姐《あね》で、洋装の喪服はほとんどが水商売の女だ、と隣の高塚が耳打ちする。

瀧井や一之瀬など、現役ヤクザの姿はない。引退した堅気の元尾谷組幹部や、組関係者だった市議会議員の顔が散見されるくらいだ。故人とどれだけ親交が深かろうが、暴力団の組長や若頭が、表立って警察官の葬儀に顔を出すわけにはいかない。ヤクザが参列することは、故人や遺族の迷惑になる。だから名代として、自分の女や女房を参列させるのだ。

喪服姿で背筋を伸ばし、祭壇をまっすぐに見つめている晶子の隣で、洋子がハンカチを顔に当て項垂《うなだ》れている。激しく上下する肩の震えから、声をあげ泣いているようだ。が、境内から聞こえてくる蟬時雨《せみしぐれ》にかき消され、日岡の耳までは届かなかった。

読経しながら、僧侶《そうりょ》が参列者へ焼香を促す。

喪主の秀子から順に、焼香がはじまる。

隣の高塚が立ち上がり、日岡もあとへ続いた。

祭壇の前に立つと、日岡は白い花で縁取られた遺影を見つめた。

写真のなかの大上は制服を着ていた。不機嫌そうな顔でこちらを睨《にら》んでいる。斎宮の話では、警察庁長官賞を受賞したときのものらしい。

日岡は遺影の前に置かれている遺骨の隣に、手にしていたパナマ帽を置いた。葬儀がはじまる前に、探して買い求めた品だ。色も形も、大上が愛用していたものとほぼ同じ帽子だった。

——おお、気が利くのう。これがのうて、落ち着かんかったんじゃ。

大上の上機嫌な声が、聞こえるような気がした。

大上の遺体は昨日、茶毘《だび》にふされ、呉原のセレモニーホールで通夜が営まれた。通夜は広島ではなく地元の呉原で、というのが秀子の意向だった。世話になった人に、少しでも礼が言いたい、という秀子なりの思いがあったようだ。

通夜には東署の署長をはじめとする警察関係者のほか、大上が檀家《だんか》回りをしていた店の主《あるじ》や、晶子をはじめとする飲み屋のママやホステスなど、以前から大上と交流があった者たちが、多数参列した。

祭壇の前で参列者に頭を下げている秀子は、憔悴《しょうすい》の色は隠せないものの、警察官の遺族としての気丈さを保っていた。たったひとりの弟を失った悲しみの奥に、命を落とす可能性がある職に身内が就いていた者だけが持つ、覚悟のようなものが見て取れた。

秀子は大上より六歳上で、大上が任官した年に、縁あって東北の地へ嫁いだ。母親が生きていたころは、年に一度は帰省していたが、母親が亡くなり、同居している舅《しゅうと》が認知症を患ってからは、帰省することは難しくなっていた。最後に広島へ帰ったのは五年前、母親の十七回忌のときだったという。弟との次の再会が、まさか本人の葬儀になるとは思わなかった、と秀子は半ば放心した態《てい》で言葉を漏らした。

通夜がはじまって間もなく、年配の女性が遅れてやってきた。以前、上早稲事件で加古村組の動向を探るため訪ねた、煙草屋の吉田カツだった。参列者の後ろにいる日岡を認めると、カツは深々と頭を下げて隣へ座り、数珠《じゅず》を手にして熱心に経を唱えた。

僧侶の読経が終わると、カツは目配せして日岡を廊下へ連れ出し、抱えていた風呂敷《ふろしき》包みから煙草のカートンをふたつ取り出した。大上が愛飲していたショートピースだ。

「これ、香典代わりに、供えてもらえんじゃろうか。恥ずかしい話じゃが、急じゃったもんじゃけ、現金の持ち合わせがのうて、のう」

カツは顔を伏せると小さく息を吐《は》き、年金暮らしで、煙草屋のあがりなんぞ小遣いにもなりゃァせんのよ、とつぶやいた。

「香典を持たんできたもんじゃけえ、芳名帳にも名前を書いとらん。じゃけえ、あんたからガミさんに、カツが別れを告げにきたいうて、よう言うとっちゃってくれんかのう」

カツは喪服のポケットからハンカチを取り出し、泣き腫《は》らした目元に当てた。

「わしはガミさんにはほんま、世話になった。わしがこの歳まで生きてこれたんは、半分はあん人のおかげじゃ。あがなええ人間は、滅多《めった》におらん。ガミさんより、もっと先に逝《い》かにゃァいけんやつらがごまんとおるのに、神さんは、なに……しとるん……」

最後は嗚咽《おえつ》が混じり、言葉にならないようだった。

日岡は頭を下げて、カツから煙草を受け取った。

本堂での焼香を終えた日岡は、改めて大上の遺影を見つめた。

祭壇には、他の供物に交じって、昨日カツが持ってきた煙草が置かれている。遺族の配慮だ。カツの話は、晶子を通して姉の秀子に伝えてあった。大上は県警幹部の名前で供えられた花輪より、カツがくれたショートピースの方を喜ぶだろう。

降り注ぐ夏の強い日差しが、境内を白く染めている。喪服を着た参列者たちが影のように膝を詰める薄暗い本堂のなかで、遺骨を包んだ白い布と、日岡が供えた白いパナマ帽だけが、浮き上がって見える。

大上の死は、殉職ではない。むろん公葬にはならず、二階級特進もなく、功績が認められた者に送られる賞恤《しょうじゅつ》金もない。単に酔い潰《つぶ》れて海に落ち死んだ、個人の事故死として片づけられた。

――だが、真実は違う。大上の死は紛れもなく殉職だ。上司の密命を帯び、マル暴の刑事として呉原の暴力団抗争を阻止しようとした結果、職務途上で無残にも命を奪われた犠牲者だ。

固く目を閉じ、合掌する。祭壇から退くとき、ズボンのポケットのなかのジッポーを、日岡は強く意識した。

（二）

葬儀のあと、精進落としの席が用意された。だが、大上班をはじめ二課の面々は丁重に辞退し、揃って広島から呉原に戻った。同僚による大上を偲《しの》ぶ会が、友竹の仕切りで予定されていたからだ。署長の毛利も、あとで顔を出すという。

場所は「富美」だった。上早稲の遺体があがった日、慰労会で使った店だ。騒がしい大衆居酒屋ではなく、小料理屋のような静かな店がいいのではないか、という声もあったが、友竹は富美でやると言い張った。

「ガミさんはのう、馴染《なじ》みの店の方がええんじゃ！　わしゃァよーう知っとる」

無表情を装ってはいるが、怒りを吐き出すかのような友竹の口調からは、部下の死への自責の念と、哀悼の思いが窺《うかが》えた。

日岡は富美での偲ぶ会を、体調不良を理由に断った。

この一週間でげっそり削《そ》げた日岡の頬を見て、そうか、と友竹は小さく肯《うなず》いた。

飲もうと思えばいくらでも飲める。むしろ、浴びるほど飲みたい気分だった。しかし、同僚と一緒には、飲みたくなかった。

大上の死を事故死として片付けようとしている上層部への不満が、酒が進むにつれ噴き出すに決まっている。柴浦も瀬内も高塚も、黙っているとは考えられない。もともと癖の良くない唐津の絡み酒は、友竹や斎宮で留《とど》まらず、署長の毛利にまで及ぶだろう。飲み会の席は間違いなく荒れる。人を見下すように唇の端をあげる毛利へ、食ってかかる唐津の姿が目に浮かぶようだった。大上への哀悼の場を、そんなかたちで汚してほしくなかった。なによりも、自分自身を、抑える自信がなかった。

日岡はみなと別れ、歩いて志乃へ向かった。

晶子はたぶん、店にいる。大上を偲んで、ひとり一升瓶を抱えている——そんな気がした。いなければいないで、ひとり路上で、カップ酒でも呷《あお》るつもりだった。

店先には、黒枠に囲まれた「忌中」の張り紙があった。カーテンは閉まっている。が、引き戸に鍵《かぎ》はかかっていなかった。

軽くノックし、名乗ってからゆっくり戸を開ける。

「いらっしゃい」

頰にかかった解《ほつ》れ毛を搔《か》きあげ、晶子が振り返った。喪服のままだ。声が微醺《びくん》を帯びている。すでに飲んでいるようだ。晶子は目尻《めじり》を拭《ぬぐ》うと、隣の席を引き日岡を手招きした。

「たぶん来るじゃろう思うとった。東署《カイシヤ》の方はええん？」

偲ぶ会の件を言っているのだ。大上の葬儀の日に、公休を取ることは告げていた。二課の面々が連れだって帰るのを見て、どこかで飲み会が催されるものと想像したのだろう。

「体調が優れんいうて、断ってきました」

「大丈夫なん？」

心配そうに晶子が首を傾げる。本当に身体を気遣っているようだ。

日岡は隣に腰を下ろしながら言った。

「平気です。ここで飲みたかっただけですから」

晶子が嬉《うれ》しそうに笑みを浮かべた。新しい湯呑《ゆの》みを用意し、日岡に差し出す。

「ほうね。うちとあんたで偲んであげる方が、ガミさんも喜ぶじゃろね」

言いながら、溢れそうになるまで一升瓶を傾ける。

いつも大上が座っていたカウンターの端には、コップ酒が置かれていた。

晶子は自分の湯呑みに酒を注《つ》ぐと、大上のコップ酒に献杯の仕草を見せ、日岡の湯呑みに軽く合わせた。

なみなみと注がれた酒に顔を近づけ、啜《すす》るように一口飲んで湯呑みを持ち上げる。大上の席に向かって献杯した。

「いまねえ、ガミさんに言うとったんよ。ほんま、警察なんか当てにならんいうて。上には上の立場があるんはわかるけど、もっと早《はよ》う手を打っとけば、こんなことにはならんかったじゃろう。うちはそれが、どうしても納得いかんのよ。行方不明になったその日に、警察が動いとってくれたら、ガミさんは死なんですんだんじゃないんかね。あんたも、そう思わんね」

正確な死亡日時は出ていないが、胃の内容物から大上の死亡は、七月十九日未明から朝にかけてと推定されている。大上が五十子に会ったと思われるのは十八日深夜——つまり、翌朝すぐ動いていたとしても、大上の死は防げなかったことになる。

が、いまさら事実を告げてどうなる。

日岡は黙って肯いた。

晶子は諦《あきら》め切れない視線を大上の席に向けると、カウンターに肘《ひじ》をついた。片手に顎《あご》を乗せ、酒が入った湯呑みをゆらゆらと揺らす。

部屋を沈黙が支配した。時間が静かに流れていく。

思い出話をしようと思えば、いくらでもできた。大上と共有した時間は一カ月あまりだったが、日岡の人生でもっとも濃密な時間だった。記憶のページを捲《めく》れば、冒頭には大上の、鮮烈な思い出が詰まっている。

しかしいまは、言葉にしたくなかった。言葉にした途端、大上の死を現実のものとして受け容《い》れてしまいそうな自分がいた。

いつの間にか湯呑みが空になっていた。気づいた晶子が、一升瓶を傾け、酌をする。

そのまま自分の湯吞みにも酒を注ぎ足すと、晶子が意を決したように口を開いた。

「秀ちゃん。あんた、ガミさんの形見をもらう決心は、ついたんね」

日岡はカウンターの奥を凝視した。冷蔵庫の裏に隠された、多額の現金と大上の爆弾メモの件だ。

ここ数日、胸の中にわだかまっていた疑問が、また頭を擡《もた》げた。

——それにしてもなぜ大上は、これほど大切なものを、晶子に預けていたのだろう。

気がつくと口に出して言葉にしていた。

「大上さんとはやはり、店の女将《おかみ》と常連という関係を超えた間柄だったんですか」

晶子は一瞬、虚を衝《つ》かれたような顔を見せた。戸惑いの色が浮かんでいる。

「あんたまだ、うちとガミさんのこと疑《うたご》うとるんね」

日岡はなんと答えていいかわからず、カウンターの白木に目を落とした。

隣で晶子が、くくっと、喉《のど》を詰まらせて笑う。

「前にも言うたでしょ。ガミさんとはほんま、なんもないんよ——そういうんは」

たしかに、男女の関係を否定する晶子の言葉は聞いていた。大上が女の存在を仄《ほの》めかして夜の街に出かけるのを、平然と見送る晶子の姿も見ている。本当になにもないのだ、とこの前までは感じていた。だが、二千万の現金と極秘ノートを見せられて、肉体関係はないと信じられなくなっていた。特別な関係になければ、あれだけのものを預けるはずがない。特別な関係——男女の関係以外、日岡には思い当たらなかった。

誤解されないよう、言葉を選びながら説明する。

「すいません。無粋な訊《き》き方をして……ただ、あの金とノートは、大上さんの、いわばすべてです。金はともかく、外に漏れたら県警が吹っ飛ぶほどの情報が記されたノートは、大上さんが、警察内部で自分の立場を守るために持っていた切り札だ。自分の刑事生命そのものと言っていい。そんな重要なものを、いくら付き合いが長いと言っても、店の女将に預けるものでしょうか。大上さんと晶子さんは、互いに一蓮托生《いちれんたくしょう》の間柄だった。そう考えるのが自然だと思いました」

宙を見やりながら日岡の言葉をじっと聞いていた晶子は、一蓮托生ねえ、と小さくつぶやいた。

「それは、そうじゃね。うちらはたしかに、一蓮托生の間柄じゃった」

柔らかかった眼差《まなざ》しの奥に、強い光が宿った。日本酒を一口呷り、言葉を続ける。

「あんたには全部、話しといてあげる。ガミさんが見込んだ男じゃけ」

残りの酒を飲み干し、大きく息を吐く。昔を思い出すように、晶子は視線を遠くに投げた。

日岡は先を促そうと、晶子の湯呑みに黙って酒を注いだ。

「いま、うちがこうしておられるんは、ガミさんのおかげなんよ」

そう言うと晶子は、ある事件について語りはじめた。晶子の亭主だった、賽本友保が殺された事件だ。

十四年前の昭和四十九年、五十子会と尾谷組は、港湾荷役の利権をめぐり、緊迫した状況下にあった。そもそも敵対関係にあった両組は、かねて互いに睨み合っていて、小競り合いが絶えなかった。両組の組員たちの間に蟠《わだかま》った、積年の敵愾《てきがい》心と憤懣《ふんまん》は、爆発寸前まで来ていた。

そんななか、尾谷組の若頭だった賽本が、呉原市宮出《みやで》通りのバーで射殺された。弾《はじ》いたのは五十子会の高木浩介だ。まだ盃《さかずき》をもらって半年も経たない、チンピラだった。

警察の取り調べで、高木は犯行動機をこう供述した。バーで飲んでいたとき、居合わせた賽本と口論になり、顔を殴られた。腹が立ったので、つい引き金を引いた。

しかし、その後の警察の調べで、両者の間に諍《いさか》いがあって高木が賽本に殴られたのは事実だが、もともと突っかかっていったのは高木で、賽本を執拗《しつよう》に挑発していたことがわかった。相手が手を出してくるまで絡んで、そこを弾く——鉄砲玉によくある手口だ。怒りによる個人的かつ突発的な犯行という体裁を整え、組織の命令や計画性を追及されないための、方便である。先に殺されたら殺されたで、殺された側に戦争の大義名分ができる。どっちに転んでも、損はないという計算だ。

「賽本の死に顔を見たけど、そりゃァひどいもんじゃった。顎から耳にかけて弾が抜けとってね、顔の半分が——」

晶子が顔を歪《ゆが》め、唇を強く結んだ。言葉が出てこないようだ。口元がわなわなと、震えている。

沈黙のあと晶子は目がしらを拭い、酒を一口呷ると、落ち着きを取り戻し淡々と話を続けた。

事件は高木の単独犯行として片づけられた。収まらないのは尾谷組で、賽本が殺害されたその日のうちに、戦闘態勢に入った。五十子の自宅と組事務所をすぐさま襲撃したが、組長をはじめとする幹部は、殴り込みを予期し、あらかじめ広島に逃げていた。やはり、賽本殺害は計画的犯行だったのだ。

尾谷組が手をつくし調べたところ、絵図を描いたのは五十子会若頭、金村安則だという情報が入ってきた。賽本と金村は歳も近く、極道になった時期もほぼ重なっている。二人とも呉原の出身だが、お互い、不良時代から反りが合わなかった。敵対する組織に身を置いた以上、いずれ命の取り合いになるのは見えていた。金村はこの機会に、どうしても賽本を排除しておきたかったのだろう。

尾谷組の組員たちは、若頭の仇《かたき》を討つべく、躍起になって金村を追った。まだ若い一之瀬も拳銃《けんじゆう》を懐に、血眼になって呉原を捜し回った。

賽本の命は首尾よく奪ったが、自分が殺《や》られては元も子もない。身の危険を感じた金村は、組長の五十子とともに、広島市西北の友岡《ともおか》組へ密《ひそ》かに身を寄せた。友岡昭三《しようぞう》は五十子の飲み分けの兄弟で、金村にとっては叔父《おじ》貴《き》分にあたる。友岡組は山口市に本拠を構える、河相《かわい》一家の組内だった。河相一家は反・明石組を標榜《ひようぼう》する関西十二日会の重鎮で、明石組と関係が深い尾谷組とは、反目する立場にある。当時、仁正会はまだ結成されておらず、瀧井らが所属するその前身の綿船組は、尾谷との関係を考慮して中立を宣言していた。

所在が割れたとしても、尾谷組は友岡組へ、殴りこみをかけるわけにはいかない。そんなことをすれば、河相一家と、その背後にいる関西十二日会すべてを敵に回すことになる。第一、もしそこに金村たちがいなければ、尾谷組はヤクザ社会で袋叩《だた》きに遭う。

しばらく身を潜めていれば、呉原で弾を撃ちまくっている尾谷組の組員は少しずつ逮捕され、戦力が削がれるはず、というのが金村の読みだった。金村は、いずれ関西十二日会に援軍を仰いで、一挙に決着をつけるつもりだったようだ。

「でもね、金村は、賽本が殺された、三カ月後に、死んだ」

晶子は言葉を嚙《か》みしめるように区切りながらつぶやいた。

以前この席で、金村の遺体が発見された経緯は晶子から聞いていた。

胸部を鋭利な刃物で刺された金村の遺体は、広島市内の墓地で発見された。大上がはじめて勤務した交番の、近くにある墓地だ。

遺体発見の前夜、金村は四六時中そばに置いているボディガードをつけずに、ひとりで出かけ、その後、死体で見つかった。

金村がなぜひとりで出かけたのか、理由はわからない。犯人もいまだ判明していない。

しかし安芸新聞には、犯人を名指ししたタレ込みがあった。

――投書に書いてあったんは、大上さん。あんたの名前じゃ。

高坂の言葉が、耳の奥に蘇《よみがえ》る。

日岡は重い息を吐くと、臍《ほぞ》を固めて晶子に訊《たず》ねた。

「金村を殺ったんは、大上さんなんですか」

十四年も経ったあとの密告に、信憑性《しんぴょう》があるとは思えない。だが、大上は潔白だ、とも信じ切れない自分がいた。志乃の二階で吉田を斬りつけたときの、大上の血走った目が脳裏に浮かぶ。

晶子は黙ったまま、遠くに視線を投げている。

日岡は固唾《かたず》を呑んで、晶子の返事を待った。

しばらくして、晶子がゆっくり顔を向けた。小さいが、はっきりした声で答える。

「金村を殺したんはガミさんやない。うちや」

——嘘だ。

日岡は頭のなかで、即座に否定した。

金村の死因は、鋭い刃物によって胸を刺されたことによる失血死だ。女の細腕で、大の男の、それもヤクザ者の、命を奪えるとは思えない。やはり金村を殺したのは大上で、晶子は自分のために手を血で汚した大上を、庇《かば》っているのだろうか。

顔に、信じられない、という気持ちが出ていたのだろう。晶子は首を軽く振ると、薄く口角をあげた。泣き笑いのような表情だ。

「嘘じゃない。ほんまよ。秀ちゃんが思ってるより、うちは悪い女なんよ」

そう言って晶子は、昔語りを続けた。

金村と晶子は、以前から面識があった。

若い時分、晶子は呉原で一番の大箱の、キャバレー「白《しら》ゆり座」でホステスをしていた。器量もスタイルもよく、会話にも長《た》けていた晶子は、あっという間に店のナンバーワンになった。足繁《しげ》く通ってくる馴染み客のなかに、五十子会で売り出し中のヤクザ、金村がいた。若頭になる前の話だ。

金村は金や物で晶子の歓心を買い、自分の女にしようとした。金村が持ってくるバッグや時計は、すべて本物のブランド品で、店のホステスの誰もが羨《うらや》む、高額なものばかりだった。

「でも、うちは金村に一度も、手を出させんかった。プレゼントは全部、丁重に返した。金や物では自分を売らん、惚《ほ》れた男としか肌は合わせん——そう決めとった。ホステスしとるのに、おかしいでしょ」

日岡は唇を窄《すぼ》め、小さく首を振った。ホステスになった理由はわからないが、晶子ならありそうな話に聞こえた。

男と女は、逃げれば追うもの、と相場は決まっている。自分に微塵《みじん》もなびかない晶子への金村の執着は、日を追うごとに増していった。

あまりのしつこさに、晶子は店を辞め、広島へ逃げた。流通りのクラブに勤めているとき知り合ったのが、尾谷の供でたまたま店を訪れた賽本だった。

晶子がホステス業から足を洗い、賽本と籍を入れると知ったとき、金村は荒れに荒れたという。自分を袖《そで》にした女が、選《よ》りによって賽本に惚れた、というのが許せなかったらしい。

――そのうち必ず、賽本の外道を殺っちゃる。

若い者にそう宣言した、という話が、晶子の耳にも入ってきた。

以来ずっと、機会を窺っていたのだろう。

「金村っちゅう男は、ほんと人間のクズ……ううん、それ以下の男でね。自分が命を奪った男の女房のもとへ、連絡してきたんよ。さも、心配しとる振りして」

湯呑みを持つ晶子の手に、力がこもるのがわかった。

「金村の粘つくような声を聞いとったら、反吐《へど》が出そうになった。あんたがうちの亭主を殺したんじゃろう、こん外道が。そう口まで出かかった。でも、思い留まった。弱って心変わりした素振りを見せたら、隙を突いて殺すチャンスができるんじゃないか、思うてね」

賽本が殺されて三カ月後のことだった。晶子は、今後の身の振り方を相談したい、という口実を作り、逢《あ》い引きの手筈《てはず》を整えた。

戦争中だけあって、金村は用心深かった。晶子が予約しておいたホテルに着くと、部屋に電話をかけてきて場所を直前で変更した。ホテルを出てすぐの路上に個人タクシーが停まっているから、それに乗るように言う。あらかじめ晶子の特徴を告げ、行き先を指示してあるのだろう。

晶子は言われるままにタクシーに乗った。タクシーは尾行を確認するように、何度も車線を変更した。連れていかれたのは、古びた連れ込み旅館だった。金村からたっぷり金を貰《もら》っていたのだろう。年配の運転手はにっこり笑ってドアを開け、晶子が旅館に入るまでその場で見届けたという。

これでは、たとえ尾谷組関係者と事前に示し合わせていたとしても、居所を知らせる術《すべ》はない。

部屋に入ると、金村はむしゃぶりつくように晶子を布団に押し倒した。

「うちね、昔、女優になりたいと思ったことがあるんよ。映画やテレビで観た女優さんの演技を真似たりしてね。じゃけえ、芝居は上手なんよ。金村のやつ、自分の下で喘《あえ》いでいた女が、いきなりバッグから包丁を取り出して、自分を刺すなんて思ってなかったみたい。背中をひと突きしたとき声をあげて仰《の》け反ってね、仰向《あおむ》けになったところを、何遍も刺した。憎い、いうより、怖かったけぇ――」

最後は、悪夢を見たあとの少女のように、震え声でつぶやいた。

湯呑みに残っていた酒を、晶子が一気に呷る。日岡は黙って酌をした。

口元を拭った晶子が、落ち着きを取り戻した声で言葉を続けた。

「あとのことはあんまり、よう覚えとらんのよ。気がついたら裸のまま血だらけで、包丁を握り締めとった。部屋からガミさんに電話したんは覚えとるけど、なにを言うたんかは記憶にない。あのころガミさんは二課から外されとってね、機動隊かなんかにおったんよ。うちもホステス時代から世話になっとったし、ガミさんは賽本とも長い付き合いで昵懇《じっこん》じゃった。葬式のとき、なにか困ったことがあったらいつでも連絡してこい、言うてもろうたんが記憶に残っとったんじゃろうね。夜の十時くらいじゃったか、アパートへ電話したらすぐ行く、言うてくれた」

大上が到着するまで、晶子は電話で指示されたとおり、シャワーを浴び、身体にこびりついた血を洗い流した。洋服に着替えてしばらく経つと、部屋にノックの音が聞こえた。風呂場から出て、恐る恐るドアを開けると、折り畳んだ布団袋をふたつ抱えて大上が立っていた。大上は晶子を見ると無言で肯き、険しい顔のまま布団袋からタオルを何枚か取り出した。これで畳の血を拭《ふ》くように、と大上は晶子へ指示した。

死体の傍《そば》に近づいた大上は、金村の口元に手を当て、息がないのを確認すると遺体をバスタオルで包んで布団袋に入れた。血塗《まみ》れの宿の布団は、もうひとつの布団袋に詰めた。

「それから帳場に電話してね。番頭となんやら話しとった。シャブの件がどうしたこうした言うとったけ、たぶん、取り引きでもしたんじゃろう」

——帳場に話は通した。大丈夫じゃけ、心配すな。

大上は晶子にそう言い、先に部屋を出るよう指示した。

——あとはわしが全部やっとく。あんたはここにはおらんかった。呉原に戻ったら、知らん顔して、いつもどおりにしとりゃァええ。

ええの——と大上から念を押されたが、晶子は肯くのがやっとだった。礼を言った記憶はないという。

晶子は大上に言われたとおり、何事もなかったように宿を出て、最終電車で呉原に帰った。金村の死体が、広島市内の墓地で発見されたことは、二日後の朝刊で知った。

晶子は酒を一口啜った。

「このことは、瀧井さんも、守ちゃんも、誰も知らん。うちとガミさんだけの、秘密」

そう言った晶子の顔には、微《かす》かな喜色が滲《にじ》んでいた。だが、その色はすぐ深い憂いに変わった。

「うちねェ……あのあと、ガミさんに何遍も謝ろうと思うたんよ。お礼、いうよりも、謝らにゃァいけん、思うたんよ。あれほどのことを、さしてしもうたんじゃけ……」

晶子の気持ちはわかる。大上のやったことは、死体遺棄および犯人隠避の、歴《れっき》とした犯罪だ。現職の警察官として、あるまじき行為と言っていい。もし発覚すれば、ただちに警察官を首になり、長い刑務所務めをする羽目になる。晶子が負い目を感じるのは、当然だろう。

日岡の湯呑みに酒を注ぎ足しながら、晶子が言う。

「じゃが、ガミさんはいっさい、その話に触れようとせんじゃった。ふたりきりのとき、うちが持ち出そうとしても、すぐ話題を変えてねえ……」

大上らしい。日岡はそう思った。

もし自分だったら、と考える。

金村は下衆《げす》な人間で、殺されても当然の外道だ。晶子がわが手で、夫の復讐《ふくしゅう》を果たしたいと思う気持ちはわかる。法律は私刑を許さない。が、その法律が、金村をまともに裁けないのであれば、正義はどうなる。殺した晶子と殺された金村——実態的正義は、いったいどちらにある。

しかし一方で、犯した罪はまっとうに償うべき、という考えも、日岡のなかにあった。大上の立場だったら、自分はどうしただろう。自首を勧めただろうか。それとも大上と同じように、晶子を匿《かくま》っただろうか。

もし匿ったとしたら当然、両者は運命共同体になる——

日岡はぽつりと言った。

「同志」

訝《いぶか》るような顔で、晶子が日岡を見た。

「大上さんと晶子さんは、男と女の関係を超えた、共犯者という名の同志だったんですね。だから大上さんは、誰にも知られてはいけないノートと金を、同志である晶子さんに預けていた」

得心がいったようで、晶子は目を見開き、小さく笑った。

「そうか、同志か。やっぱり秀ちゃん、学士様じゃね。頭ええわ」

晶子は嬉しそうに、同志、という言葉を繰り返していたが、表情を一変させ、日岡の顔を覗《のぞ》き込んだ。目に再び、強い光が宿っている。

「うちは、自分の秘密を、あんたに打ち明けた。事件はまだ、時効になっとらん」

晶子の目が、どうする、と問うている。自分を逮捕し、手柄にすることも可能だ、と言いたいのだろう。

日岡は喪服のポケットから、ジッポーのライターを取り出した。浮き彫りの狼の絵柄を、指先で撫《な》でる。

店の柱時計が、七時を告げた。

八時には、県警本部に出頭しなければならない。かつての上司から、呼び出しを受けていた。

日岡は立ち上がると、晶子に顔を向けた。

腹を、括《くく》る。

「俺も、同志です」

晶子の表情が崩れた。泣き笑いの顔を、両手で覆い隠す。指のあいだから、嗚咽の声が漏れる。

「帰ります」

そう言い残し、日岡は店の外へ出た。

ひと気のない裏通りを奥に進み、公園の脇にある電話ボックスに入る。手帳を取り出し、瀧井の携帯番号を押した。

ワンコールで電話は繋《つな》がった。

「わしじゃ」

瀧井の声は、いつになく凄《すご》みがあった。

携帯にかけると割高料金なのか、電話機に入れた小銭が見る間に減っていく。

ポケットから出した小銭を投入口へ入れながら、日岡は言った。

「日岡です。一之瀬さんの連絡場所がわからないので、伝えてください。大上さんの検視結果が出ました。遺体からは、強力な睡眠導入剤と精神安定剤の成分が検出されています。大上さんの部屋から薬が発見されましたが、俺が知る限り、大上さんが薬を服用していた事実はありません」

日岡の言葉で、瀧井はすべてを理解したようだ。

わずかな沈黙のあと、冷静な声で応《こた》える。

「わかった。あとのことはこっちでやる」

そのひと言で、電話は切れた。

つり銭口に、十円玉が二枚戻ってきた。小銭をズボンのポケットへ突っ込み、電話ボックスをあとにした。

裏路地を抜け、坂目川に出た。浅い川は、音もなく流れている。

川面《かわも》を眺めていた日岡は、手にしていた鞄《かばん》から一冊のノートと筆ペンを取り出した。ノートは、日岡が呉原東署へ配属された初日から使っているものだ。筆ペンは、大上への香典に名前を書くために、雑貨店で購入した。

ノートを開き、自分がこれまで書いた日誌を読み返す。

日岡は筆ペンのキャップを外すと、勢いよくノートにペンを走らせた。配属初日から今日に至るまで、自分が書き記した記録の一部を塗り潰していく。

日を追いながら、憑《つ》かれたようにペンを動かす日岡は、大上の葬儀が行われた今日まで辿《たど》り着くと、筆ペンにキャップを被《かぶ》せた。

詰めていた息を、大きく吐き出す。

腕時計を見る。午後七時二十分。いまからなら、約束の八時には県警に着ける。

記録の大半を塗り潰したノートと筆ペンを鞄に入れた。駅に向かって歩きはじめる。

突風が吹いた。

川に沿って立ち並ぶ柳の枝が揺れ、川面にさざ波が立った。

(三)

日岡は県警本部に着くと、六階へあがった。あらかじめ言われていたとおり、監察官室の隣にある会議室に入る。

壁にかかっている時計を見た。七時五十五分。

窓際の向かいの椅子に座り待つ。ほどなく、ドアが開いて人が入室する気配がした。振り返り、会釈する。

嵯峨大輔。日岡の機動隊時代の上司で、いまは県警の監察官を務めている警視だ。

「日岡。ご苦労だったな」

嵯峨は入り口で声をかけると、上背のある身体を揺すり、窓際の席に腰を下ろした。

立ち上がり、日岡は頭を下げた。嵯峨が、座れ、というように手で合図する。

嵯峨は手にしていた扇子を片手で開くと、汗が浮いている首を扇《あお》いだ。

「葬儀は滞りなく済んだようだな。たいそう立派な葬儀だったと、副本部長がおっしゃっていた」

日岡は首を折るように肯く。

嵯峨はもともと関東の人間で、標準語しか話さない。しゃべろうと思えばしゃべれるのだろうが、いつまで経っても広島弁に馴染もうとはしなかった。広島県警に入ったのは、大学が広島大学で、学生時代に広島在住の女性と結婚したためらしい。

それにしても、と嵯峨は天井を仰ぎ見るように、椅子の背に身を預けた。

「そろそろお前に連絡をとろうと思っていた矢先に、大上がこんなことになるとはな。お前も驚いただろう。自分の役目がこんなかたちで終わるとは、考えてもみなかったろうからな」

嵯峨の言葉に、死者に対する尊崇の念はない。

日岡は俯《うつむ》き、返事をしなかった。膝に手を置いたまま、唇を噛む。

日岡の気持ちなど忖度《そんたく》しないのか、忙《せわ》しなく扇子を動かし、嵯峨は言葉を続けた。

「お前も知っているように、大上は危ない橋を何度も渡ってきた男だ。そう簡単に、尻尾《しっぽ》を出すとは思えんし、お前が使命を果たすまで、少なくとも一年はかかると考えていた。しかし、捜査対象者はいなくなった。秋の異動で、お前を県警に戻すつもりだ。まあ、しばらくは交通課あたりでお茶を濁すにしても、機を見て、お前の希望どおり捜一に押し込んでやる」

日岡は面を伏せたまま、動かなかった。

不貞腐《ふてくさ》れた態度に見えたのか、嵯峨はむっとした声で言った。

「私は、約束は守る男だ」

それでも日岡は顔をあげなかった。無言を押し通す。

嵯峨が軽く舌打ちをくれた。が、すぐに声を和らげ、宥《なだ》めるように言う。

「短い間とはいえ、自分の上司だった男があんな死に方をしたんだ。しかも、命令とはいえ、大上をスパイしていたお前にすれば、たしかに気は重いだろう。諸手《もろて》をあげて喜べない気持ちは、理解する。お前は、命令に応えてよくやってくれた」

命令――日岡は、今年の春を思い出した。


四月に入って間もなく、日岡は嵯峨からこの部屋へ呼び出された。

ふたりはいまと同じ椅子に座っていた。

嵯峨はふたりしかいない部屋のなかで声を潜めると、呉原東署にいる大上巡査部長の動向を探れ、と命じた。

昨年、仁正会内部の相次ぐ抗争事件に堪《たま》りかね、広島では市民団体による暴力団追放運動が大々的に行われた。この派閥抗争は小規模なものではあったが、警察の取り締まりがぬるいと感じたのか、代理戦争の蒸し返しを懸念するマスコミは、市民団体の動きを受けて暴力団追放を訴えるとともに、暴力団と警察の癒着問題を取り上げ、捜査費の裏金作りにまで言及した。

県警には、探られれば痛い腹があった。それはなにも、広島に限ったことではない。きれいごとで暴力団と渡り合っていくことはできない、というのが暴力団担当刑事たちの本音だった。

その結果、ミイラ取りがミイラになる。他の都道府県警察でも多かれ少なかれ、同様の問題はあった。

とはいえ、過去、大規模な暴力団抗争事件を何度も繰り返している広島は、暴力団と警察の癒着を、真《まこと》しやかに噂される立場にあった。事実、一部の警察官がヤクザに便宜を図り、何人も辞めさせられている。表向きは依願退職だが、事実上の懲戒免職だった。なによりも、捜査費の一部を幹部の飲食に使っている裏金問題の発覚を、県警は恐れていた。

この事実が大々的に報道されれば、警察の信用は地に堕《お》ちる——

一計を案じた県警は、組織を守るため、スケープゴートを立てることにした。それが、大上巡査部長だった。大上の警察官にあるまじき行為は、内部の人間ならば誰もが知っていた。暴力団との癒着を、これまで表立って咎《とが》められなかったのは、大上が県警にとって有益だったからだ。集めてくる暴力団の関連情報は、県下マル暴刑事のなかでも、ピカ一だった。銃器取り締まり強化月間のたびに、大上は素晴らしい検挙率をあげていた。拳銃の押収数では、全国でも屈指の実績を誇っていた。暴力団となんらかの取り引きをしていることは、誰の目にも明らかだった。それでも、県警にとって鼠を捕る猫は、いい猫だった。

しかし、大上はやり過ぎた。癒着と不正捜査はマスコミの知るところとなり、一部のメディアは、大上にターゲットを絞って動向を探りはじめた。ここにきて、県警は大上を庇うよりも、むしろ差し出すことを選択した。大上ひとりに責任を被せ、警察組織全体の腐敗を、個人のもので片づけようと画策したのだ。

県警の謀略を成功させるためには、大上が暴力団と癒着し、不正捜査を行っている証拠を摑《つか》まなければならない。大上の行動を監視するスパイが必要だった。白羽の矢が立ったのが、日岡だった。

選任を任された嵯峨は、大学の後輩でありかつての部下でもあった日岡を、スパイに選んだ。

――愚直なまでに強い、正義感が必要なんだ。お前しかいない。

日岡の目を覗き込み、嵯峨はそう言って口元を引き締めた。

日岡が受けた命令は、ふたつあった。ひとつは、大上と暴力団の関係を探り、大上が暴力団の上前を撥《は》ねている証拠を摑むこと。もうひとつは、大上が所持していると思われる文書を捜し出すことだった。

「大上が上層部への不平不満を、妄想を交えて書いたものらしい。それがノートなのかメモなのかもわからない。内容はどうせ嘘八百だが、マスコミが県警の足を掬《すく》おうと目を光らせているいま、たとえ眉唾《まゆつば》ものであっても、外に漏らすわけにはいかん。ボヤで済むところが、大火事になるからな。なんとしてでも、大上が所持している文書の在り処《か》を割り出してくれ」

日岡が命令を受ければ、任務を遂行した暁には取り立て、望む部署へ配属する、と嵯峨は約束した。

「なあ、日岡。警察の役目は犯罪を防止し、犯人を捕まえることだ。それが、我々に課せられた使命だ。正義の遂行者であり、治安を守るべき警察官が、法を遵守せず、暴力団と癒着し不正を行っているなどということは、決して、許されるべきことじゃない。そういう人間を許せば、周りがどんどん腐っていく」

嵯峨は机越しに身を乗り出すと、日岡の肩を強く摑んだ。

「日岡、わかるだろ。大上巡査部長は腐った林檎《りんご》だ。いまのうち、取り除かねばならん」

警察社会は上意下達の世界だ。断ることは、選択肢になかった。

県警の華である捜査一課への配属が、頭になかった、と言えば嘘になる。大上の悪徳ぶりは、下っ端の自分の耳に入るほど、広く知られていた。まだ現場経験が浅く、暴力団係に就いたことがない日岡にとって、大上は警察官失格者としか思えなかった。大上を警察組織から追放することが、正義だと信じた。

日岡は嵯峨の目を見て、はい、と力強く肯いた。


日岡と同じように、自分が下した命令を思い返しているのか、嵯峨はどこか遠くを見やりながら、再び椅子の背に身を預けた。

黙り込んでいる日岡に向かって、笑みを浮かべる。

「お前には、嫌な職務を命じたと思っている。組織で生きる人間の、辛《つら》いところだ。察してくれ」

日岡は、はい、と短く応えた。頭を下げる。

軟化したと思ったのか、嵯峨は固くしていた表情を緩ませた。

「まあ、大上のことは残念だが、やつにすれば部下から裏切られていたことを知らずに逝ったんだ。それはそれでよかったかもしれんな」

膝の上に置いていた手を、強く握る。

日岡は、晶子から大上の形見である金とノートを見せられたときから、ある確信を持っていた。

大上は、自分が監察のスパイだと気づいていたということだ。

大上は名だたる暴力団の組長たちと、渡り合ってきた男だ。人間を見抜く目は、誰よりも持っている。その男が、四六時中、自分の傍《そば》にいる部下の言動を見ていて、スパイだと気づかないわけがない。機動隊あがりのひよっこが、いきなり暴力団係に配属されてくることにも、疑問を抱いたはずだ。

しかし、大上は気づいていたことを、曖《おくび》にも出さなかった。それどころか、監察の犬である日岡に、形見ともいえる金とノートを託した。日岡は自分の意志を継ぐ者だと思っていたのか、それとも、継いでほしいと願っていたのか。

——万が一のときは、日岡、頼むど。

志乃のカウンターで大上が言った言葉が、耳の奥で蘇る。

「ところで、捜すように言っておいた大上の文書、見つかったか」

嵯峨が訊ねる。

大上が晶子に預けていたノート——パンドラの箱だ。

日岡は小さく、いいえ、と首を振った。

嵯峨がはっきりと、声に落胆の色を滲ませる。

「そうか……見つからなかったのか」

黙って肯く。

「大上が住んでた部屋の屋根裏とか、馴染みの女の住居とか、全部調べたのか」

日岡はこくりと、首を折った。

嵯峨があからさまに舌打ちをくれる。

感情がすぐ表に出る男だ。こんな調子で、監察官など務まるのだろうか。

妻がいながら、ホステスを孕《はら》ませ、堕胎させて捨てた男——

かつて尊敬していた上司の顔を、日岡は侮蔑《ぶべつ》を込めて上目遣いに見た。

嵯峨は宙を睨み、苛立《いらだ》たしげに扇子で顔を扇いでいる。唇は歪み、不機嫌を貼り付けたような顔だ。

扇子を使う手の速度を緩めると、嵯峨は諦めたように大きく息を吐いた。

「大上が死んだあと、内々に探らせた県警の捜査員も、部屋からはなにも発見できなかった。文書の存在自体が、ガセだった可能性もある。こっちとしては、その方が都合がいいが……」

独り言のように言うと、嵯峨は日岡に目を向けた。

「それはそれとして、大上の動向を記した日誌は、持ってきたか」

呉原東署に赴任した初日から、日岡は毎日、大上の行動を記録するよう命じられていた。

床に置いていた鞄から、大学ノートを取り出す。嵯峨に向け、机の上に置いた。

「本人が死んでしまったいまとなっては役に立たんが、それでも、マスコミが何か騒いだときの取り引きには使えるだろう」

取り引き——そう、お偉方はなんでも、取り引きの材料にしかしない。大上の悪徳ぶりを小出しにし、お茶を濁すつもりなのだ。

日岡は心のなかで、唾を吐いた。

嵯峨が片手でノートを開く。目が、たちまち険しくなった。

机の上に扇子を乱暴に置くと、両手でノートを持ち、慌ただしく捲る。

最後まで目を通した嵯峨は、ノートを勢いよく閉じると、力任せに机に叩きつけた。

「これは、なんだ！」

日岡は静かに答える。

「大上巡査部長の、動向を記した日誌です」

嵯峨は、一度机に叩きつけたノートを手にとると、なかを開き、日岡の顔に向かって突きつけた。

「こんなものが、日誌と言えるのか！　この黒い部分はいったいなんだ！」

行の多くが、筆ペンで黒く消されている。

「書き損じたので、消しました」

「ふざけるな！」

嵯峨は椅子からものすごい勢いで立ち上がると、机に両手を叩きつけた。

「そんな言い訳が通用すると思うのか。これはどう見ても、いましがた消したばかりじゃないか。乾ききらない墨が、隣のページについてる」

嵯峨は日岡の胸ぐらを掴むと、椅子から無理やり立ち上がらせた。

「どういうことだ。この墨だらけのノートはなんだ」

「さきほど説明しました。書き損じた箇所を消しただけです」

嵯峨は椅子に向かって、日岡を思い切り突き飛ばした。

勢い余って、日岡は椅子ごと後ろに倒れた。

口の端に、痛みを感じた。手の甲で拭うと、血がついていた。転んだ拍子に切ったらしい。

日岡は何事もなかったかのように椅子をもとの位置に戻すと、嵯峨に一礼し、出口へ向かった。

嵯峨の怒声が、日岡の背中に響く。

「待て！　お前、自分がなにをしているのかわかっているのか。大上を庇うつもりらしいが、上司の命令に逆らうとは、警察官の職務をなんと心得る！」

出口に向かっていた日岡は足を止めると、肩越しにゆっくり嵯峨を振り返った。

下から睨むように、嵯峨を見据える。

「わかっとります。本物の警察官の心得は、大上さんからみっちり仕込まれましたけ」

「お前……」

平然と大上を持ち上げる日岡の態度に、嵯峨は狼狽《ろうばい》の色を見せた。猫撫で声に変わる。

「日岡、いまならまだ間に合うぞ。日誌の消した部分を、改めて清書して提出すれば、この場での非礼は忘れてやる」

無視して、ドアの取っ手へ手をかけた。

声を震わせ、嵯峨が叫んだ。

「貴様！　言うとおりにせんと、県北の駐在へ飛ばすぞ！」

日岡はドアの取っ手に手をかけたまま、振り返らず言った。

「嵯峨さん。カサブランカの瞳いうホステスは、元気でおってですか」

背後で嵯峨の、絶句する気配がする。

日岡がドアを開けると同時に、嵯峨は自分を取り戻したようだ。

部屋を出ていこうとする日岡に、冷たい声で言う。

「なんの話だ。どうせ大上から聞いたヨタ話だろうが、上司を愚弄《ぐろう》するのもいい加減にしろ。ありもしない妄言を言い立てると、この会議室じゃなく、今度は監察官室に呼ぶぞ。俺はお前の首くらい、いつでも切れる」

怖気《おぞけ》が走るほど、冷徹な声だった。

大上の形見がなければ、抑え込まれてしまっていただろう。

ズボンのポケットに両手を突っ込むと、日岡は顔だけ振り向かせた。

「嵯峨さん。俺が持っとるネタは、まだ仰山ありますがのう……。手を出したら、広島県警は火傷《やけど》しますよ」

嵯峨は口を開け、目を大きく見開いた。

「お前……大上の――」

日岡は嵯峨の目をまっすぐ見据えると、低い声でつぶやいた。

「ええですね」

言い残し、後ろ手にドアを閉めた。

廊下に出る。

ズボンのポケットから、大上のジッポーを取り出した。

歩きながら、片手で空《くう》に放り投げる。

飛翔《ひしょう》する狼のジッポーは、廊下の蛍光灯を受けて鈍色《にびいろ》に光り、日岡の手にすっぽり収まった。

握り締める。

前を向いた。

——大上の血を受け継ぐ覚悟に、揺るぎはなかった。

※

昭和六十三年

七月三十日　広島仁正会、副会長・五十子正平を除名処分。

八月一日　午後九時。五十子会事務所にダイナマイト。

午後十一時。尾谷組事務所に散弾銃。

八月二日　午後二時。加古村組若頭・野崎康介、呉原市宮出通り路上にて刺殺される。

尾谷組組員・長田《ながた》光太《こうた》を現行犯逮捕（のち懲役十五年）。

八月五日　午前九時。上早稲殺害事件で逃亡中の横山将太、今村明俊、大江克巳の身柄を、北九州市内で確保。

八月十日　午前零時。五十子会若頭・浅沼真治、赤石通りにて胸部に銃弾を受け、のち死亡。

八月十八日　呉原東署、加古村組組長・加古村猛を上早稲殺害事件の共謀共同正犯容疑で逮捕（のち懲役十二年）。

八月二十二日　午後四時。尾谷組若頭・一之瀬守孝、広島市中区の喫茶店にて銃撃される。腹部貫通の重傷を負うが、一命を取り留める。

八月二十三日　午前二時。五十子会会長・五十子正平、呉原市内の愛人宅マンション駐車場にて射殺される。のち尾谷組幹部・備前芳樹逮捕（懲役十八年）。

九月二十日　尾谷組組長・尾谷憲次、鳥取刑務所を出所。引退を表明。

十一月三日　一之瀬守孝、尾谷組二代目を襲名。瀧井組組長・瀧井銀次の取り持ちで仁正会に加盟申請。

平成元年

四月五日　日岡秀一巡査、比場《ひば》郡城山町《しろやまちょう》派出所に転属。

平成三年

十月十四日　日岡秀一、巡査部長昇進。県警本部捜査四課長・斎宮警視の引きにより、県警本部捜査四課に配属される。

平成五年

四月二日　日岡秀一巡査部長、広島北署刑事課暴力団係へ異動。

平成十六年

四月十日　二代目尾谷組組長・一之瀬守孝、四代目仁正会理事長に就任。

五月十二日　日岡秀一巡査部長、広島北署より呉原東署刑事課暴力団係へ主任として異動。

エピローグ

部下が手にしている防弾チョッキには目もくれず、日岡はまっすぐ出口へ向かう。部下はあとを追いかけながら、声を張り上げた。

「班長、防弾チョッキは」

日岡は振り返らずに答えた。

「つけたいやつはつけい。わしはいらん」

「ですが、課長からは着用しろと指示が出とります」

日岡は両手をズボンのポケットに突っ込むと、前方を睨《にら》んだまま仁王立ちになった。

「相手は火薬量の多いトカレフじゃ。あんなもんで撃たれたら、チョッキなんぞ役に立たん。それに、チョッキを着ると動きが鈍うなって、逆に撃たれやすうなる」

日岡は肩だけで振り返ると、からかうような口調で言った。

「お前はつけとけ。チョッキつけんと、逆に動けんじゃろう」

暗に度胸がないと言われた部下は、さきほどとは別な意味で頬を赤くし、手にしていた二枚の防弾チョッキを傍らの長机に置いた。

「自分もいりません」

日岡は苦笑しながら、精一杯の強がりを見せる部下の肩に腕を回した。

乱暴に引き寄せ、耳元に口を寄せる。

「この一斉捜索で、わしらは手柄を立てる。今月は暴力団取り締まりの強化月間じゃ。点数もいつもの倍で。上手《うま》くいきゃあ、本部長表彰もんよ」

日岡はさらに声を潜め、いまから口にする言葉がいかに重要かを強調した。

「やり方は、昔の上司からみっちり仕込まれとる。わしは、その教えに従い、ずっとこの仕事を続けてきた」

日岡は部下の肩から手を外すと、強く背を叩《たた》き、凄《すご》みが利いた声で言った。

「そのやり方を、お前にもみっちり教え込んじゃる。わしについてこいや」

部下は目を輝かせながら、大きく肯《うなず》いた。

日岡が出口に向かって、早足で歩き出す。上司に後れを取るまいと、部下も急いであとへ続く。

日岡は廊下を歩きながら、狼の絵柄が入ったジッポーを、ズボンのポケットのなかで握りしめた。


（了）

初出

「小説　野性時代」　二〇一四年三月号〜二〇一五年二月号

本作はフィクションであり、実在の個人・団体とはいっさい関係ありません。昭和六十三年当時の法律や制度に基づき執筆しています。

柚月裕子（ゆづき　ゆうこ）
1968年、岩手県生まれ。山形県在住。2008年、『臨床真理』で第７回『このミステリーがすごい！』大賞を受賞し、デビュー。13年『検事の本懐』で第15回大藪春彦賞を受賞。他の著書に『最後の証人』『検事の死命』『蟻の菜園―アントガーデン―』『パレートの誤算』『朽ちないサクラ』『ウツボカズラの甘い息』がある。

孤狼《ころう》の血《ち》

2015年８月27日　初版発行
2016年５月10日　11版発行

著者／柚《ゆ》月《づき》裕《ゆう》子《こ》

発行者／郡司 聡

発行／株式会社KADOKAWA
東京都千代田区富士見2-13-3　〒102-8177
電話 03-3238-8521（カスタマーサポート）
http://www.kadokawa.co.jp/

印刷所／大日本印刷株式会社

製本所／本間製本株式会社

ISBN 978-4-04-103213-8　C0093

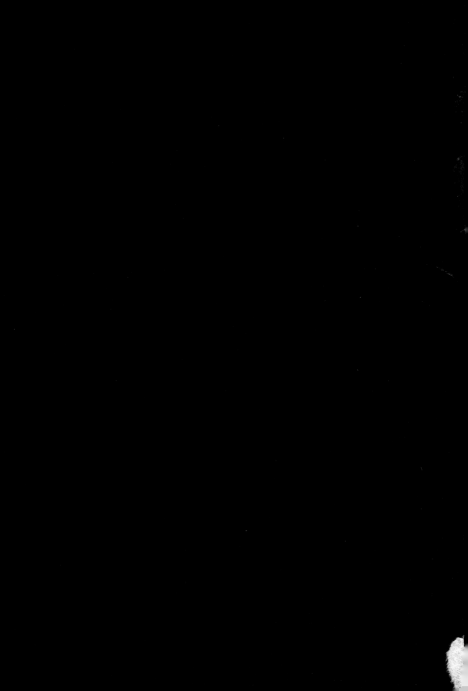